雪本无香,有谁真见过香雪,苦苦追寻,只是因为它难以寻觅。勇者不惧,知其不可而为之,这便成了向君他们的死穴

题赠《香雪文丛》 壬寅 钟叔河

锺叔河先生为"香雪文丛"题词

书中自有

吴昕孺 著

山西出版传媒集团 北岳文艺出版社
·太原·

图书在版编目(CIP)数据

书中自有人如玉 / 吴昕孺著. -- 太原:北岳文艺出版社, 2025.1. -- (香雪文丛 / 向继东主编).
ISBN 978-7-5378-6900-3

Ⅰ. I267.1

中国国家版本馆CIP数据核字第2024CD6076号

书中自有人如玉
SHU ZHONG ZI YOU REN RU YU

吴昕孺 著

//

出品人
郭文礼

选题策划
谢 放

责任编辑
吴国蓉

书籍设计
张永文

篆 刻
李渊涛

印装监制
郭 勇

出版发行:山西出版传媒集团·北岳文艺出版社
地址:山西省太原市并州南路57号
邮编:030012
电话:0351-5628696(发行部) 0351-5628688(总编室)
传真:0351-5628680
经销商:新华书店
印刷装订:山西人民印刷有限责任公司

开本:787 mm×1092 mm 1/32
字数:215千
印张:10
版次:2025年1月第1版
印次:2025年1月山西第1次印刷
书号:ISBN 978-7-5378-6900-3
定价:78.00元

本书版权为本社独家所有,未经本社同意不得转载、摘编或复制

总　序

　　香雪是广州地铁6号线的一个终点站名。近几年，常往返于6号线上，每每听到这个报站，总觉得有味。有时拿起一张地铁线路示意图，一个个站名过一遍，唯觉得香雪这名儿富有内涵，让人遐想。

　　记得还是二十世纪八十年代，曾参加一次文学讲座。一位诗人教导我们如何作诗，他顺口溜出几句写雪的诗："江山一笼统，井上黑窟窿。黄狗身上白，白狗身上肿。我就去打酒，一脚一个洞……"显然，前四句是唐人张打油的《雪诗》，后面恐怕是他随意发挥的。他说这首诗，好就好在全诗没有一个"雪"字，却把"雪"惟妙惟肖写了出来。作为一个客住之人，我对粤文化所知有限，不知当地是否有咏雪的诗篇遗存；即便有，也不会太多吧。

　　广州是个无雪之城。每年冬天，要看雪，只有北上远行。市郊有广州海拔最高的白云山，冬天偶尔也会飘几粒雪花，但落地即融化。香雪之名缘何而来？后来才知道是萝岗有一香雪公园。旧时，广州也有"羊城八景"之说，香雪自然名列其中。

羊城人喜欢雪，就因为无雪吧。

由广州人好雪，我联想到一个有趣的问题：凡生活中没有的东西，人们总是越想得到。譬如一个美好的愿望，其实就是一种精神诱导，或叫一种心理安慰剂，尽管如镜花水月，而有，总比无好。画饼还是要的。未来是美好的，现在吃苦受累，就是为了将来。天堂并不是虚妄的。然而，经验却告诉人们，越是根本不存在的事儿，越是大张旗鼓，堂而皇之，煞有介事，以期达到望梅止渴……我是个过了耳顺之年的人，河东河西，一生也算见过不少，如要追溯这传统，恐怕比我辈年长，只是觉得于斯为盛罢了。

香雪之所以拿来做了丛书名，也是一时想不到更合适的。至于能做到多大的规模，还真不好说。唯愿读者开卷有益，也愿香雪能带给人们不一样的遐想。

是为序。

向继东

二〇二二年三月于广州

目录

上辑　印象·交往 …………………………………………1

韩少功：梓园光影 ……………………………………3

黄永玉：我的文学行当 ………………………………14

锺叔河与朱正：长沙的两张文化名片 ………………22

薛忆沩：最迷人的异类 ………………………………32

成幼殊：闪烁的金沙 …………………………………44

贾宝泉：天生一个散文家 ……………………………53

龚曙光：回归只为超越 ………………………………62

张战：慈悲的力量 ……………………………………70

蔡皋：屋顶花园的秘密 ………………………………77

谢宗玉：在人群中独来独往 …………………………82

杨献平：故乡是生地，亦是死地 ……………………92

周实：心中永远有一个莽汉 …………………………100

彭国梁：书虫生活，名士风范 ………………………108

李少君：用"草根"这个词唤醒中国诗歌 ……………114
戴海：看一个少年怎样变老 ……………………………121

下辑　怀想·追思 ……………………………………131
逍遥的庄子 ………………………………………………133
贾谊：一为迁客去长沙 …………………………………139
柳宗元：以愚待世 ………………………………………151
周敦颐：幸运的月岩 ……………………………………156
八指头陀：亦诗亦僧亦梅花 ……………………………165
带你去见一个人 …………………………………………179
遥望林徽因 ………………………………………………189
特立独行钱玄同 …………………………………………198
赖床君梁遇春 ……………………………………………215
废名：如梦的真实和梦的真实为什么叫废名 …………226
白莽：戴着诗意的花圈 …………………………………249
一张纸的前世今生 ………………………………………271
送，史铁生老师 …………………………………………283
诗歌赤子彭燕郊 …………………………………………288
三见洛夫 …………………………………………………299

上辑 印象·交往

韩少功：梓园光影

一

中巴从谷底加速冲上八景乡兰家洞水库大坝即戛然而止。连绵群山间，一片连天浩水映入眼帘，我仿佛到了另外一个世界，刚才的溽热与疲累一扫而空。蓝天、碧山、绿水，它们不是排着队，而是一幅和谐、完整的画面；它们不是呈现，而是将我纳入其中——我不是闯入，似是归来。

我视野里的水域尽头有一个半岛，半岛顶端高木林立，密集而壮硕的枝丫故意留出一个漏洞，从那里长出一瓣朴素的檐角，与湖光山色相映成趣。那是梓园。韩少功老师在邮件中，对我有过详细的描摹与交代。八景，号称岳阳的西藏，当时是湘北唯一不通柏油公路的乡镇。老师告诉我，水库边上的那条简易公路也在修，无法通车，我只能坐船过去。

大坝下面的确有艘木船，船头的柴油发动机像只蹲着的猴子。我到了坝下，高喊一声，有人吗？一个寡瘦的黑脸农民就随着我的声音漂过来。他看了看我，笑着问，去韩爹家吧？我一时没听懂，就说，我要去梓园！他低声咕哝道，那不就是韩爹家？

"韩爹！"我被这个称呼逗乐了。晚上，我问老师对这个称呼的看法，他也哈哈一笑："我住在乡里不是图好玩的，我就是一个乡里人。我不仅锄地、种菜，还参加村民大会，在这里参政议政、调解邻里纠纷、捐款修路，等等。乡亲们把我当作他们中一员，如果他们都喊韩老师，就说明我还披了一层文人的皮，改造得不彻底。"我说：那您不成农民作家啦？韩老师突然严肃地说，"作家"前面是不应有前缀的，"作家"是唯一的，也是一切身份的总和。

船开了。仿佛是一排波浪推着船走，而不是船在水面划开波浪。涟漪像音符一般，响得很远很远。整个水库，包括群山，都微微地荡漾着。我在那瓣檐角下上岸，但还得穿过大片菜地，爬上一个陡坡，走进八景学校的校门。从学校再往水边上走，便看见一撮树林的前面，矗立着一扇大门。韩老师眯着两只小眼睛，笑吟吟地站在门口。

晚饭，师母炒了黄瓜、莴笋、腊肉、鸡蛋等，蔬菜是自己地里种的，蛋是自家鸡生的，腊肉是乡亲们送的。我小口小口地吃着喷香的饭菜，不是出于拘谨，而是感受到我所吃的食物里所蕴含的一种独特的劳动，那似乎是文学化了的人间烟火气息。

饭后，老师邀我散步，沿着学校前面的简易公路。我们谈到当时比较火爆的社会争议。老师说，中国被破坏的东西太多了，时下最紧要的是培植和建设。发表不同意见，包括所谓的批判，其实都是最省事、最简单，最无须负责的。中国当然需要不同的声音，需要捍卫每一个人说话的权利，但同样甚至更需要理性包容下的齐心协力。我们谈到知识分子与价值体系，老师说，知识分子无疑应该是价值体系的最佳载体，但知识分子在某个时代可能出现集体沦落，他们充其量只是一些"知道分子"，这个时候民间的价值光芒可能不成体系，却会熠熠生辉。我插断老师的话，问，您是不是因为这个原因才住到乡下的呢？老师说，住到乡下纯属是自己生活习惯所选择的生活方式，没有那样的大道理；何况，民间与乡下是截然不同的概念。

到处在修路，时有渣土货车巨无霸似的冲过来，迫使我们仓皇避让。有一回，我们走到一段避无可避的地方，韩老师连忙把我扯到路边。我们转过身，面对公路，货车从我们眉眼前飞快地擦过。老师用手拦住我的胸脯，紧紧把我按在他后面一指的地方，再往后，就是一个几米深的高墈。货车过后，我们还要消化它溅起的灰尘，霎时谈兴全无，就回家了。

晚上在前坪乘凉，八景学校的兰老师来了，还有住在对面的一位老农。韩老师向他们介绍我，笑称是"省里来的"。我有好多年没坐过乡下的木制火椅子，而梓园只有这种椅子，所以一坐就坐到了浓烈的乡情里。我们用土话聊天，聊教育，聊农事，聊收成，聊张家长李家短……月亮真好，"像别在乡村的一枚徽章"。"我伸出双手，看见每一道静脉里月光的流动"。那是八景的月夜，是韩老师的《月夜》，我作为观者和读者得到双重的浸润。

二

一九八八年秋，湖南师范大学朝暾文学社的几名骨干，萌生了想请韩少功老师来讲一堂课的愿望。怎么联系韩老师呢？心里没有一点底。这时，一位师兄提供线索，说韩老师的夫人在溁湾镇药店。师大距离溁湾镇仅有两里半，我们毫不费力地找到那家药店，果然见着师母。师母说，韩老师病了，住在四医院。我们又去四医院，患急性肝炎的韩老师在病室里接见了我们，他手背上还戳着吊针，却执意坐在一张木凳上与我们交流。那次聊些什么不记得了，但韩老师微微倾着身子、歪头微笑的样子，印在了我的脑海里。

韩老师最终没能来给我们讲课，他病愈不久就去海南了。那时对于师大学子来说，韩少功就是一根标杆。我想，如果没有一九八九年上半年那些事，师大会有很多学子跟着韩少功往海南跑。一九九〇年暑假，已经毕业一年、留在师大校报编辑部的我，经南宁、广州、深圳、珠海，渡琼州海峡，下榻于海口市海南日报社李少君的单身宿舍。少君是湖南湘乡人，我们同届，他毕业于武汉大学新闻系。那次却没见到韩老师，他因故不在岛上。

回长沙后，我给韩老师写了一封信，谈及暑假的南方之行以及想来海口闯荡的打算。很快，收到韩老师回信。出乎意料地，韩老师没有鼓动我负笈南下，而是说，海南依然百业待举，如果你有一份稳定的工作，又在像师大这样不错的单位，能安于读书写作，便不宜妄动。从此，我一直兢兢业业地留在了长沙。

我手头留存的韩老师的信件，从一九九四年到一九九九年共十一封，从二〇〇〇年起，就是电子邮件了。最早一封是一九九四年十月十一日写的，那时，我已在《湖南教育报》编副刊，每期寄报纸给韩老师。这封信的第一段，韩老师说收到了报纸，表示感谢。第二段，是我读了韩老师的散文集《海念》之后，在信中谈了自己的感想，韩老师回复道：

> 《海念》能激起你的共鸣，令我高兴。这个时代尤其需要文化人有清醒的头脑，有批判的勇气，在新的欺诈其势汹汹而来的时候，有一条硬的脊梁骨。

这样的话语，每个字都像一枚钉子，既楔入我的灵魂，以增加其硬度，又不时闪动着尖锐的光芒，让我在行将退却或迷失时，保持足够的清醒。

一九九六年，韩老师著的小说《马桥词典》出版，因被某些评论家指斥为"抄袭"，在国内引起巨大风波。韩老师寄了一本《马桥词典》给我，少君则寄来一本《花城》杂志，上面全文刊载了张颐武所谓《马桥词典》"抄袭"的原本——塞尔维亚作家米洛拉德·帕维奇的《哈扎尔辞典》。明眼人一看就知道，这是完全不同的两本书！然而，摊上这样的事，我不禁深为韩老师担心，便给老师写了一封信。韩老师在一九九七年一月七日的回复中写道：

此事很乏味，也很快会过去的。但此事由我来遭遇，比其他一些作家来遭遇要合适一些。想到这一点，自有一些欣慰。

这段话迅即消解了我的忧虑和焦躁情绪。我想起有记者采访韩老师，问他为什么选择海南时，韩老师说，他向往"一个精神意义的岛"，希望减少人际纷繁的应酬与纠葛，在宁静淡泊中获得精神上的自足。其实，韩少功本身就是一个具有精神意义的"岛"，他远离尘嚣，却不惧尘嚣纷扰；向往宁静，却不贪恋宁静；心有净土，却可与一切肮脏腐败之物周旋。

三

第一次去八景后不久，我竞聘上了《大学时代》杂志社执行主编一职。我的初衷是办一本《大学》杂志，以思想性、文化性、精英性为旨归，不求发行量，追求影响力。但杂志报批时，新闻出版管理部门改名为《大学时代》，力求办一本反映大学校园生活的刊物。我拿到这个刊名有些气馁，却不甘心，我写信给韩老师，请求支持。韩老师二话不说，帮我联系了张承志、史铁生、南帆等知名作家……杂志出来后，赢得一片叫好，却不叫座。大学生宁愿花钱上网聊天、下馆子请客，也不愿意买刊。二〇〇三年春末，我发邮件给老师，申请前往八景当面请教。

梓园，就像大自然的一块特区，悠然矗立于半岛之上。外面的阳光有违春天的本分，急于挥戈舞剑去攻占夏天的地盘，但只要走进梓园，浓密的绿荫让你顿时收汗、消喘，气息平稳，心情舒爽。还有虫鸟的合唱、迈着标准台步的母鸡、一天到晚在做着神秘侦探工作的猫……太阳透过树群枝叶的空隙，在小径和前坪洒下无数光斑，风一吹，光斑的位置和形状随时发生变化，酷似夜晚打在舞台上的射灯。我跟老师开玩笑说，您这里娱乐元素比大城市一样不少啊！韩老师用手画了一个圈，说，它们才是梓园的主人，我们回来做客，所以尽量不要惊扰它们。

韩老师把我拉回到二十世纪风云际会的八十年代，他在海南做的第一件事，就是创办《海南纪实》杂志。他说，办刊和写作大不一样。写作是私人行为，表达自己；办刊是公共事业，得让别人喜欢。当时，我们去考察市场，看到地摊上大多是拳头加枕头的东西，花花绿绿，粗制滥造。那我们怎么办？我想出了四个字：守正出奇。《海南纪实》也注重思想和品位，但杂志首先是要传播，没有市场份额，办起来就没什么意思，所以我们决定办一本纪实性的新闻刊，邀请大作家、名作家来写纪实文学，剖析要闻热点，配上著名摄影家拍的照片，立马打开了局面。这本杂志发行一百多万份，三个印刷厂同时开印，把我们自己都吓了一跳……

韩老师一席话说得我云开雾散。临走，他送给我一套山东文艺出版社出版的八卷本文集，小开本，浅红色，很别致，其中就有叙述《海南纪实》办刊经历与经验的长文。我马上对《大学时代》进行调整，将办刊宗旨修改为"弘扬校园文化，追踪热点时尚，点击大学生活，反映时代气息"。编辑部主任郑艳一边力邀一批名家为我们写稿或做专访，一边吸收一批优秀在校大学生进编辑部，和我们共同办刊。《大学时代》发行量蹿升，被誉为"中国经营大学生活第一刊"。

然而，纠缠于人事，困顿于商海，惶惑于应酬，我疲累至极，苦恼不堪。二〇〇四年是《大学时代》扭亏为盈、情况最好的一年，我在十月十五日给韩老师的信中这样写道："杂志基本上挺过来了，但我付出的代价也很大，要做许多自己不喜欢做的事，说大量自己不喜欢说的话，经常有斯文扫地、无地自容之感。最大的收获就是对社会生活有了更深切的认识……"

我和韩老师交流过一些对他作品的看法。《暗示》是我很喜欢的一本书，但我对出版社将它列为"长篇小说"颇为不解，如果要作为小说的话，那附录三"主要外国人译名对照表"便显得多余。韩老师的意思是，倘若你觉得这是一部好书，干吗要纠缠于它究竟是一部长篇小说还是一部学术专著呢？这个回答很智慧，却没能解开我心中的疑问。我觉得文体可以打通，但应有一定的界限。在这点上，我认为《马桥词典》几乎做到了完美。

二〇一三年，上海文艺出版社推出韩老师的第三部长篇小说《日夜书》。九月十七日，我参加了在长沙九所宾馆召开的研讨会。韩老师的三部长篇《马桥词典》《暗示》《日夜书》都是知青题材，但《马桥词典》含蓄着田园牧歌式的风味，《暗示》带有飘忽诡秘的词语气息，《日夜书》则呈现出更多的时间况味和史诗特征，看似随意点染、零散回忆、片段叙述，韩老师以极为娴熟的穿花插叶之功，将质地截然不同的半个世纪打成一片。我一直在想，这部长篇小说为什么要叫《日夜书》？我在一篇评论中写道：

> 人毕竟是人，无论遭受捆缚、禁闭还是迫害、侮辱，总会有人绝处逢生，在漫漫长夜中窥见黎明的光影。目前为止的人类社会，既没有永远的黑夜，也没有永远的白昼。或许，日夜交错，光与黑的缠斗，星与云的纠结，是大自然的宿命；而悲欣交集，治与乱的博弈，清与浊的对抗，则是人类绕不过的永恒命题。

四

二〇一四年三月，论坛"湖湘教师读书论坛"的策划者黄耀红找到我，询问邀请韩少功老师担任四月中旬在湘潭举办的读书论坛主讲嘉宾的可行性。我给韩老师发邮件，第二天就收到老师的回复："昕孺你好。刚刚高兴地看了《湖南文学》上你的专辑，就接读来信。四月中的时间有点紧，我拟十五号自驾到湘西，看望一下黄永玉，十八号到汨罗，安顿几天后就是下旬了，可能与你们的时间不大合。要不下一届活动我再参加？祝创作再迎春天！"

耀红看了这封信，决定就韩老师的时间，将论坛推迟到四月二十五、二十六日两天。我再征求老师的意见，老师说：暂时这么定吧。我趁热打铁，赶紧将论坛的策划方案《微时代：读书是心灵的还乡》传过去，以便老师早做准备。

真是人算不如天算。四月二十四日，即论坛开幕的前一天，我正在单位食堂吃饭，接到韩老师的电话，说他严重感冒，发高烧，咳嗽不止，可不可以……然而，当听我说到有数百名中小学语文教师整装待发，主办与承办单位已经做了大量工作时，韩老师在那边笑呵呵地说："我把药的剂量加大点，认真对付感冒，力争成行。"放下手机，我满身是汗。那一整天我都在祈祷，坐立不安。翌日中午，我和夫人敏华坐上单位周哥开的车，冒着那个春天最大的雨，缓缓驶行，前往梓园接韩老师和师母。

二十五日上午九点，短暂的开幕式之后，韩老师开始讲课。我作为主持人，没有着意渲染老师的创作成就以及获了多少奖之类，那些在网上都搜得到，而是着重向台下听众介绍了韩老师的诸多特异之处：他是最早冲破"文革"遗风，写出现代小说的中国当代作家，又率先倡导致力于回归传统的"寻根文学"；他是最早将西方现代经典翻译到中国来的作家之一，又是中国新时期下海的第一批作家；他成功创办了《海南纪实》与改造《天涯》杂志的伟业，与他卓越的创作成就交相辉映；他是中国唯一一位半年住在城市、半年住在乡村的作家……

韩老师的讲课让数百名听众茅塞顿开，大呼过瘾。他说："当前我们的危险不是无知，而是知道得太多，信息过剩。我们看似知识分子，其实是知道分子而已。""吃饭要适量，营养结构要合理，阅读也一样，并不是越多越好。""很多人有鲁迅、胡适之才，但可惜的是在互联网中缺乏高水平和高质量的参照，很多人被他人的点赞搞糊涂了,从而降低了对自己的要求。以中外经典和真正的高手为参照,我们才能有真正的提高。""真正的个性是对社会潮流和流行的反叛,它是一个人独立思考后对自己的行为做出的一种负责任的选择"……

吃过中饭,我和敏华又将韩老师和师母送回梓园。雨停了,兰家洞水库烟水迷离,有如梦幻。梓园内则花木扶疏,江南春天的湿气里总是包孕着别样的生气。与老师告别时,一道光芒穿过繁茂的枝叶,射到我们头顶,小径上的水迹霎时闪亮如银。它们仿佛在同一部词典里,表现着不同的暗示。而这梓园里的光风霁月,恐怕是一部永远也写不完的日夜书吧。

黄永玉：我的文学行当

有些人让你不能不喜欢，黄永玉就是这种人。还有他的那位差点得了诺贝尔文学奖的从文表叔，也是这种人。这样的人极少，可他们那一家子涌出两个，你就不能不佩服湘西那个地方的风水，你就不能不承认凤凰的确是中国最美的小城之一。

一九八六年，我读大学二年级那个暑假，伙了三个相好的同学自费考察湘西，从怀化麻阳坐汽车去凤凰，一路山重水复，给我的印象极深。凤凰县城被重重大山包围着，可她的北边偏偏有一条沱江，那江里的水清得可以照见五六米深的水底。每到黄昏，许多妇女在河边捣衣，那声音和着月色，被一张张薄薄的毛边纸接住，就形成了"从文表叔"的文字；那抡起棒槌的圆圆嫩白的手臂，搅碎了山城的宁静，动荡的波光在一幅幅宣纸上流淌，就形成了黄永玉的绘画。所以，从凤凰回来，当再接触沈从文和黄永玉的作品时，我对它们都有了全新的认识。我荒唐地把黄永玉叫作黄永玉，把沈从文叫作"从文表叔"，把美丽的凤凰当作自己的故乡。

其实故乡，就是自己的心灵神往之地，就是自己的情感寄托之所。故乡，并非全是故旧之乡，而通常是一见如故之乡。

　　黄永玉和沈从文不属于同一类型。一家人都有那么高的天才，却又不是一种类型，这又是湘西的"造化钟神秀"之处。沈从文是静的，他的崔嵬与壮丽从不自行显露，如果你不去发现它，它就一直"养在深闺人未识"，这一点颇似湘西的风景，不鸣则已，一鸣惊人。而黄永玉是不能不鸣的，而且每一鸣都力求惊人，他更善于在动中把握自己，完成艺术，他有点像湘西的民俗，虽然是古老传统，但活跃奔放，有强大的生命力。

　　从表面上看，沈从文常常表现得脱俗，而黄永玉常常表现得近俗，甚至"媚俗"。我一直认为，如果说沈从文的文字中尚有未能说尽湘西的地方，那黄永玉的画是最好的补充。清雅的沈从文把湘西写得婀娜多姿，展示的是一个本土文人的绮思丽想；旷达的黄永玉则描摹世相，他就站在世相当中，傻乎乎乐呵呵地走进自己的画里去……黄永玉的有些画让人觉得特俗，大红大绿大紫，还有仕女、村姑之类，但他的俗不是拒人的俗，而是迎人的俗。也就是说，他不像有些画家，明明俗，还要躲躲闪闪地装出雅来，黄永玉是敞开地俗，一览无余地俗，他一边画一边嚷着"就是要俗"，好比禅宗里的呵佛骂祖，酣畅淋漓之下，你就能领略"俗到极处即是雅"的至难境界。

　　沈从文将湘西的灵秀隽永带给了世界，黄永玉将湘西的率性天真带给了世界。这才是一个完整的湘西。

　　沈从文和黄永玉是从湘西走出去的一对"活宝"。他们都不曾学过什么，沈从文初到北京时，住在城西的一家小旅馆里，他投出的大作大多被扔进了编辑部的字纸篓里，要不是徐志摩的慧眼和热心肠，中国现代文学将要丢失最迷人的一章！黄永玉小时候的绰号是"黄逃学"，稍大即到福建一带打工。以现在的视角看来，这样的生活轨迹是不可能有什么出息的。但，奇迹就在这叔侄俩身上发生了！

毫无疑问，奇迹要偏爱天才一些。但天才如果不走勤奋用心之途，是断难遇到奇迹的。我们读凌宇的《沈从文传》，读黄永玉谈自己学习绘画木刻与雕塑的文字，都能深切地体会到这一点。黄永玉的美术在刚入门时，基本上靠的是一手瞟学功夫。好比无数锁着的门摆在他面前，他手里只有一片钥匙，他必须一把锁一把锁地去开，才能找到那扇能打开的门。

在"文凭决定一切"的今天，黄永玉可以说是"不学无术"之人。然而，他由于没有受到正统教育的污染与束缚，因而筋骨活络，心窍洞开，博采众长而吞吐万象。他也许没有学好数学、物理、化学，但他学的是自然学、人性学、社会学，他不会分门别类，只要是合乎性灵的，只要是搭边艺术的，什么都能干。他能画，能写，能刻，能塑；他能唱，能跳，能舞，能吆喝；他能吃，能睡，能跑……他的画笔，服膺的人自然很多；可他的文笔，为之折服的人也是越来越多。许多一辈子写写抄抄的"著名作家"，一读黄永玉的文章就汗颜；当然还有许多不汗颜的，他们拒绝把黄永玉看成作家，因为，这个老家伙要是也算作家的话，那作家协会就真的可以解散了。

黄永玉的文章与他的画风格相似，总要落到实处。中国画一般讲究实从虚生，留白是最显示功夫的地方。黄永玉的画却经常反其道而行之——很满，他追求虚从实生，让你从大量的信息中去捕捉那隐藏的趣味。我的画面上没得空，你要留白到自己大脑里去留吧。黄永玉狡黠地笑着，嘴里衔着那根烟斗。他做什么都像个小孩子，包括画画，哪里还空一块，他就想方设法要把颜色填上去。写文章也不例外，像小学生写作文，事无巨细，他都要"唠叨"到，而且看不出什么结构、布局这些教科书上的东西。但是很奇怪，你一看到那些文字，就张开口想念出声来，像着了魔似的。不信，我们念两段试试：

岸边有打铁铺。一般说，铁匠的脾气都不太好，眼睛鼓鼓的，而且瘦，但是力气大。他不像屠夫，屠夫们会蹲在案桌里头用火锅子煮好吃的东西，喝大碗的苞谷烧酒，粗着嗓门放肆地讲下流话。铁匠不同，他们深沉，说一句话有两斤分量。徒弟努力用心思领会师傅的意思，长大也好像师傅那样工作。他们倾前倒后地拉风箱，从炉膛夹出红通通的原料来敲打。徒弟抡重锤，师傅拿小锤，看起来不公平，实际上小锤是根音乐指挥的指挥棒。三两个人按照一声号令敲打起来，四射的钢花，威严到家。事情完了，利用余火，架上饭菜锅，糊里糊涂地吃一顿饭完事。铁匠家请客是没有什么好吃的，连他们家的饭菜都很"严肃"。

道士们比较孤僻，有副自高自大脱离群众的神气。孩子们进道观去看点什么马上就给轰出来。但是孩子们好奇，总有办法趴在墙头看他们过日子，原来他们跟同伴在一起的时候也哈哈大笑，也会骂娘，也谈一些令我们大吃一惊的东西。他们的长相有意思，穿着也令孩子们看了舒服。那一股长胡子留得也确实好玩，和书上画的一模一样。

还有，黄永玉写沈从文的文章，是我所看到的最好的怀念文字。每一个字都是用真情写的，同样那么扎实，文笔在情感的操纵下如蜂飞蝶舞，欲断而续，欲言又止，欲走还留。黄永玉写文章不过是客串，然而，他可不是京剧票友的水平，更不只是跑龙套的角色。他的画作或许会夹在时间的册页里泛黄，而他的文字将永远鲜活可爱。

二〇一四年一月，我和妻子敏华以及恩师戴海夫妇去湖南美术出版社参观一个题为"黄永玉的文学行当"的展览。展览规模不小，以黄永玉的文学创作经历与成果为线索，配上他各个时期、各种风格的美术作品，整个展览可以说得上充实、好看，让我对黄永玉了解得更加深入、全面。

戴老师说，黄永玉是个"人精"。这两个字，概括得很准。这也是"人精"对"人精"的惺惺相惜。什么是人精呢？就是长期做人之后，做成精了。这种人，从自己丰富的人生阅历与经验中锻铸出了精气神，拥有常人难以企及的才气、智慧和意志力，往往在度尽劫波之后获得非常成功的人生。

与其说我喜欢黄永玉的才气，不如说我更喜欢他身上的孩子气。戴老师说，黄永玉烟斗不离手，那支烟斗其实是他手指的延伸，黄永玉抽烟斗就像小孩子将手指放进嘴里吮吸一样。我非常赞同。我说，黄永玉一直是个没断奶的孩子。黄永玉倘若没有这种孩子气，他的个性、独特性以及艺术气质都将失去源头活水。

我跟戴老师讲了一个故事，几年前，湘西的酒鬼公司筹划一个全新的广告，他们请我把关文字，让我随一个团队去了北京。那次，我并没见到黄永玉本人，却见到他的几个马仔。他们聚在一起，话题总是老头子最近给谁画了，尺幅多大，画价几何……其声气高昂，说粗痞话像吐瓜子壳，让人觉得老头子"门下走狗"都是一些土狗子。我在想，黄永玉那么好的画，都被这些人收藏着，有没有良家女子误入娼门的遗憾呢？

这次展览，看到黄永玉更多的作品，比如他最擅长的木刻，还有十分漂亮的铜雕（虽然只有两件）。绘画中有一组很有意思：《出恭十二景》。出恭，就是如厕，拿这个题材入画，我是第一次见。老头子也处理得很好，不要觉得这种厕所文化不入流，其实它从"阴暗"的一面正好反映了人的生存状态。黄永玉画中的入厕者都是那么朴质、健康，脸上从不见那种活得不耐烦了的表情，反而能窥探到日常生活的惬意与自得。

谈及黄永玉的文学行当。想起几年前，我读过他的《比我老的老头》，一贯的黄氏风格，跳脱、活泼、幽默。不幸的是，我同时还在看另一本书，章诒和的《往事并不如烟》。与章诒和对人间悲苦的厚重描写相比，老头子的活泼便显得轻薄许多。那本书我竟没读完，后来也不知去向。

我没想到黄永玉写了那么多诗,出了好几本诗集,而且他的文学生涯就是从诗歌开始的。我读了他的诗歌处女作,比我的处女作水平高得多。还读到他写的一首《烟花》,我认为是他写得最好的诗歌:

除夕晚上,
天空像座花园。
开满七彩
会响的花。
一朵朵升起
又一朵朵不见。

"爷爷,它们到哪里去了?"
"变星星去了!"
"那么多的星星,他们是谁?"
"是诗人。是屈原杜甫,是曹植,
是李义山。"
"远远的星星呢?"
"是外国诗人。"
"那草上飞着的萤火虫是谁?"
"是变不成星星的诗人
在找回家的路咧!"

一九八三年，黄永玉获得中国作家协会举办的"第一届全国优秀新诗(诗集)奖"，另外九位分别是：邵燕祥、流沙河、张志民、艾青、李瑛、公刘、胡昭、舒婷、傅天琳。让黄永玉感到骄傲的是，他是十人中唯一一位"非诗人"。如果是我，我也会倍感骄傲。但诗歌毕竟是黄永玉的"画余"，黄永玉的诗歌中，像《烟花》这样具有文本价值的并不多见。

　　《无愁河的浪荡汉子》应该是黄永玉写得最长的文学作品了。黄永玉若要以文学名世，希望也寄托在《无愁河的浪荡汉子》上。我曾在《芙蓉》杂志上读过它的部分章节，文字很有味道，时常让人忍俊不禁。但这部书并没挑起我持续的阅读欲望，仍然是那种可以翻翻，不读也不会去想它的那种。我曾经想，黄永玉与他从文表叔的文字境界差在哪里呢？

　　或许正在于此，他缺乏节制。

　　沈从文写作，写的是"文"；而黄永玉写作，写的是"话"。写话，当然就不免唠叨啰唆很多。

锺叔河与朱正：长沙的两张文化名片

早年，有些外地书友、文友来长沙，大多希望我能带他们去见锺叔河先生和朱正先生，我每次都很抱歉地让他们另找门路。我和外地朋友一样，两位先生的名头如雷贯耳，却无缘识荆。不是两位先生如何难见，更不是我如何清高（真正清高的人才应该去见两位先生），而是我生性懒惰，不喜串门，美其名曰"不打扰人家"，其实是才疏学浅，腹中空兼脸皮薄，怕见人，更怕见高人。

长沙有古俗话，丑媳妇总要见家娘。与锺叔河、朱正先生同居一城，虽动如参商，也总会有些幸运的机会，让我有缘一睹前辈的风范。

两位先生中，我最先见到的是锺叔河老师。那是二〇〇三年五月，湖南弘道文化公司的老总龙挺，因筹备出刊《书人》杂志，邀请长沙市内部分文化人座谈，我与龙挺同庚兼好友，得以忝居其列。我还记得，弘道公司的会议室内，一张深色发亮的椭圆形长桌周围，长沙文化名流尽在其中。我正好坐在一位老者的对面。开会前，他与几位熟识者高谈阔论，大概是抒发刚从美国回来的感受，神情肃穆，目光如炬，纵横捭阖，慷慨激昂。我听了觉得很有味，在想，谈者何人？只见《湖南日报》的蔡栋先生进门，大步趋前，握住老人的手，喊道："锺老师好。"我心里便知道，他是锺叔河老师无疑了。

于是，我望着他笑，表明认同他那些激越的思想。他回之以礼，竟然是那么憨厚的笑容，与一个农夫或泥瓦匠的笑没什么两样。他不惜切断刚才的滔滔谈兴，专注地望了我一会儿，把那个笑完成，才又旁若无人地高谈起来。其间他屡屡看我，我也始终望着他。此后，我们再没有过其他言语和文字上的交流。我没有寄过一本我那些不像样子的拙著给他，但读过《走向世界丛书》等若干他主编的书，我非常敬佩这样一位经纶满腹却胸无城府的老人。

二〇〇六年，我从呼和浩特参加全国读书年会回来，好友张阿泉郑重委托我将一大册《清泉》报合订本送给锺先生，我却因处理《大学时代》杂志的善后工作，杂事缠身，只好请萧金鉴老师跑了一趟。

直到二〇一二年十二月十四日，师弟梁威邀请我赴湖南省新闻出版局参加"中南传媒第二届优质数字资源奖评选"活动，我当然不会错过这样好的学习机会。评完后，离吃中饭还有一段时间，年纪轻轻却已颇有名望的书评人袁复生和儒雅得就像一部线装书的中南大学教授孟泽说要去看看锺叔河老师。我惊讶地问，锺先生住在这儿？他们更加惊讶地看着我，就像看一个史前怪兽。我不得不惭愧地低下头来，怯怯地说，我也跟你们去吧。

这就是我第一次去锺先生家的"时代背景"。我们到了新闻出版局后面的宿舍楼,电梯按到二十层,二十即"廿","廿"与"念"谐音,故锺先生称自己的家为"念楼"。复生一进去便向锺先生介绍我,老人站起来宽厚地和我握手。

那时,锺先生年过八旬,面色红润,声若金鸣,看见三位晚辈,高兴得紧。他的书桌就摆在客厅,书桌旁是一张桌球台。他说很少打,摆看的。他对住所周围的环境不是很满意,烈士公园近在咫尺,却要横过三条马路才能到,院子里连个散步的地方都没有。但老人生性达观,充满斗志。书桌上摆着即将出版的《念楼小抄》封面清样。他说,他现在的书都是出版商跟他谈,与出版社不发生任何关系。这其实是出版业的一个好现象,它更有效率,更能让作者和读者满意。聊了约半个小时,老人要吃饭了,我们告辞,老人执意把我们送到门口。我们走到电梯口,他还在那里挥手。

二〇一四年十月,第十二届全国民间读书年会由株洲主办。一个月前,年会策划人与组织者舒凡打电话给我,说文洁若先生已经答应来株洲,还想邀锺先生与会。我说,这是一着好棋,但风险很大。他们能来固然是读书人的福气,但两位年过八旬的老人,且不说招呼他们的难度,万一他们在年会期间生病,就不好交差了。果然,锺先生的女儿担心父亲身体吃不消,不同意他去株洲。不过,我估计这并不会降低多少锺先生的工作强度,因为很多人在株洲见不到锺先生,一定会赶来长沙的。恰如我所料,年会前后,各路书友纷纷汇聚长沙,大多冲着锺先生而来。十月二十二日下午，我和《湘水》杂志主编黄友爱带着谭宗远、阿滢、傅天斌等一干书友，去拜访锺先生，他们每人带了一大摞书来要钟老先生签名，有自己买的，还有别人委托的。宗远老师开玩笑说："我们来给锺先生过劳动节。"

我以为锺先生不认识我，因为去年我第一次来念楼，是跟着孟泽和复生两个大腕，没我说话的份。而且，我也没带书来给锺先生签，所以，就悄悄地坐在后面。谁知锺先生一边签名，一边瞅到了我，说昨天他听到了我们报刊社要并到出版集团来的事，为我们将成为"同事"而高兴。真要感谢天斌，他立马递给我一本锺先生的书《天窗》，示意我上去找先生签名。锺先生签名时，我正要告诉他我名字的写法，他却很快在扉页写下："昕孺先生正之。"写完，他说："你这个名字让人过目难忘啊。我晓得，你写了不少文章，写得很不错。"我忐忑地说："要向您学习。"他手向上一扬："向我学什么呀，我是不会写文章的人，我年轻时压根儿没想到会以写字为生。"

我们谈到有篇关于出版湘军的文章，文中的主角就是锺叔河和朱正。锺先生说："那篇文章大抵如此，仍有些不准确的地方。"他说："《查泰莱夫人的情人》那本书是我给朱正的，我当时也可以在岳麓社出，但为支持朱正创收，就给了他。我建议他以参考书的形式出，定高价，先发购书单，按购书单上面的数量付印。"应该说，朱先生是听了锺先生意见的，因为我清楚地记得，我那时还在湖南师大政治系就读，我是先填了购书单，并交了书款以后，过一段时间才得到那本书的。只是书价并不高，加上书商闻风而动，遂酿成难以收拾的局面。

与上次见面相比，锺先生略显胖些，肩宽脸圆，声洪气足，整整一下午，上十人围着他转，几十本书堆在他桌上，他坐在那里没直过腰，让来访者一一满载而归。

临别，锺先生像上次那样，送我们到门口。他对我说，昕孺你常来坐坐，王平、周实经常在我这里。我说，好的。我想，我确实应该常去看看锺先生。

第一次见朱正老师，也是袁复生安排的。二〇〇九年八月三十日，下午一场大雨消了暑气，也降了温度。复生来电话，说历史学家雷颐来长沙讲课，晚上在白沙源餐厅荷源包厢有个小型聚会，问我有没有时间参加。我说，这么好的学习机会，岂能放过！聚会的除了客人雷颐教授，还有朱正老师、孟泽教授、复生，以及教育电视台"湖湘讲堂"制片人柳理，等。锺叔河老师本要来的，因为家里有客，没能出得来。

雷颐教授的籍贯就在长沙，他的长沙话讲得很流利。这次来长沙是参加教育电视台"湖湘讲堂"的国庆专题录制工作。雷颐认为，改革开放三十年来中国最大的变化是有了公共空间。但许多陈旧的东西根深蒂固，要消除它们并不容易。他说，他一位同学从美国回来，参观潘石屹打造的现代城时，在一栋楼前拍照，遭到保安强行阻拦，说"这是我们潘总的房子"。这位同学据理力争，他很不理解，因为他没有去潘总的内室拍照，他是在大街上，是在公共空间拍照，为何要遭到这样的无理阻拦呢？更奇怪的是，同行的朋友们都劝他算了，而不是一起指责保安，争取自己在公共空间的权益。

朱正老师在思想界、读书界名头很大,我的书架上有他的大著《一九五七年的夏季:从百家争鸣到两家争鸣》,河南人民出版社出版。这是我几年前写长篇小说《痴呆》时买的参考书籍,虽没通读,但翻阅多次。朱老先生头发银白,思维敏捷,谈锋甚健。他二十五岁那年出版《鲁迅传略》;五十岁的时候,《鲁迅传》出第二版;七十五岁的时候《鲁迅传》出第三版。每二十五年一个台阶。

既然是聚谈,大家你一言我一语,机锋相接,但以朱先生和雷教授为主讲。我们讨论了鲁迅与周作人交恶的具体原因,讨论了三年自然灾害中国死亡人数的具体数字,讨论了"右派"和"左派"名称所隐含的悖论。

朱正老师说,他和锺叔河被划为"右派"后都进了劳改农场,他被判三年,锺老先生更长,判了十年。平反后,他落户湖南人民出版社,他最为得意的事件是责编了李锐的著作《庐山会议实录》;二十世纪八十年代风靡一时的《骆驼丛书》也是他策划和责编的。

唯一一次同时见到锺叔河和朱正先生,是在"熬吧"。二〇一一年十一月六日下午两点,我应长沙"熬吧"读书会负责人王来扶之邀,准时来到芙蓉路和府大厦五楼的"熬吧",参加庆祝朱正、锺叔河两位老先生八十大寿的文化沙龙。

朱先生先到,八十老翁,我一眼就认了出来。我上前和他打招呼,我们握手,老人的手很暖和。这时,其他人簇拥上来,我就去柜台那边，买了海豚出版社为中国出版界三位八十老翁沈昌文、朱正、锺叔河出版的"海豚文存"之"三老集"。三老，长沙占二，另一在北京。这是湖南出版乃至文化界的骄傲。三本书分别为：沈昌文的《八十溯往》，朱正的《序和跋》，锺叔河的《记得青山那一边》。扉页上各有三位老人的签名。这五十八元很划得来。

两点半，会议开始，由历史学者谭伯牛主持。来的嘉宾有：《海豚文丛》的策划人梁由之、《文学界》杂志社社长水运宪、小说家王平、中南大学教授孟泽、湖南人民出版社社长谢清风、评论家龚旭东、出版家邓映如、诗人远人、小说家熊忠、出版家李杰、熬吧总经理柳中谦等，好像还来了不少大学生。著名作家韩少功、何立伟、何顿、彭见明等通过短信、微博发来贺电。

会上，朱、锺两位老先生作了重点发言。朱正主要谈了自己的创作与编辑生涯，他鹤发童颜，温文尔雅。锺叔河着重谈了自己"右派"的经历，他则光头鹄面，言辞犀利。两位老人，同年同月生，朱正比锺叔河大三天。他们性情如此不同，却是一生的朋友，因为他们的经历、才情、学识、智慧以及所热爱的事业、所做出的贡献，无不相同。他们不愧是古城长沙的两张文化"名片"。

以前总觉得锺叔河、朱正只是优秀出版家，对他们的文笔不甚了解。回到家里，我翻开锺叔河先生的《记得青山那一边》和《小西门集》，一读入迷。锺先生的文字疏朗冲淡似孙犁，却没有孙犁的那种清寂；锺先生真气充沛，常有积健为雄的豪迈。

有一次，锺先生与雕塑家雷宜锌聊天，得知在湘江风光带要立朱熹、张栻等人的塑像。他认为，理学家们的造像放到岳麓书院的讲堂上更合适。风光旖旎的湘江岸边，应该有姜白石和他的《一萼红》之一席地。锺先生在文章中说，一一八六年，宋代词人姜白石旅居长沙，住观政堂（类似于现在的政府招待所），写了一首词《一萼红》：

> 古城阴，有官梅几许，红萼未宜簪。池面冰胶，墙腰雪老，云意还又沉沉。翠藤共、闲穿径竹，渐笑语、惊起卧沙禽。野老林泉，故王台榭，呼唤登临。
>
> 南去北来何事？荡湘云楚水，目极伤心。朱户黏鸡，金盘簇燕，空叹时序侵寻。记曾共、西楼雅集，想垂杨、还袅万丝金。待得归鞍到时，只怕春深。

这首词前面有一则题记：

> 丙午人日，予客长沙别驾之观政堂。堂下曲沼，沼西负古垣，有卢橘幽篁，一径深曲。穿径而南，官梅数十株，如椒如菽，或红破白露，枝影扶疏。着屐苍苔细石间，野兴横生，亟命驾登定王台，乱湘流入麓山，湘云低昂，湘波容与，兴尽悲来，醉吟成调。

这是我读过的写长沙最美的文字，美在孤独与幽静的碰撞，美在乡愁与野兴的交合，美在兴尽悲来。

钟先生还说："辛稼轩也在长沙待过，虽然辛比姜大十五岁，二人亦未同渡湘江，但都是南宋词人，都有绝妙好词脍炙人口。"

辛弃疾在长沙的主要业绩是训练出了威震全国的"飞虎军"，因军务和公务繁忙，他在长沙的四年里作品并不多。其中两首词值得注意，一首是在从湖北征调来湖南路上写的《摸鱼儿》：

更能消，几番风雨？匆匆春又归去。惜春长怕花开早，何况落红无数。春且住，见说道，天涯芳草无归路。怨春不语，算只有殷勤，画檐蛛网，尽日惹飞絮。

长门事，准拟佳期又误，蛾眉曾有人妒。千金纵买相如赋，脉脉此情谁诉？君莫舞，君不见，玉环飞燕皆尘土！闲愁最苦，休去倚危栏，斜阳正在，烟柳断肠处。

另一首是《阮郎归》：

山前灯火欲黄昏，山头来去云。鹧鸪声里数家村，潇湘逢故人。

挥羽扇，整纶巾，少年鞍马尘。如今憔悴赋招魂，儒冠多误身！

两首词，主题只有一个：误。因误而闲，因闲而怨，因怨而苦，因苦而憔悴。辛弃疾把一支飞虎军训练得骁勇善战，朝廷却不用它去剿杀来犯的金兵，而是指派他们到处平叛。一一八四年，被投降派压制的辛弃疾无比郁闷地离开长沙，移师江西。第三年，姜白石才来。南宋两位最伟大的诗人错过了在湘江边把酒吟诗的机会，好在湘江没有错过他们。锺老先生请人写过一副集二人词句的联语挂在家里。那副联语是：

更能消几番风雨，
最可惜一片江山。

薛忆沩：最迷人的异类

一九九九年秋的一天，恩师戴海从湖南师范大学景德村寓所打电话给我，说有一位青年作家在他那里，希望我能过去聊聊天，认识一下。我就像嗒嗒的马蹄一样赶过去，薛忆沩坐在戴老师家客厅的沙发上，他站起来和我打招呼。一个短头发的高个子，但不是平头，约莫半寸长的发丛均匀分布于头的四周，像初春刚冒出来的秧苗。后来每次见到他，他头发越来越短，却始终有薄薄的一层覆在头上。他戴着一副椭圆形镜框的眼镜，活像是他眼眶的放大。眉粗，额宽，大鼻子，招风耳，满脸微笑，笑起来嘴角微微扯起——薛忆沩无疑是一个颇为性感的男人，但不知怎的，他给予我最深刻的印象，始终是他的孩子气，他近乎天然的童真。

戴老师对薛忆沩的介绍是：工学学士，文学硕士，语言学博士，一个迷恋语言、视文学为生命的人。在我心里，是留了一个很大的房间，将用平生最深挚的友情来供养这样一个人的。而薛忆沩，无论从哪方面看，都是这个"房间"最为合适的主人。我们聊得很投机。性相近，习亦不远。除了读书写作，我们都没有玩乐方面的爱好，唯一的生理调节就是运动。我是旅游、打球，忆沩则是暴走和长跑。他每天至少长跑五公里，二〇〇〇年他在深圳大学任教时，时常负重十公斤，将一条深南大道活活跑穿。

碰巧，我曾经也是长跑"健将"，一拍即合，加上旁边还有一个比周伯通还滑跳的老顽童——戴老师，我们安排的第一项活动便是徒步去我的老家长沙县㮾梨镇。但落实这一项目时，我们也没有头脑发热到往返徒步。因为要考虑戴老师两口子的体力问题，所以我们坐中巴到了㮾梨，在我家吃过中饭后，我带他们先去参观有八百多年历史的陶公庙。我发现，薛忆沩对名胜不太感兴趣，他更喜欢自然风景，从不拘泥于哪栋楼是哪个年代的，有些什么人住过，而是喜欢浸润在一种整体的美感里。他很少发出惊叹，只是不停地到处观看。他的身体里永远住着一个孩子，那个孩子充满好奇却又显得早熟。在陶公庙戏台前的千年古樟下，他悠悠地说："这树，终于长到能看到我们啦。"看完陶公庙，我们坐木船横渡浏阳河，然后沿着河流往下游走，走了近二十里地，到东屯渡，拦了一辆中巴进城。

这次出行是我和薛忆沩友情的奠基礼。从此，我们就像一条大河的两条支流，这条大河或许还有其他无数的支流，但我们这两条始终能够保持互相呼应，能够"不问世事"地保护好自己的流域，能够以自己的节奏维持一定的流速。从二〇〇〇年起，我们便有着高密度的通信联系。我那时应彭国梁先生之邀，担任他主编的《创作》杂志特约编辑，兴奋地向薛忆沩约稿。薛忆沩不仅发了自己的力作给我，还向我推荐一些不太知名的优秀作者，一边积极督促我向香港《大公报》《纯文学》投稿，让我的创作也进入了"改革开放"的新阶段。

薛忆沩在深圳并不总是很开心。他的学生都喜欢他，因为他讲课从不用高头讲章；深圳大学也为有这样一位新锐作家而感到骄傲。可是，我们的体制规定，高校教师评职称必须有多少篇在所谓核心期刊发表的论文。这位小说王国里的帝王，在论文面前简直成了一个小丑。薛忆沩寄过他的"学术论文"给我，那完全是一篇文艺随笔。曾经沧海的我一看就知道，这家伙修不成正果。

薛忆沩像德国电影中的罗拉一样，继续在深圳的大街小巷独自奔跑。他称沿着长长的深南大道暴走与奔跑为"放纵"。我说："你放纵得很有道理，时间的精妙和身体的奥秘全被你窥探到了。"其实，我更清楚，薛忆沩是靠这样一种"放纵"来对抗孤寂，培植自我，用健壮的身体辅助他增强自己的内心力量。

在深圳大学遇到的一件开心事，是二〇〇一年初，薛忆沩的短篇小说《出租车司机》被《新华文摘》转载。按相关制度，由于《新华文摘》的分量和重要性，薛忆沩得以从学校拿到一笔奖金。薛忆沩领到这笔钱，心里颇为纠结，既觉得是一次小小的"被承认"，又感到自己拿了这样的赏具，是不是精神没落了。我只好在信中宽解他："《出租车司机》能上《新华文摘》的确可喜。在《新华文摘》上'开出租车'是大陆文人学者梦寐以求的事情，兄无意中得之，亦足见其强大实力与潇洒风范。贵校那三千元虽然是'赏具'，是精神'没落'的象征，但兄揣进腰包，算是对这个时代的一个顺从吧。众人皆浊你也清不了,但众人皆醉你却可以独醒。不知兄以为然否?"

在深圳大学一直"坚守"讲师职称的薛忆沩,终于绝望地看到了自己职业生涯在这种体制下的顶点。连深圳这个改革开放的桥头堡都是如此,他还能去哪里呢?他只好去了加拿大蒙特利尔,成了一名海外华人作家。

二〇〇六年,花城出版社推出他的中短篇小说集《流动的房间》。我读过之后,写了一篇评论《惦念是最好的安魂曲》,打头一句是:"在中国当代小说家中,薛忆沩是一个迷人的异类。""迷人的异类"就这样成了薛忆沩一个知名的标签。后来,《深圳特区报》在纪念深圳特区成立三十年的专访中更是进一步升级,将薛忆沩认定为中国文学界"最迷人的异类"。为什么说薛忆沩是"最迷人的异类"呢?

首先,薛忆沩的小说语言有一种异乎寻常的美。我十分欣赏薛忆沩在《流动的房间》中一段神来之笔:"我"身边的人按照她自己欲望的颜色来选择床单的颜色,她最初选用白色床单,如同躺在云上,宽广、纯净,但只有一层浅浅的满足感;后来,躺在黄色的床单上,仿佛金黄而翻转的大地,冲荡的快感侵占了时间,虽然只是短暂的侵占,但能令人感到征服的愉悦;久而久之,人变得异常敏感、脆弱,什么都计较,害怕任何一丁点儿的不完美;再后,换上深红色的床单,孤独感就出现了,"我"开始沉醉于端详,从距离产生的美感中萌发分离的念头;最后换成一块深绿色床单,欢爱演绎成调侃,激情稀释成幽默,所有的孤独、欲望和对美的敏感统统成了时间的牺牲品。

另一篇《我们最终的选择》，主人公在现实生活中无法找到自己的内心依托与精神投靠，"我们的内心与我们的生活像两块炸裂开的大陆，在时间的海洋里越漂越远。它们各自并没有自己的方向，可是它们漂向不同的方向，渐渐已经辨认不出对方的踪影。最后，它们只能够感到海水的起伏与孤独，激情已经不可能将它们联系在一起。我们的内心与我们的生活渐渐变成了毫无关联的岛屿，两座毫无关联的岛屿"。于是，内心的"我"和生活的"我"，理想中的"我"与现实中的"我"，就像人与人之间的关系一样，在自己生活中形成奇特的布局。他们时而亲近，时而冷漠；时而附和，时而攻讦；时而互相尊重，时而互相嘲笑……"'我'和'我'是怎样的不同呵。可是，语言对'我'的认同简化了我的生命和感觉。这个代词令我蒙受屈辱。"语言可以简化生命的感觉，但生活本身只会增强这种感觉的复杂性。薛忆沩用像数学一样精准和像诗歌一样优美的语言，来表现这种复杂性。

其次，薛忆沩的小说结构有着匠心独运之功。无论长、中、短篇，薛忆沩的小说情节都极为简单，让你估摸着这是不是个讨厌故事的人。薛忆沩之所以淡化故事，是因为他热爱叙述。在文学中，故事与叙述往往产生巨大的冲突和尖锐的矛盾。故事曲折、离奇，便不需要什么叙述，尤其不需要高明的叙述。故事本身轻而易举就可以占领创作空间（当然，连故事都写不通那就另当别论）。而情节简单的小说，逼作家拿出超凡的叙述本领，包括广博的知识结构、深刻的洞察能力和别具一格的布局谋篇功夫。如果细心阅读，你能体会到薛忆沩小说中丰厚的哲学涵养和高超的数学天分。薛忆沩曾自豪地吹嘘，他可能是中国写小说的人里面，数学水平最高的。难怪他的小说丝丝入扣，在晦暗中闪耀明亮，于艰深里透出清晰，宛如一道道优美的方程式。像《流动的房间》，整部小说由"堆满书的房间""没有家具的房间""没有窗户的房间""浓缩着历史的房间""充满音乐的房间"组成，各部分自成体系，拢在一起形成总体格局，仿佛一个个乐章组成的交响，仿佛一级级解答组成的算式，给读者以很大的阅读愉悦。在《无关紧要的东西》这部短篇中，薛忆沩从开头至结尾重复"后来，X经常跟我谈起她青春期的忧伤"达五次，每次重复都将情节推向另一个向度，其运思布局，使整个文本有一唱三叹之妙。

于是，我们便看到那些再寻常不过的物事，在薛忆沩的笔下摇曳生姿，散发出柔光一般的诗意。这就是萨特所谓的"使一件事成为奇迹"的叙述，这就是契诃夫所说的"给我一个烟斗，我也能写出一篇小说"的叙述，这就是伍尔夫所讲的抓住"生活本身"、揭示"真正的真实"的叙述。在《深圳的阴谋》《出租车司机》《两个人的车站》《已经从那场噩梦中惊醒》《通往天堂的最后那一段路程》等作品中，我们都能体会到这"银碗盛雪"的妙谛。

第三，薛忆沩的小说具有一种独特的时间感。对时间着魔般的关注，使得薛忆沩的小说呈现特别的动感，有一种款款流动的质地。告别与分离的主题就是在时间的庇护和包裹中，上演一出出活色生香的戏剧。人类用尽各种办法，试图征服时间。他们知道无法摆脱时间，就像无法摆脱孤独一样。他们在与时间的斗争中收获的往往是恐惧和绝望，无论用美貌，还是用战争（革命）；无论用记忆，还是用遗忘。"她在这一次失败之后，对生活已经毫无兴趣了。她回忆着自己的三次失败，一次是因为莫名其妙的过去，一次是因为根本不存在的现在，一次是因为还远远没有到来的未来，她好像永远失去了时间的青睐"（《无关紧要的东西》）。《首战告捷》中以那样决绝态度参加革命的将军，取得了一个又一个战役的胜利，当他回到村庄接他的父亲进京，却发现父亲在他最为决绝的时候离开了人世，而他一无所知。他心中始终活着的那个父亲早已被时间收拾得干干净净，他不得不在时间面前低下自己高傲的头颅。

然而，薛忆沩又是一个毫无时间观念的小说家。他自然和其他人一样，深知时间的厉害，但他对付时间的态度和办法与中国许多当代作家截然不同。他不是冲击时间，对抗时间，用无数作品制成的炸弹去轰炸时间，以求赢得"轰动效应"；他选择的是在时间的长河中沉淀，不断地沉淀、积累，慢慢堆积成一个所有行进中船只都不得不注目的岛屿。他三十年文学创作的成绩单甚至抵不过某些作家两三年的创作量。他就是这样，执意让自己沉落，而不是飘浮；让自己内敛，而不是飞扬；让自己融进时间的脉搏，而不是拼命和时间赛跑。长篇小说《遗弃》的遭遇是一个不可多得的范例。

一九八九年三月，湖南文艺出版社出版了薛忆沩的长篇处女作《遗弃》。然而，在长达八年的时间里，这部小说几乎无人问津。当"遗弃"似乎将成为其必然命运的时候，不期然峰回路转，在一九九七年最后一期《南方周末》的"专家荐书"栏目中，北京大学哲学系何怀宏教授力荐《遗弃》，这部别具一格的作品才得以逐渐进入一些知识精英的视野。一九九九年八月，《遗弃》修订本出版，短短数周内售罄，求之者依然络绎不绝。二〇一二年五月，上海文艺出版社再次推出作家薛忆沩精心修改后的新版《遗弃》，何怀宏先生以"重读《遗弃》"为副标题作序，使之再度成为国内文学界与知识界谈论的热点。

一部小说的历史，就像人的命运一般，波谲云诡，潮落潮起。而薛忆沩的心中始终云淡风轻，仿佛那是别家风景。薛忆沩曾在《南方都市报》写过一篇文章《文学的耐力》。他把在长跑上积蓄的耐力与体力全部用到了写作上，写作的另一方面——智力与定力——对于他是毫无问题的。有趣的是，薛忆沩的文学创作和文学影响同样几乎是马拉松式的长途。就像自费出版的长篇处女作《遗弃》历时二十年之后突然成为中国知识界的重要话题，二〇一〇年，他发表的《小贩》是"用三十三年写成的短篇小说"，他的代表作品《出租车司机》直到第三次发表才产生了让人惊艳的影响，而一九八九年他写完的第二部长篇《一个影子的告别》至今也只在北岛的《今天》杂志发表过节选。二〇一二年十一月，他的第三部长篇《白求恩的孩子们》出版，不到十三万字，却浓缩了七十年的历史和地球两侧的生活，用两种语言和三年多时间完成，为写作的耐力提供了又一个范例。薛忆沩说，这一次，因为要跨越两种相去甚远的语言，写作的耐力经受了一次空前的考验。

薛忆沩因父母下放出生于湖南郴州，他虽然只在湘南那个小城生活了"浑然不知"的四个月，但称他为郴州作家似不为过；他的青少年时代主要在长沙度过，一家三代都是长郡中学的学生，所以，他应当也是长沙作家；他曾任教于深圳大学，在特区写作和暴走多年，特区人依然将他视为深圳作家；如今他长居加拿大蒙特利尔，所以回到国内，时常被称为"外籍作家"……在我看来，薛忆沩是个单纯、笨拙，有些异禀的长沙伢子。二〇一一年夏天，我和妻子去过长沙西郊谷山村薛忆沩的舅舅家里，那是一个精致大方的农家院落，我们坐在堂屋里，边喝茶，边聊天，大有"把酒话桑麻"的味道。

就是那次，我最先看到了《白求恩的孩子们》连载在郭枫先生主编的《新地文学》杂志上，这是薛忆沩用英语写的第一个长篇，然后他自己译成中文。就是那次，薛忆沩跟我谈到他在北京见到的几位新锐小说家，如阿乙、瓦当等，欣喜于他们所拥有的文学潜质，同时也为他们的写作环境感到担忧。

他说，中国当代文学与世界顶尖水平差距仍然很大，西方对中国当代文学的译介也比较混乱，但西方文学同仁对中国当代文学有一个共同的疑问，那就是中国的写作者大多止步于四五十岁，这也是具有中国特色的"四五十岁现象"。而在西方，一个作家四五十岁时要不刚刚成熟，要不正是如火如荼的时候。在他们看来，中国写作者特别容易见异思迁，把职位、地位和物质层面（比如获奖）的东西看得太重，反而将文学当成了某种工具。

二〇一二年，上海三家出版社同时出版薛忆沩五种不同门类的书：《遗弃》《不肯离去的海豚》（上海文艺出版社）；《文学的祖国》《一个年代的副本》（上海三联书店）；《与马可·波罗同行——读〈看不见的城市〉》（华东师范大学出版社）。薛忆沩告诉我，这个出书现象是上海出版界一九四九年以来的第一次。这年五月，薛忆沩回到长沙，我说，一口气出这么多书，我安排你到湖南师大去讲堂课吧。他有些犹豫，有讲的欲望，又怕自己讲不好。我说，不要怕，像你这样的名家，不需要讲得多好。很多名人的雕塑，游客还要跑过去合影呢，何况你是个大活人。他说，好啊。

我与湖南师大图书馆鄢朝晖馆长商定，讲课定在五月三十一日晚七点。为了给薛忆沩加油助威，我特意请引荐我与薛忆沩相识的戴海老师担任主持。演讲是戴老师饭碗里的事情，二十世纪八十年代曾有"北李（燕杰）南戴（海）"之称，他在贵宾休息室对薛忆沩进行了为时十五分钟的火线速成训练。讲课开始，我们的担心是多余的，薛忆沩聪明地采取了他最拿手的方式：聊天。他将新出版的五本书摆在桌上，一本本叙述这些书后面的"故事"，边讲边读，效果出乎意料的好。他真诚的品性与单纯的智慧，在一种沉静而热烈的交流中，开出朵朵会心的花来。长时间的掌声和同学们锲而不舍的提问，说明了一切。

两年后的二〇一四年十月，薛忆沩乘新长篇《空巢》、文化随笔集《献给孤独的挽歌——从不同的方向看"诺贝尔文学奖"》出版之浩荡秋风，再次应邀到湖南师大图书馆讲学，主题围绕大学生们颇感兴趣的诺贝尔文学奖展开。这回，他就十分放松，显得游刃有余了。

他说，他上大学时迷上了卡内蒂的《迷惘》，从此爱上了文学和写作。说到一九八九年四月，他的长篇处女作《遗弃》出版后，他无意间得到美国作家索尔·贝娄的地址，便冒昧用蹩脚的英语给他写了一封信，不料竟收到从索尔·贝娄办公室（非他本人）用蹩脚的中文回的一封信，并说索尔·贝娄六月将有中国行，期待在长沙见面。遗憾的是，那一年……他们最终没能见成。

他还说，他从加拿大回国，曾向多家出版社推介加拿大"村姑"门罗，他们都不待见，结果门罗获得诺贝尔文学奖之后，洛阳纸贵了。马尔克斯去世后，深受其影响的中国作家们一片哀声，很多作家撰文悼念。《晶报》主编胡洪侠对薛忆沩说，那么多写马尔克斯的文章，没读到一篇有感情的，你能否写一篇。薛忆沩回去后写了一篇长文，《晶报》用五个整版刊出，胡洪侠亲自撰写编者按，他如是说："中国作家总算给了马尔克斯一个交代。"

台下坐满了听众，大门外面还坐了一排。这个情景，发生在文学讲座现场，时下是不多见的。薛忆沩说，这是他讲学听众最多的一个场次。他开心得就像过六一儿童节的孩子。

关于他的文学启蒙，薛忆沩说过这样一个故事："少年时在北京，有次我去看话剧《推销员之死》的首演。我在剧院门口等别人的退票。突然，一个老外给了我一张票。进去坐下后发现，我的前排坐着曹禺先生和他的女儿，《推销员之死》的作者兼导演阿瑟·米勒就坐在曹禺先生身旁，我的左侧相隔两个空位的位置上坐着丁玲女士。剧场休息时，我上前和丁玲聊起了长沙，还请她签了名。现在回想起来，那种氛围给一个十七八岁的青年带来很大的触动。"

是啊，这样的人生际遇对一个人未来的发展，其意义不可估量。它本身就是天意，是"上帝存在的一个证明"。而薛忆沩，倘若让他再活十辈子，他也只会是一个浸淫于文字的孩子。在文字中，他永远长不大，却洞悉一切。

成幼殊：闪烁的金沙

到二〇一五年，我从事诗歌写作整整三十年。有时想起来，自己都觉得骄傲，因为一直这么坚持了下来。这三十年我对诗歌没有什么苛求，我的名和利大多是靠诗歌以外的东西获得的，不多，一辈子足够用。即便如此，诗歌却仍给予我厚赐，让我在它的光辉中享受理想追求与精神砥砺的快乐。比如，如果不是因为诗歌，我在二〇〇四年二月便不会有幸赴台湾参加"两岸诗学研讨会"；如果不去台湾，也许我很难有机会结识成幼殊老师。

就在我为自己能坚持写诗一二十年沾沾自喜的时候，我遇见了一位与缪斯女神深交六十年的老人，而她自己几乎也成了一位女神。

台北的早春风和日丽。台湾文艺协会会长、诗人绿蒂先生把我介绍给成幼殊老师，她当时正在大厅的话吧间给北京的家人打电话。她微微弯着腰（那是岁月的痕迹），脸上挂着盈盈的笑（那是诗歌的痕迹）。青年女诗人雪漪说幼殊老师的微笑，"是一种最温暖的表达"，"有着特殊的震撼力，焕发着奔放的爱"。我非常认同。雪漪不愧是幼殊老师的忘年至交，我和幼殊老师的缘分很大程度上应归功于她的撮合。

去台湾很难，尤其在台湾地区领导人选举之前，雪漪从网上弄到我的电话和地址，与我联系，我们一起交流各自办理手续的心得和进度。到台湾后，雪漪和幼殊老师住一间房，因为我是代表团中最年轻的男士，绿蒂先生便交给我一项光荣的任务——照顾两位女士。于是，在台湾期间，我们形成一个"三人行"的格局。把孔老夫子的名言放在这里再合适不过，她们两个都是"我师"。雪漪虽比我小，却有着非凡的人生经历和极富穿透力的才情，像我这样经常无缘无故自视甚高的人对她也不由得怀着敬重之心。而年过八旬的幼殊老师，我感觉诗和人在她身上真的已难解难分。我对她说"您是真正的诗人"，她闻之则喜，那孩子般的高兴模样，天真得就像一棵披满露珠的树苗。

尔后，慢慢知道了幼殊老师的传奇，并有幸获得幼殊老师亲笔签赠的两本诗集《幸存的一粟》和《成幼殊短诗选》（中英文对照）。令我深感意外的是，这位新中国第一代职业外交官，在待人接物上竟毫无虚晃与客套，"外交辞令""社交手腕"等等在她那里全消解于无形。由于幼殊老师的某些特殊身份，我亲眼看到一些人围着她转，作秀式地嘘寒问暖。他们很少受到文学的浸润，不怪罪。但幼殊老师却以不变应万变，她脸上永远是真诚的微笑。她那富含诗歌元素的目光看着你，给你以极大的包容和理解，并有效地消解那些世俗的东西。我相信，一个真正的诗歌爱好者，如果不是想沽名钓誉的话，他要能陪幼殊老师走一走、谈一谈，读一读她平和而温蔼的眼神，他的诗歌创作一定会有所长进。

　　所以，我十分羡慕雪漪，她与幼殊老师的那一份天缘辐辏，那一抹灵犀相通，那一缕情意丰盈，的确是诗坛的一段佳话。我再想，以雪漪的才气和勤奋，她配得上幼殊老师的厚爱呵。于是，我便收起羡鱼之心，退而结网，好好写诗。在那么多诗人中，我能够和幼殊老师一起环游台湾宝岛，这也是上天的垂爱，我应该好好珍惜。

　　二〇〇四年七月，贵州开阳县主办首届"世界华人散文诗作家笔会"。幼殊老师是受邀的重要嘉宾，雪漪散文诗一写就是一本，不请她自然说不过去。而我还是十多年前写过的散文诗，数量与质量均难以过关。雪漪说："幼殊老师去，你也去吧，保持我们的三人行。"我说好啊。雪漪便通过她的关系帮我弄到了一张笔会的入场券，现在想来都是既喜悦又惭愧。

　　我如约到了开阳，三人得以成行。老实说，开阳以一县之力主办一个有海内外百余诗人参加的盛会，其志可嘉，但在接待上难以周全安排。幼殊老师和雪漪的住处比较简陋，房间潮湿，卫生间漏水，加上那几天开阳下大雨迎接宾客，我都为幼殊老师捏着一把汗。但她没有任何失措，冒雨到广场参加开幕式，按时赶到讨论会场，认真观看文艺会演……精神好极了。反倒是年轻力壮的我受不住，经常打退堂鼓。幼殊老师还在散文诗研讨会上有一个语惊四座的发言，她勇敢地把雪漪推到前台，向与会诗人、作家们隆重介绍雪漪，宣传雪漪。老人奖掖后秀的一片赤诚，赢得与会代表长时间的掌声。

幼殊老师的笔名是金沙。她在二十岁那年写过一首诗，题目就叫《金沙》：

呵，二十岁的年华，
如闪烁着的金沙，
青春是美丽的，
就连沉重的悲哀，
也清澈如溪水，
掩得住欢笑的光辉？

这首诗奠定了幼殊老师整个人生的基调，直到现在，她都是青春的、美丽的，都是清澈如水，常把沉重的悲哀融化在欢笑的光辉里。读过幼殊老师的诗文，再去品味她脸上宛如白云拂过天空的微笑，你才能真正领略其中的从容、淡定和那份宠辱不惊的情怀。

二十世纪四十年代是幼殊老师诗歌创作的黄金年代，她的作品深具典雅、蕴藉之风，语言凝练，疾徐有致，时常用上口语，别有一番意趣。

你逗人的眼是喜悦的云雀，／歌声已嘘干／我的泪痕。（《金沙》）

心，是冬夜的深潭，／有青尾鱼的拨水声，／掩盖的

冰，／几时溶了呢？（《梦》）

轻轻地阖上门，／将晚安的余音剪断，／一句等待了整天的话／还是没有机会吐出。（《安寝的时候》）

七月的风是流连着的，／七月的晴空透薄得欲破了，／蝉声有抽不尽的绿丝。（《七月白果》）

年青的岁月是一匹羚羊，／沾满残露和草香的蹄声／自远远的谷底来了。（《羚羊》）

当它已倦飞，倒悬在墙隅铅丝上，／翕动的翅，淡红的小嘴，昏昏欲睡了。／夜半唐突的借宿者呵，／将什么做酬报呢？／早秋柔如水的梦，分一半吧，／梦中更借我以翅膀。（《蝙蝠》）

醒来，任冷漠的破晓风／拭落了太息如片片黄叶。／冬季还远着，／而爱情已成了空枝。／于是有记忆以青葱葱的手指／将温情全偷悬上四壁，／仿佛残断处霉绿的古代饰物，／就连那一凝视，一挥手。（《斫伐》）

我私下以为，二十岁应该是幼殊老师一生中最重要的一年，那一年她诗歌创作的数量之多、质量之高，即便在当时的全国诗人中也是首屈一指。上面摘录的即是管中窥豹,可见一斑。锦心绣口,抽茧成丝,于俗世中顿见此语,于俗务中暮读此句,恍如武陵人入桃花源,芳草鲜美,落英缤纷,一片旖旎景致。

二十岁以后的幼殊老师又有不同。在国家的生活中,本来日寇投降,抗战胜利,中国应尽快走上复兴之路。不料国共勃溪又起,一九四五年发生"昆明惨案",蒋介石首次动用军队枪杀学生和老师,举国震惊!幼殊老师愤然握管,创作了歌词《安息吧,死难的同学》,这首歌由她的同学魏淇谱曲后在万人公祭大会上齐声高唱。用幼殊老师的话说,那是"火热而悲壮的一课"。幼殊老师的诗风亦随之发生改变,少了纤弱婉转,多了慷慨激越,如:

出发,向母亲大地说:/把你的悲痛和苦难/都交给我们,/让我们来承担。像狂风吹过死寂的森林,/我们的脚踏过荒野,/枯草便会笑着变青!(《队伍》)

当默负起怀念如一粒灰尘,/踏上万万里不追悔的路程。/任泰山劈面崩摧,/天!我没有权利颤慄!(《小卒》)

但愿在万千人的锄头下,/大地驮起一片金黄的谷粒,/那时候,没有压榨和欺骗,/流着眼泪的饥寒的兄弟/都得到自由和安逸。/如果你还会在我身旁,/青的天空下,披

着阳光，／赞叹这人类的伟绩，／我想我会欢喜得颤栗起来，／而且更懂得爱情。（《赠》）

时局动荡让诗人敏感的内心更加坚强，她忧患国民，倾情大地，她明白自己的源头在哪里。她祝福苦难的祖国"枯草变青"，她期盼饥寒的同胞"都得到自由和安逸"，这才是自己爱情的坚实保证。

我觉得，这么多年来，幼殊老师是一位被严重忽略的诗人。幼殊老师那么执着于诗、痴情于诗，却对"诗人"的名号毫不在意。她诗集中的许多诗作自己都没有留存，而是她的朋友们、她的诗迷们贡献出来的珍藏。难怪她把诗集取名为《幸存的一粟》。这正是一个真诗人的本色所在，同时也说明，真正优秀的诗歌作品，无论以何种形式，总是会得到流传。

好在，历史的眼睛也是雪亮的。幼殊老师以她的诗集《幸存的一粟》荣获第三届鲁迅文学奖。好多诗友们向她祝贺，我也不例外。我还寄了一张女儿丫丫的照片给她。丫丫出生时，我和幼殊老师、雪漪正在台湾，我告诉她们喜讯，她们都对丫丫表示深挚的祝福。幼殊老师收到我的信后，特意打印了一封信回给我：

昕孺诗友：

　　谢谢新春祝贺，谢谢获奖祝贺。要感谢旧雨新知，并所幸天假以年。还十分感谢你前寄赠的一家三口的合影。年轻父母拥着个可爱的小宝贝，多么甜蜜。祝福你们更有大智慧、大发展。今日的婴儿，不用多久也会长大而成熟的。祝福她，体现着你们全家的快乐。

很希望今后有机会再得到你的呵护、扶持。我想会的。

幼殊
鸡年正月廿日

信的最后一句，是幼殊老师对我们台湾及贵州开阳之行的追忆。但是很惭愧，我做得太不够，经常为了自己看风景把她和雪漪丢在一边。我想下次我会做得更好。一定会的。

我在回信中告诉幼殊老师："虽然昕孺忙于俗务，很少向您请安，但我一直从各种渠道，尤其是雪漪那里，关注您的任何消息。自从台湾和贵州我们三人两番结伴以来，我觉得我们已经有了一种非同一般的交情，未见得是时常音讯联络的那种，但一定是永远心意相通的那种。"

《幸存的一粟》中有两首诗引起了我特别的关注，一首是写于一九六三年的《金沙自白》，一首是写于二〇〇一年的《自我评估》。

《金沙自白》中说：

虽然我很小，／我是金的。／把我放在火里，／我还是金的。//虽然我是金的，／我很小。／把我和别的我放在一起，／不然我就没有了。//我总在闪光，／我总在笑，／我总是快乐的。//我总在唱，／虽然声音很小，／虽然你也许听不见。//虽然你也许听不见，/我总在小声地唱。//因为我怀着感激，/要反映出灿烂的阳光。

这是一首洋溢着天真与欢快的诗。在那样的年代，无论国家的大环境，还是每一个小家庭，都有着数不尽的磨难，但诗人仍然"诗意地栖居着"，她靠诗歌和亲情抵拒一切外侮，精心营造着自我的温馨氛围。

《自我评估》中说：

我曾觉得，前半生是浪费，/写了些诗，做什么？//我又觉得，后半生是浪费，/没写多少诗，怎么还活着？//也许我一生都是浪费，/世界不缺少我这一个；//但是，也不算是浪费，/既然每一棵树都摇曳出绿波。

诗句再平朴不过，但诗人的内心是那么深邃，怀着对人生的眷恋与热爱，对诗歌的坚守和自得，用"摇曳出绿波"五个字表达得简洁、含蓄而有力。

通过这两首诗，在小我之外，我们看到的是大器；在谦恭之后，我们看到的是力量。是啊，诗人是最有力量的。每当想起幼殊老师登山涉水的风姿，那哪里是人间女子的身影，分明是诗歌女神的风致啊！

贾宝泉：天生一个散文家

贾宝泉先生，河北邯郸人，自幼家贫，劳苦之余，学而时习之，母亲是他的启蒙老师。她第一次教他念"江南可采莲"，成为他文学生涯的一篇精彩序言。从此，先生没入中国文化的汪洋大海，上下求索，左右逢源。某日，他登上了一个名叫"散文"的宝岛，惊讶地发现，自己已经是这个岛上一眼清亮的"宝泉"。

也许是生长在冀南的缘故，宝泉先生的散文里既有扑面而来的杏花春雨，又有疾驰而去的骏马秋风；不是才子气的一味柔情蜜意，也不是学究型的一味寻章摘句，而是才气自当来而来，自当止而止，或雁没青天里，或闲花逐水流。掌故典章亦在不得不来的时候，飘然而至，仿佛良宵上空的星月，不声不响，却能平添无限景致。有了这一手功夫，加上灵心慧目，为文自成一格，为人游刃有余，其冲和之态、高标之神、清丽之韵、激越之思，构成了先生散文的奇妙殿堂。不知不觉，先生已是中国当代散文的一座名城，因而理所当然地荣任《散文》杂志掌门。

说为文自成一格，许多作家身上都被人或干脆自己贴上了这个标签。明明履他人之辙，却说成是自个儿走的；明明是古人的名句，却说成是梦中所得。这些人真该多读读先生的文字。我不揣冒昧，试举几例。

雪是个老题材了，古今中外写雪的诗文不知凡几。宝泉先生是这样写雪的：

> 雪有良心。雪的良心对雪说："你必须死。"雪默然。雪想："地平线外有沙漠，那里的驼队快要倒毙了，正等我去救命呢；高原的河床空荡荡，两岸的麦苗矮如侏儒，正等我帮助拔节呢！可我粘在地上怎么能去呢？我只有死，化作精灵，升到云空，借长风飞到我该去的地方。"
>
> 因为雪做了赴死的准备，当云破日出的时候，雪就微笑着坐化了。

我也写过雪，但读了上面这段文字，便自愧弗如。这种深情而质朴的写法，才是文章的正道。

写秋天的人更多了。欧阳修就有著名的《秋声赋》。宝泉先生在《晚秋的林中》有这样一段：

> 秋不喜欢用叶与花打扮自己。它注重生命的本色，崇尚一目了然，喜欢删繁就简，"质本洁来还洁去"。它已然没有了不安，没有丝毫的作态，宛然将要辞世的智者，赤条条来去无牵无挂。

先生撇开中国传统文学中"悲秋"的路数，也不像刘禹锡在常德写的《秋词》那样，凭一时的情绪，便武断地"我言秋日胜春朝"，先生关注的是一个季节的本质，是时间和生命的本色。这样的文字，已不仅仅是一种心情的流露，而是融入了独到的思考和深刻的认知，融入了作者"针针见血"之后复归于平和与平淡的人生体验。

可以说，写雪，写秋天，都只是表面的，实质上是写自己，写时代，写人生，写命运，写骨子里的痴迷，写肺腑里的忧愁，写肝胆里的真挚。先生说："好的散文，也有根。散文不是无家可归的孤儿。"先生的散文拥有那么多读者、那么多知音，当然不会是无家可归的孤儿。

先生文品的根在哪里呢？在他的人格。乍看上去，先生外表潇洒倜傥，文人气质浓郁，似乎是清高孤傲之人，一接触却是出乎意料的温蔼。他身上还有一种在名人身上极为罕见的热心。他热心于结交青年朋友，不管你的写作水准如何，只要你是真正热爱文学、热爱生活，他就会向你伸出温暖的大手，他亲切的目光就会注视着你。二十多年前，我初学写散文，麻起胆子向《散文》杂志投稿，不期然收到先生的回信，其直陈优劣，殷殷鼓励，让我信心倍增。不久，我就成了《散文》的一名作者。

一九九五年，先生的散文集《当时明月今在否》问世。我在报刊上看到书讯，打电话给先生，想买一本。先生在那边朗声说，买什么呀，几天前就寄给你啦，你等着吧。果然，三天后我收到了先生的赠书，扉页上赫然写着"新宇兄指正"，下面还署了"宝泉敬上"。我久久望着先生的笔迹，不由得笑了。我听说，那时仅湖南一省，和他直接通信的文学青年就不少于两百人。而先生在《散文》杂志频频推出新锐后秀，早已为文坛所瞩目。

我对先生了解并不多，只从他的文字中知道他"种过田、当过兵、挖过煤"，这九个字可不简单啊，工农兵三种身份都有，当然这只是生活的历练。宝泉先生是特别注重精神陶冶的人，在创作上他是一个耕耘者，在艺术上他是一个妙享者，在心灵上他是一个爱智者。所以，先生对散文的热爱，对写作的追求，与一般人有所不同，他不在意发表多少，更不留心自己在散文界的声名与位置。按理，他长期担任《散文》杂志主编，是很容易将自己炒作成所谓文坛盟主的。他没有。他追求的是从智慧的层面去感悟散文，挖掘散文，提升散文。

几年后，先生退休。最让我感动的是，先生离岗前，将在他任上所有刊发了我作品的《散文》杂志寄了一套给我。这套杂志至今保存在我的书架上，每次只要扫它一眼，我都会会心一笑，仿佛先生在那里看着我似的。

虽然不曾有机会见到先生，但我一直与先生保持着联系，不时向他请教。二〇〇八年，我谋求在散文创作上的突破，写了一组短散文《日常物事的诗意》，自己心里没底，就将它寄给了先生，算是交上一份作业。二〇〇九年三月三十日，先生寄来了一段话，标题是《一组别具创意的散文——昕孺散文〈日常物事的诗意〉阅读散记》：

十多年未能读到昕孺的散文，此次读到颇觉感奋。给我强烈印象的是诗意与哲意的交融。该文文本本质上是散缓的诗歌。阅读时应避免因不细心当成普通的散文。

引领汉字以如此的形式组织成如此的阵势，作者在精神境界上占取了较高的位置，因而作品显现了自由而轻松的"高"，有节制的恰到好处的"放"，以及怜惜汉字数千年连续出击的疲惫而尽量少用的"简"。

是纯思的。在形而上领域已提升到某种高度，有自己的海拔。是指向自己心灵的。虽然带着挑战的姿势而来，但它自己并无任何挑战的念头。

文字布阵丰而简，幽而明，曲而通。思想疏密有致，但已溢出文字之外，仿佛有意放生的"漏网"之鱼。

若干短章各具优长，而《杯子》别具情思——比喻杯子为鸟，新颖别致；从杯子盛水与不盛水部分的阴影的浓淡，可见观察之细；"即便一只空着的杯子，它也是为水而生"，本来无生命的杯子至此有了生命，并立即表现出了善与诚，见出使命关怀；而"杯子里的空，微微地漾出"，这是将"空"强烈物质化了，杯子里的"空"要撑出杯子内壁与外面的"实"结为金兰之好了。我对此颇看重，因其已触及"空即实""世界本无空"的命题。哲学的"空"也是物质存在，哲学的"无"也非绝对的什么都没有，这已与老子的"道"暗中相合；最后，杯子对于不同饮者、注视者"都给予他们同样的映照，给予他们日常生活同样的光辉"，体现杯子的众生平等、一视同仁的意识，说高了就是佛性。想起黑格尔一句略似东方圣哲的睿语："相反的事物成双配对，构成生命的节奏。"假若站在哲学立场继续推进，便演绎出古希腊阿那克西德曼的彻悟："万物所由之而生的东西，万物消灭之后复归于它，这是命运规定了的。"因之，空与实，因为同在，故必同不在。此中大概有作家昕孺所理解的物质秩序。

《书架》所谓"入处便是出处，不断地进入，就是出口"，也见悟性。人之知识须出入，心之悟得须出入，书架之收存更须边入边出，既然好的"入"了，相形见绌的是该自行"出"的。

佳句仿佛散珠，各章皆有，闪闪烁烁，自己携了灯笼在走，自己就会发光。每个短章都留下了"核儿"，来日得甘露惠风是能够重新抽芽生发的。

这些作品在创制过程中必是反复琢磨，铢铢较量，故而完成之后，作家好似攀爬过孤高的老树，手和心都累。即便仅比普通之作高出分寸，也是心血累积而成，后者不刻苦奔逐也是难以与之平齐的。

二〇一三年四月，宝泉先生寄给我他的新著《散文谈艺灵》。我在此书中看到他兴致盎然地与青年诗人们切磋散文中的诗意，告诉他们"最好诗文兼能，蔚成互补气象"——这也是老师当初要求我的。直到现在，我都是诗歌、散文、小说都练练，从不偏废一体；看到他辛苦奔波，出席全国各地的散文座谈会，发出"向数理化要散文"的呼吁；看到他不厌其烦地与青年散文作者笔谈，谆谆劝勉说"任何题材都向着散文微笑"……内心激荡不已。我看到了先生苦口的后面深具一颗婆心，正如他的自喻，其人其书，都有如一张琴，是诗意之琴，是哲理之琴，是蕴含着创作之道与生活之道的智慧之琴。由是，我深深地感到自己的幸运，因为我时常聆听从这张琴上弹拨、散发出来的玉音，能感受到日月升沉、太仪虚实的无穷奥秘，仿佛进入庄严华妙的自在之域，拥有一方星斗灿烂的美丽天空。

先生还在书中收录了为拙作《日常物事的诗意》所写的那篇评论《一组别具创意的散文——昕孺散文〈日常物事的诗意〉阅读散记》。我发现，书中收录的这篇评论与他当初发给我的那篇，又有许多改动，尤其他在文末特意加了一段：

> 应该谢谢作者，因为我听到文本本身在郑重声明：娴熟使用母语、文字精简、修辞诚正、为着寓意深远化真理而为具象……在任何时代、任何地域都是对的。

二〇一四年，《文学界》杂志三月号推出"吴昕孺专辑"，我特意将《日常物事的诗意》这组散文和宝泉先生的这篇评论放了进去，发表时先生评论的标题改成了《自己携了灯笼在走》。遗憾的是，这时宝泉先生已移居天津西郊中北镇，那里收发邮件极不方便，我和杂志社寄给他的样刊，他均未收到。

二〇一五年五月底，我应邀赴天津参加第十三届全国民间读书年会。二十四日中午，我随同书友们在意风区新天堂吃过自助餐，稍事休息，便向主办方请假，问路到建国道地铁口，乘二号线在终点站曹庄下。天津城内没有"黑"的士，但郊区有。"黑"的士司机是个热心人，将我送到中北镇大地十二城枫桥园门口。我说我要买些水果。他又将我送到一个超市面前。这时，贾宝泉老师打来电话，说他已下楼来接我。我们握手，拥抱，一起上楼。师母泡了龙井，洗了葡萄，在楼上迎着。

老师和师母带着我参观了他家的每一间房。书房环睹皆书，但看得出他不是收藏家，且略显凌乱。老师羞羞地说，这表明我总在用书。卧房里还藏着一个小书架，有五层，整齐堆砌着老师所能找到的有他作品入选的集子和研究文本。还去了他女儿的书房。满门书香，给人以藏至味于淡泊、大道至简之感。

贾老师退休后，几乎谢绝一切活动，包括各种散文奖项请他出任评委，有的连请柬都寄过来了，他均婉言拒之。他说，我到了这个年纪更不能怠惰，还必须思考，必须做点自己的事情。他告诉我，写作最终要上升到"道"的层面才行，要参透生死，才能出大境界；停留在"技"的层面，只是一个写作工匠：

天意从来高难问。不面向道，不面向无限的写作，永远是雕虫小技！

老师特意从书架上取下我送给他的长诗《原野》说，一读就知道，这里面是有东西的，那点东西，要仔细琢磨，才能品出味道。

畅谈一下午，老师和师母执意留我吃晚饭。我们一起步行，走过大运河，在修，没水。远处有一段已经修好的，碧水清清。老师说，那些水是用钱买来灌进去的。我们在镇上"王记厨房"吃饭。饭后，老师和师母送我到地铁站，一直站在那里看着我买票、检票、进站。他们不停地挥手。我提着他们送给我的一盒茶叶、两盒花饼、三本书，消失在他们的视野里。

我想起先生的一篇美文《月下·林中》，末尾说："行不多远，渐闻路畔有琴声传来。循声去找，是一道尺多宽的积年成精的古泉模仿琴鸣。泉水轻声细语地流，秋月静静地在水中洗尘。长沟流月，水自流，月自静，两相恋，两不扰。"

这道泉，不正是先生的自我写照么！而泉中洗尘的秋月，则是先生充盈着文字之光的精魂。先生就是这样一个天生的散文家。

龚曙光：回归只为超越

我在文化圈和教育界的一些朋友，读过龚曙光先生的散文集《日子疯长》之后，都很惊讶：鼎鼎大名的湖南出版集团董事长竟然出了一本散文集，而且写得如此之好！这些朋友都是读书种子，心气与眼界俱高，从不轻易许人，但《日子疯长》让他们眼亮、心热，甚至血脉偾张。

有个青年朋友问我，为什么这么好的散文不是出自一名散文家之手？我答道，能写出好散文的人就是散文家呀，你管他的职业是做企业，还是当主持，或者是贩夫走卒卖浆者流。文学是最为公正的女神，可以重新定义任何一个灵魂孤独而精神丰饶的跋涉者，无论你在哪个阶层、哪个位置。

更何况，曙光先生还有鲜为人知的一面，他在经商之前，已经是一名颇有影响的作家和评论家。记得二十世纪九十年代初，我曾与在湖南省文联《理论与创作》编辑部任职的曙光先生有过多次通信。我当时刚学写散文，迷恋于寻章摘句的书斋式写作，文字追求古雅秾丽，曙光先生在信中对这种写法提出了质疑和批评。他认为文风不可复古，文字不可逐雅，雅只有与俗打成一片才有生命力。当时我发表了不少作品，却境界不高，突破无力。这对我既如当头棒喝，又似醍醐灌顶。几经搬家，那些信不慎遗失，信里这些话却镌刻在我心坎上，让我时时回想和自省。我后来写小说、组建《大学时代》杂志社、主办湖南首届"青年学习节"等，都是为了让自己浸淫到俗务中去，从琐碎的日常和繁难的挑战中探骊得珠。只是我才力不逮，悟性不高，创作成绩有限，而曙光先生则将自己才干的"动车"拐离文学幽径，驰骋于五光十色的文化通途和商业大道，大展其宏图与伟略。此后，我仅在一些公共场合聆听过几次他的演讲、报告，在众人对他的啧啧赞叹中毫不惊讶他愈益俊朗的风神和启人心智的妙论。

同样，我毫不惊讶《日子疯长》所具备的文学品质。因为事情的真相是，这本散文集绝非一个成功企业家的临时客串，而是一名优秀作家的漂亮回归。临时客串只会把雅事弄俗，漂亮回归则是将俗事做雅。我觉得，曙光先生始终在恪守"雅只有与俗打成一片才有生命力"的生活理念。有雅支撑，他才会把俗事做得那般出神入化；有俗打底，他也才能把雅事做得这样举重若轻。

我想探究的是，曙光先生为什么要回归？一个把出版湘军打造成一支铁军，把湖南出版集团提升到稳居全国第二、获得无数荣誉的杰出企业家，为什么会在他职业生涯的晚期悄然亮剑？按道理，他已经走得够远的了，远得让几乎所有人都忘记了他曾经是个作家。然而，他说回就回来了，好像他一直就不曾远离过。

在我急切而快意的阅读当中，心头渐渐浮现出两个字：超越。

先谈文学的超越。时下乡土写作、亲情写作成风，尤其在门槛并不高的散文领域，成了廉价乡愁的表演场和庸常亲情的集散地，同质化十分严重。很多作者文字功夫也不错，但在面对生养自己的故乡和亲人时，往往不知道如何处理自己的情感，多放纵，少节制，多陷溺，少咀嚼，多倾诉，少审视。曙光先生不一样：既然已走远，就站在远方回望故乡，而不是笔头还没拿起，就一个劲地向故乡和亲人扑去，那只会扑个虚空，或顶多在盛满泪水的池子里打个滚，自我宣泄一番。

距离，是美学的关键词。而在曙光先生这里，这个距离不仅是平面上的，还有空间上的；不仅有长度，还有高度。故乡风物与人物在他笔端都成了他揣摩、省思和审视的对象，让他的文字于抒情与描写之外，多了极富辨识度的智性色彩：

> 母亲对生活没有要求，而她对精神的欲求却又秘而不宣。母亲与我们朝夕相处，而我们却觉得她其实生活在远处，在一个完全闭锁的自我世界里。不知道是因为这个精神的世界太过强大，根本不需要别人的襄助和认同，还是这个精神的世界太过脆弱，根本经不住任何外人的靠近，一碰就碎。（《母亲往事》）

> 农事便是我的少年课业，是我一辈子做人的底气。不仅是春播秋收的那些技能，更是农民对待生计那种平和而从容的态度，对待土地那种依赖而庄敬的情愫！还有在寒暑易节

的代序中，对待大自然那种质朴、敏感而自在的审美感动……（《少年农事》）

  那是我第一次见到那么高大的银杏树，第一次感受到那么俊逸洒脱、纯净明亮的树木之美。那是霜雪下的倔强春意，是肃杀里的反叛抒情！因了这棵银杏，我一直怀念这栋两度借住的平常民居，一直惦记这位相处不久的朴实农民。这棵银杏，虽不是我湖畔生活的某种象征，却是我青春年少的生命中，一个抹不去的审美符号。（《湖畔》）

再看思想的超越。在中国出版界，曙光先生是公认的有思想的企业家和出版家，这从他有关企业管理的著述和演讲中可窥一斑。不过，以我对他的了解和理解，他远不满足于自己企业思想和出版思想的表达，更重要的是，他的思想也远不仅止于企业和出版。无论多么杰出的企业家，多么伟大的政治家、教育家，职业都只是他思想取得进步的基础，最终所能达到的深度和高度，取决于他的通达和智慧，一句话，取决于他把"人"做成了什么模样。

曙光先生无疑是志大才高之人，但有多少人志大腹空，才高性执，而曙光先生始终保持着自己的本色与本真。在他缜密的逻辑思维里，灵犀之光璀璨而清丽，仿佛繁星满布的天宇；在他感性十足的文字间，理性思考则有如江流中自成一格又与周围风景融为一体的岛屿、沙滩：

母亲背负着沉重的理想生活，也背负着沉重的生活理想，在理想与生活的冲撞中妥协，在生活与理想的媾和中坚守，因拒绝妥协而妥协，因放弃坚守而坚守。生活是母亲理想的异物，生活又是母亲理想的归宿！（《母亲往事》）

在农耕中国的结构中，小镇是天然的经济运行单元；在权力中国的体制里，小镇是厚实的政治缓冲垫层；在科举中国的传承下，小镇是丰富的人才资源储备。星罗棋布的乡下小镇，是中华大地上最本色的审美元素、最自主的经济细胞、最恒定而温情的社会微生态。（《走不出的小镇》）

从祖父到小平的儿子，一晃已是五代人，每代人所处的时局不同，个性和追求也各异，然而他们的命数却相似得令人惊诧和费解！经历了一百年翻天覆地、惊世骇俗变局的中国乡土，与微末如同土地的农民，其改变究竟在何处，在梦想还是在命运？（《财先生》）

平心而论，这些二三十年前吴卵泡引以为荣的作品，其人物不如他自己率性有趣，其命运不如他自己耐人寻味。搞了大半辈子写作，吴卵泡最令人惦记不舍的作品，大抵还是他自己……（《我的朋友吴卵泡》）

最后，我想说说境界的超越。

时下，一本书等于一碟小菜。"半部《论语》治天下"的时代大约早已成了古风。一个有趣的现象是，精神如此匮乏，娱乐如此旺盛，游戏如此流行，出书却像赶集一样，很多官员、专家、教授动辄著作等身，而位居出版集团的董事长，曙光先生仅出过三本书，《日子疯长》是他第一部纯文学的散文集。这本书对于他的意义毋庸置疑，而我对它的定性是：这是一部回归之书，是一部重构之书，是一部超越之书。

从时间而言，过去不可能再回来。但人类有记忆，记忆可以招魂过往。把过往的魂招回来干什么？重构那个属于自己的"故乡"，重塑那个到处"寻找窗口张望"的乡下少年，将过往的一切元素：母亲、父亲、三婶、大姑、祖父、知青、山上、湖畔、梨树……重新构成一个小镇，构成一块田园，构成一处"梦溪"，构成一面有着舒缓平和的乡村生活与宽厚朴拙的乡土人情的织锦。

这个工作或许有两重意义。

对于我们所处的时代而言，我们可以环顾四周，看看现在的乡村是个什么样子。二十世纪和二十一世纪前二十年，发生在中国所有的大事，战争、运动、建设、开发，无不让乡村生活和乡土文明创痛巨深。中国乡村或徒有其表，或连表象的皮毛皆不存，我们该如何面对？《日子疯长》自觉不自觉地承担了这一使命。

对于曙光先生个人来说，我暗自揣度，他是想通过这本书，通过对故乡的重构,找到一条幽邃而舒畅的时空隧道,返回那个生性质朴却又怀着崇高梦想的乡村少年:"人愈大小镇便愈小,人大到可以奔走世界,小镇便小得逸出了世界。当我们将世界几乎走遍,才发现这一辈子的奔走,仍没能走出那个童年和少年的小镇。"

然而,此少年非彼少年也。彼少年百事不惧,此少年则深怀敬畏;彼少年足不出镇,此少年则已奔走世界;彼少年懵懂无知,此少年则满腹经纶,决胜千里……这样一个少年,从他重构的"故乡"重新出发,他将走多远,将抵达怎样一种境界呢?

带着这样的问题,我们就不会奇怪,才华惊世、气场惊人的"龚董"何以会在峻岭之巅,更关注小丘;在洪涛之畔,更流连涓流;在子夜独行时,会为一星灯火而热泪盈眶;在年节欢宴上,会为行乞的叫花子而黯然伤神……面对俗世,他如此强大;面对万物,却又如此温柔——只因,他是一名超越者,是一个朝圣者:

> 世上原本所有的朝圣者皆为自圣!无论朝觐的圣地路途是否遥远,最终能否抵达,而真的圣者,一定是在朝圣路上衣衫褴褛的人群中。

再疯长的日子,也肇端于初绽的曙光。再绚丽的曙光,也启蒙于深沉的晦暗。

再慢的日子,过起来都快。再快的日子,也安放得下朝圣者缓慢而坚定的足迹。

　　白云苍狗，岁月骤逝，永远不变的，是初心，是梦想，是一个人应该感受到的自我承担、自我救赎和自我突破。

张战：慈悲的力量

多年前，我和张战老师不仅是"陌生人"，而且我从没听说过这个名字。这当然缘于我的孤陋寡闻，不过张战老师也把自己藏得紧紧的，就像被糖纸裹住的一枚糖果。她常穿青色衣裙，她的第一本诗集名曰《黑色糖果屋》，是不是既形象，又贴切呢？

二〇一二年七月，谢宗玉刚刚调到毛泽东文学院，主持湖南作家网，这位以散文名世的作家很重视诗歌，他大张旗鼓地推出"湖南实力派诗人及其代表作"，我就是在这个栏目与张战不期而遇。她那组写西藏的诗"打"到了我。因为我在二〇〇八年也去过西藏，很多感觉借由她的诗句，竟奇迹般地复原、还魂。张战的《西藏十章》之所以富有感染力，是因为我看过的其他写西藏的诗文，包括我自己写的，都只是"西藏诗"。而张战的诗，既沉溺，又超然；既在场，又迷离。她没有用优美壮丽的词汇渲染西藏独特的景色，因为千千万万人都这样做过了。张战或许也曾如同无数游客，震撼于雪域高原的美，不停地追逐和拍摄，恨不得把整个西藏都带回家，但当她铺纸落笔，要写这组关于西藏的诗歌时，所有热切都归于冷静，所有绚丽都皈依朴素——张战的内心似乎有一种强大的炼金术：

> 唐古拉的茫茫冰川／平展柔软／风吹不动∥像父亲写字用的宣纸

> 在大昭寺／我跟着一个转经的女人／太阳使我眯缝起眼／她后面跟着她的孩子／赤脚，流着鼻涕／又冻又饿／嘴唇乌青∥菩萨／我该不该蹲下来擦干净她脸上的鼻涕／去给这孩子买一双鞋

> 如果我的心也是一块喜马拉雅山麓的白岩／菩萨的脸会不会自然显现／那时我能不能自己做画师和工匠／把你雕刻

> 那被宰杀的羊倒在雪里／人们把雪踩成灰黑泥浆／雪还在下／羊的头抬起又垂下／脖子／没有气力了／它的毛一绺一绺，又湿又脏

> 而我确乎梦见过／我的前世是一条黑毛母狗／月光下孤独地穿过田野……

不说世界，西藏至少是中国最"白"的地方，雪峰连绵高耸，冰川奇丽炫目。但那是相机里的西藏，而不是诗人笔下的西藏。诗人张战与日常生活中的张战时常判若两人，诗歌既是她头

上的银簪，又是她手里的飞镖，她写诗还真不是闹着玩儿的，相机里装满了白皑皑的雪景照，诗歌中呈现出来的却是与之形成鲜明对照的"黑"。究其原因，我只找到了两个字：慈悲。

佛教净土宗弘扬"无缘大慈，同体大悲"，正好契合了一名诗人应该具有的心性与情怀。张战见证了这个时代波澜壮阔的转型、日新月异的变化，自己的人生同样载沉载浮，跌宕起伏。很多人羡慕张战并觉得不可思议，一个阅尽沧海的人，何以能保持如此自然的童趣和童真？因为，她觉得在这个世界上，要以正确的方式，爱自己，爱他人，爱所有的事物。

所以，在《陌生人》中，她才会哭："我哭／哭那些被鸟吃掉了名字的人／被月亮割掉了影子的人／被大雨洗得没有了颜色的人／那些被我们忘记了的人／那些和我一样／跪下来活着／却一定要站仰望星星的人"

在软弱的时候，她什么都"买"："买下我的结局、我的开始／我盲人一样的命运／买下对我的怜悯，对所有人的怜悯／万物皆有归宿／哪怕一粒微尘"……

因为爱，因为慈悲，张战培养了自己独树一帜的勇敢。还记得二〇一七年，我们一同在湖南师大与黑蚂蚁诗社成员交流诗歌，张战在台上用美妙的童音和微笑告诉大学生们："诗歌应该勇敢，必须迈向真理。诗歌或许能让我们得到救赎。"

张战的"勇敢"并不表现在大砍大杀、冲锋陷阵方面，那完全不是她的风格。张战的勇敢是直面和坦诚，是拒绝与包容。再勇敢的诗人，他的武器也只有诗歌。诗歌不是坦克大炮，更不可能装上核弹头。有时，我读张战的诗歌，就像看到一只小蜜蜂——小蜜蜂嘤嘤嗡嗡地飞呀，飞呀，它不辞劳苦地采粉、酿蜜，然而，它保卫自己和它的家园、它的世界的，仅有一根刺。多么残酷的造物主！

> 一棵树把另一棵树拉进怀里／簌簌落下了露水／多凉啊／过些天，露珠会变成白霜／就像揉碎的月亮／突然一只鸟叫了／清晰地喊出我们的孤独(《清晰地喊出我们的孤独》)

> 去吧去吧／到彼岸去吧／就是那彼岸让我害怕(《密印寺听〈心经〉》)

> 我的叶子越来越少了∥明年春天你又会有新叶子的∥不要，我只要我那些旧叶子(《与树说》)

> 留给我们的路不多／但有一条静悄悄的小路／必等着我们走(《蜗牛与我》)

张战的诗歌是一种奇妙的雌雄同体，她像小女人那样表达自己的软弱、害怕和孤独，同时总有一股发自内心的强大力量，将她自己振拔与救赎出来。

比如《米饭》，诗人从爷爷说起，然后写父亲和哥哥，再写"今年春天"自己的一场病，难道是受家里那位著名小说家的影响，在写一首叙事诗吗？非也。张战在简洁的叙事过程中，像注射一样，缓缓推进情感的力量。她用短句和分段将节奏控制得极好，一点点扎进去，伤感的回忆，柔弱的倾诉，近乎断肠的提问，一直让情感之河既不奔涌，也不断流，直到结尾"那天傍晚／我扒一口米饭／眼泪流下来／一粒一粒地／我喊出了每一粒米饭的名字"——"啪"一下，直捅入你的灵魂深处，让你忍不住泪流满面。

张战的很多作品都是这样，看上去甚至略显松散、浅白，但必能在关键处劲道十足地给予致命一击，这种隐含于柔韧之中的爆发力，即便在优秀的男诗人中间，也不多见。

慈悲使张战具有了不一样的力量，使她能以自己的方式做人、写作。"原谅我菩萨／以我自己的转经方式"。不仅仅是菩萨，张战无比诚挚地在向每一件事物道歉："原谅我，西藏，我不是无视你的美，正因为热爱你，震撼于你，我才想表达一点别的东西。原谅我，诗歌，我没有像其他诗人那样捧着你，把你奉若神明，把你当作邀名取宠的神器，我可以没有你，但一旦有你，那必是真正的你……"

读过《陌生人》这本诗集，我发现，张战宁愿把诗歌当作自己的孩子，也不愿唤之为"女神"。她的确是可以自然显现出"诗人的脸"的一块"白岩"。她身兼画师和工匠，精雕细刻着一个"诗人"，每一笔每一刀都不苟且。

她于是成为十分罕见的那种人：代表着我们时代的精神、气质、品位与趣味，却从不显山露水，仿佛一颗最为饱满成熟的果实，隐藏在密集的枝叶间。

  小山坡上
  橘子树
  绿叶子间
  一颗橘子

  最后一个橘子啊
  藏得太好了
  谁也没发现

  没被发现的橘子
  多寂寞呀
  藏起来的东西
  不都是为了被找到吗

  没被找到的橘子
  急得脸红红的

  谁来找到我呀
  风儿把它的香气
  吹到远远的地方

这首《小橘子》一如张战自身的写照。不同的是，她红扑扑的脸压根儿不是急出来的，而是诗意的滋润所致。她越是爱这个世界，越是表现出深厚的悲悯；她的诗笔越是苦心孤诣，脸上的微笑越是轻盈、甜蜜。

除了和自己的学生在一起，张战很少参加诗歌活动，很少出现在公共或应酬场合，但她对所置身的世界，对所处的时代，对诗歌和读者，却是近乎透明的坦诚。她把身体藏起来，却交出了自己的一颗心。为什么？因为，身体是心灵的家，把身体给藏稳妥了，心灵就会安静下来。让身体好好生活，享受静好岁月；让心灵好好探索，接近无限真理——这就是张战，一般诗人顶多是生活在诗歌里，她则是"诗歌"在生活中。她从不担心"没被找到"，诗歌是她的芳香，常常，沉默也是她的香气，被风儿吹到远远的地方。

蔡皋：屋顶花园的秘密

在必须写作的文章里面，我碰到过巨大的困难，哪怕是一篇千字文。而且有时写一篇千字文的难度，远胜过洋洋万言。比如对一手把我"带大"的戴海老师，我就从没写好过他。读过赵越胜的《燃灯者》，我很佩服他能把自己的恩师写出来，我写不出。比如我那么喜欢张战老师的诗歌，想写篇评论，一本《陌生人》翻烂，写出来自己还是不满意。前些年看了蔡皋老师的画展，我内心的写作冲动一浪高过一浪，每每捉笔，那高高的浪头就打在沙滩上，化成难以收拾的文字泡沫。后来，我灵机一动，以蔡老师为原型写了一篇小小说《繁花》，倒是颇自得了一阵。但你会发现，真正吸引你必须去写的人和书，是永远也写不尽的。

对于我来说，二〇一九年春天是从拿到蔡皋的新书《一蔸雨水一蔸禾》那一刻开始的。好奇怪，拿到这本书以后就开始下雨，还落雪，又下雨，又落雪，还下雨……以往干燥的冬季似乎被绵绵"春雨"一扫而空。

我琢磨着，我这篇文章不写出来，天气可能不会放晴。这种"催促"甚至可以说"要挟"绝非人力所为。蔡皋的作品，无论文还是画，自带光芒与气场，从不靠评论造势；通透得几近"宝里宝气"的她，亦从不刻意邀人写评——七十多年来，无论世道如何干预她的生活，无论荣辱如何加之于身，她都像个孩子一样活在自己的世界里——我相信，稍有生活底子和文学趣味的人读了《一蔸雨水一蔸禾》都会有写作冲动，但你写出来的文字，其意趣、美感，其灵动、潇洒，其蕴藉、深厚，能得该书十之一二，就下不得地（湖南方言，意为"很了不起""很厉害"。），那还写什么呢？所以我就不写，通读一遍之后，便将书搁在公文包里，随翻随读，乱翻乱读。

要命的是，越读又越觉得应该写：一方面，时下图书浩如烟海，可好书寥若晨星，我读到好书却不作声，太抠门了吧；另一方面，人一生遇人无数，可难得碰到一个智者，碰到智者你还打马虎眼，囫囵吞枣，那就佛也救你不得。

相较奔波劳碌的衮衮诸公，蔡皋只有一个很小的世界：长沙某小区某栋12楼那个不事收检的家，和楼顶她"创世"的小花园。"自然界可是一部大书，大得你没有办法阅读所有"，她就自己动手，将自然界重新"印制"成一本小书，天天读着它：

> 这紫藤在天气干燥、水分不足的时候，它会在绿荫下落下一层层金黄，那是一种保护性的落叶，很有风度不是？

我们描绘过多少相类的场景，但何时体会到它是植物的一种"风度"？

月季不是别的颜色,它是红得很亮、很正的玫红,刚好与紫藤的淡雅相配,参差对应,互相赞颂。

这句话的大部分我们都写得出,但最后四个字恐怕没人写得出。

蓝紫色的小米花开着,冷绿的叶子在风里悠悠地散发着香味。闻着闻着,像是蓝紫的香味,原来香是这样美丽和可以被观看的。

我们闻过多少香,可我们"观看"过香吗?没有观看过,你就不能说识香了。

字丢在草丛里了,花和草立马围住它,向它打听外头的事。字忘乎所以,把花园当成了家,并且把自己给忘记了。

你捡拾过落在草丛和花丛中"字"吗?如果捡拾过,那么祝贺你,你一定能写出好文章。

清早的时光每一分钟一个样子,每五分钟之间的差别就更分明。深与浅,亮度还有冷暖调性。时光有丰富的表情。我写这几行字的时候,韭菜比我先在盆土里书写。

这一段有梭罗《瓦尔登湖》的味道，又纯然发乎蔡皋的心机，她像割韭菜一样写出的文字，可以炒一大盘原生态的美学鸡蛋。

> 凌霄花开得最多，大把开花，大把挥霍着它的热情，落下剩余的花，像放鞭炮一样，一地红。楼顶如此浪漫，真是天知地知，花知我知。

从落红里看到浪漫，让我们豁然开朗，原来凋零也是一种绽放。

蔡皋在她的屋顶花园里发现的秘密，构成了一个完整的大自然，一样都不缺。哪怕很多事物不在，但它们的灵魂在，精神在，美在——构筑这样一个完整世界的元素只有两个，一是劳动（种植），二是观察（欣赏）。"种植可以让你寻思生命过程中的种种意味深长"，"仔细地去观察植物，会发现它们被设计得非常精致，精致还要加上有趣、神秘、庄严……人真是浅薄无知得让植物耻笑"。

这个婆婆（湖南方言，意为老太婆。）子可厉害啦，最后一句是她高擎美学的长绳，狠狠抽了"人"一鞭子。我觉得，整个自然界都在耻笑人类，包括那些惨遭灭绝的物种，它们在另一个世界的耻笑声，正形诸风雷和海啸。

在蔡皋看来，风雷和海啸是飞速向前不可阻挡的，世界这只"轮胎"在跑气、漏气。艺术家什么事最重要，蔡皋的回答只有一句话:"我看,不随便跑气最重要。"读了这句,我赶忙摸摸自己,看看哪里跑气了。还好,我不是一只轮胎,只是轮胎上一条极不起眼的辙痕。

写着写着,不觉把"蔡皋老师"写成"蔡皋"了,索性就用"蔡皋"二字为题吧。刚写下此字,天即放晴。

谢宗玉：在人群中独来独往

与宗玉相交有年，读过他的很多本书，有长篇小说，有散文集，很奇怪，就是没写过有关他的丁点文字。有时就是这样，越是亲近的人和事，越难对此下笔，因为你深知写好他们极不容易。比如，我从没写过关于岳麓山和湘江的文章，写老家是在离开多年之后。前些年，宗玉还在河东的时候，我们经常聚在一起，打球、吃饭、聊天，有耳鬓厮磨之感。后来他去了河西，一条大河将我们隔开，见得就有数了。如果要我用一句话来谈对宗玉的看法，我不会说他有才，因为读他的文字便能领略他的才华；我也不会说他高富帅，因为见他的人便一目了然；我要说的是，宗玉是一个内心极为干净的人。

他是我结交的朋友中，最适合去演《石头记》里面那个主角的，外形像一块被风雨磨蚀却淡定自守的石头，内心温润如玉，有着源源不绝的光华。那光华像一团紧紧裹住自己的小小火焰，不伸出火舌去灼伤别人，更不冲向半天，以炫耀自己的超人之姿。它一味紧紧地裹住，有时不留神灼伤了自己，但伤了也就伤了，自己舔舔伤口，从不迁怒于人。

别的作家都是一身名士气，甚至大师气，宗玉不同，他一身都是孩子气，因此并不合时宜。他痴迷于文字，对朋友肝胆相照，毫无保留，但除此之外，他有时像一只小刺猬，拚着自己的几根嫩刺，要去扎那世俗的脓包。他略带羞涩，不善言辞，遇到陌生人几不发声，但他时常涨红着脸，要在朋友面前对某些看不惯的人事发表意见，以致弄得自己结结巴巴。他严肃的时候，像做错了事等待老师批评的小学生；开心的时候，则仿佛看到从天下掉下一粒糖果，惊喜中充满了好奇。我们性格上最大的不同在于，我很少得罪人，以所谓的"亲和"赢得一个较为广泛的朋友圈；宗玉则绝不与俗客为伍，以其坚守的原则保证自己周边人文环境的清洁。所以，当他在《今日女报》开"与子书"专栏时，专门和孩子谈性，我一点也不奇怪——内心干净的人才可与孩子谈性，他配，而且一定能谈得别开生面。

果然，专栏一出，清流渐渐汇成巨澜，其旖旎景致立马引起广泛关注。二〇一四年七月，《与子书》在大量铁杆粉丝的期盼与呼唤声中，由东方出版社结集付梓，一时热评四起，成为那一年度出版和读书界的一件大事。

跟自己的儿子谈性，要勇气，更需智慧。什么事都可乱谈，唯有这事来不得半点马虎，不然坊间怎会有"谈性色变"一说呢？但我们看到，宗玉谈性，神色蔼然，语调平和，他有着父亲的身份，却以朋友的姿态，坦诚地交心。而且这种交心，一不小心又流露出他的孩子气来：

> 每当我真心爱一个人的时候,在交往中必自愿处在下风,每每把自己弄得像个受气包似的,我不要儿子这样。在情爱中,男女双方应该平等才是。

> 不妨告诉你一个小秘密,等你懂得初恋的滋味,"为赋新词强说愁"时,你的语文成绩自然会好起来。老爸当初就是这样的。

> 女人终究是一群莫名其妙的动物。小谢子,如果以后你能发明百依百顺的女机器人给男人做伴,那么这项科技发明一定会让你成为世界首富。

不端,不装,纯然本色示儿,甚至不忌讳自己稍稍情绪化的表现。在这样的语境中,父与子才是真正平等的,才有促膝谈心的意味。谈性最终是为了诠释生活,讨论命运,探索家庭与社会,最终也必将落实到那个关键字"爱"上面。宗玉利用书信体的自由空间,因物赋形,点铁成金,其文字亦如明珠舍利,随转异色,向涉世未深的孩子呈现出人生与社会的各个侧面。

从家庭说到民主:

> 从小家庭出发,我们容易培养民主的气氛,形成民主的土壤,致使整个国家走向民主的道路。而从大家族出发,我们容易培养专制的气氛,形成专制的土壤,致使整个国家几

千年都在封建专制的磨盘上打转。这正是东西方国家特质不同的原因之一。

谈女人怀孕的感觉：

怀孕对女人来说，简直是在自己和身体内上演一场大剧，女人会觉得怀孕既是对自身的一种伤害（异物入侵），又是对自身的一种丰富（孕育果实）。胎儿是她身体的一部分，又是靠她身体喂养的寄生物。她既占有它，又被它所占有。它象征未来，凭借它，她觉得自己同世界一样浩瀚。可同时，因为它的存在，她又完全变成了客体，甚至有种被它消灭的感觉，自己只是一个装生命的袋子，其他什么都不是了。

谈召妓背后的阴暗：

召妓是对精致人生的否决。它其实有很浓的象征意味，意味着你从此放弃对美好生活的追求，放弃人性中努力向上的一面，而选择随波逐流。召妓之后，我可以肯定，你潦倒的生活会更甚于以前。

用经济学解释婚恋现象：

相对来说，自由恋爱，类似于"专卖店"形式。对青年男女而言，青春美貌是一种资源，并且是垄断稀缺性的。很多年轻人对自我品牌评估过高，所以只愿开专卖店，一般倾向于单独交往，个性化交往，而不喜欢放在"百货商场"任人挑选……

《与子书》最让我动容的，还是其情感的真切与深挚。对家庭，对妻子，对儿子，他一切裸裎，像水晶一样透明，像果实一样饱满，像空气一样充盈。第五十六封信，他谈及自己凌晨起身小解，"窗外夜车呼啸，在静夜里听着，如光阴奔腾向前，一时竟不知今夕何日？置身何处？所为何来？四十年里，又做了何事？整个世界连同这个家只一瞬间，就变得无比陌生起来"，"天哪，我究竟是谁？谁又是我?! 这个时候，无边的黑夜裹挟着无尽的空虚一齐朝我袭来，我的内心充满了惊恐和绝望"，于是，他匆匆逃也似的跳上床，"把床上那个睡得正香的女人紧紧搂在怀中"。

"在你母亲看来，我只是想借她来焐暖凉身。所以她每次都嘟囔着向我抱怨，在睡梦中把我往外推。她不知道，在这样无比虚无的凉夜，她一次又一次地拯救了我。不管她如何推搡，我都不松手，就像山洪中的一只小猴死命抱住一根救命的浮木。"这样的情景是惊心动魄的，但它发生于暗夜，发生于内心，不为人所知。一个父亲敢于向儿子袒露自己的脆弱与悲伤，是真正自信和强大的父亲，也是真正感性和忧伤的父亲。

《与子书》是一个万花筒，不同的读者可以看到不同的花样，领略不同的惊奇。对于我这样一位与其作者相交经年的老朋友来说，我读的不是书，而是人。我个人认为，宗玉写《与子书》，"与子"只是写作的一种形式，其中当然富含对儿子的护惜，但他更多的依然是面对自己，面对自己的情感困境和忧郁气质。

在我认识的作家中，谢宗玉是最具忧郁气质的一位。我始终没弄明白，他是因为身上的孩子气才显得忧郁，还是因为身上的忧郁才显得孩子气。《与子书》中有这样一段写给儿子的话：

> 我之所以要告诉你这些，是想让你长大了，要善待母亲，并且无条件地孝顺母亲，同时也要善待那个为你养育孩子的女人。假如母亲和妻子有什么过错，能原谅就尽量原谅吧。但对于父亲，你就当我是朋友好了。即使再老，我也不要你宠我。我们始终平等相待，以公正、理性的方式解决男人之间的一切问题。

父爱之饱满，有如千尺之深的桃花潭，但字里行间，我仿佛能看见宗玉在打下这几行文字时淌下的滚滚泪水。这泪水，呈示出一种悲凉的孤独，它远不是生活层面上的。宗玉妻贤子慧，几乎不存在日常生活的困境，但它又不纯然是文学的，至少它不是一种为了感动读者的虚构，而是生发于人类肺腑深处的，为捍卫自己纯净与尊严的一种柔情。这就是那种所谓的"万古柔情"，它穿透所有时空，代表天下所有父亲告诉自己的儿子，代表天下所有人告诉其他的人——"我也不要你宠我"——这是拒宠，还是邀宠？是冷淡，还是亲昵？是自沉，还是呼救？是示儿，还是说给自己听……谁也说不清。说得清的，是这句话具有一锤子将人的泪腺砸得稀巴烂的力量，因为它倾诉出了人类情感的共同困境——我们都将是无人宠爱的"孤儿""孤爹"。

宗玉是一位执意将忧郁进行到底的作家。忧郁是他探讨人性的武器，也是他自我保护的盔甲。他的忧郁，不像杜甫老爷子那样的怀百世之忧，更不像范仲淹将军那样忧乐关乎整个天下；他的忧郁有点法国作家普鲁斯特忧时伤逝的意思，但更多的是三闾大夫屈原那种"其志洁，故其称物芳"的本能的、天然的悲悯。宗玉的忧郁，是一种不自觉却又最自觉不过的审美。由此，他也毫不做作却又一如既往地缔造着自己，在忧郁和洁净的土壤上生长出来的"美"的人格。

一般作家写出名来，或者说，写到像谢宗玉这样的影响和名气，就会不知不觉地发生一些变化。他们以前可能只会写文章，但写着写着，写到名篇簇拥、粉丝成群的时候，慢慢就学会了经纶世务，学会了见风使舵，学会了官商通吃，就不再是如鱼饮水而是如鱼得水，不再是左支右绌而是左右逢源，不再是忧心忡忡而是野心哄哄。但宗玉，即便在毛泽东文学院当上了——他那个职务我至今叫不准名字，他依然拙于政务，疏于人谋，不会说中听的话，不会做中看的事，高兴时跟谁都可以嘻嘻哈哈，不高兴则把那张帅气的脸拉下来，皇帝来了也不待见。

宗玉是沈从文笔下"白面长身"那种书生。湖南人本就矮，湖南的作家诗人或胖或瘦，要找个高的，得打灯笼。于是，超拔的宗玉便显得鹤立鸡群，他似乎没花多少功夫，就在写作上同样做到了这一点。有人羡慕宗玉的天分和机遇，而我认为，宗玉的成功是气质使然。我不是说，他天生是一个作家；而是我认为，他一定会成为一个作家，他在生活中几乎别无选择。很难想象，这样一个敏感、忧郁的人，竟然在公安系统混了半辈子。他在那里显然不合群，而且即便到了作协和毛院这样的地方，也不能说他就是合群的。但宗玉的忧郁里，有一种难以察觉又无往不胜的韧性。他不合群，却能与"群"共舞；他不合时宜，也能与"时宜"并行；他独来独往，却不回避同行人。

除了写作，宗玉还喜欢运动。我们打过一次羽毛球，我是他的手下败将。而打乒乓球，我则技高一筹。于是，我们便经常打乒乓球。他经常在文友们面前称我"师傅"，其实我只是一个还算不错的陪练而已。宗玉忧郁气质里面的这种厚道品质，让他的性格在激越中不失温婉，在直接中保持诚恳，在孤独中充满力量。我觉得，这一切，都与他的童年生活，都与他的乡村生活有关。

多年前，读宗玉写他老家"瑶村"的散文，惊讶于他书写中国乡村那特有的笔调：在万物葳蕤繁茂的地方，他看到死亡的阴影；在腐朽霉烂、不为人知的角落，他窥探美艳的生长；在田野、滩涂和山林里，他能进入每一样事物的灵魂。

瞧瞧周围，祖先发现黑娃的坟也在不远处高高隆起，而自己的坟却已完全湮失不见，在尸骨化土的地方，是一大片青青麦苗。祖先感到身子骨有些酸痛，麦苗的根系在强有力地拥抱自己，祖先感觉自己在一丝一丝顺着根系往上走。不久祖先就发现自己变成了一大片麦苗，被后代的后代用结实的手指柔软地侍弄着，祖先突然感到自己像初生的婴儿一样柔弱……

豌豆是一种伤心的植物。从它一出生，就是一副伤心的模样。它的颜色是一种伤心的绿，在瑶村只此一种。它的茎太小太嫩太柔弱，它的叶如瓣瓣破裂的心。还有它一根根游丝般的触须，就像一声声叹息。看着都让人伤心。

茫无目的地走在异乡，有时与葵花狭路相逢，我就会停下来朝它们笑笑，它们也朝我笑，但头还是望着太阳，同十几年前一样，一刻也不偏离。那时我心底就有一种莫名的感触在涌动。我不知它们看我，是否也有一份说不清的感动？尽管选择的道路是如此的悬殊，但重要的是我们都活得满足而充实，并自觉意义深远。

柔弱、死亡、伤害、离别……这些构成谢宗玉乡村散文的词语，总是在我们熟视无睹的事物内部，点燃一支烛光，或一丛小火，我们由此洞见它们内心的秘密。评论界往往将宗玉的散文与刘亮程相提并论，不是没有道理的。

刘亮程的散文是在北方的旷野上，在沙漠与戈壁之间，描写村庄里各种物事度过苦厄、获得自在的一出出大戏，那一出出大戏因辽阔的背景显得卑微、沉静，因荒芜的氛围显得生动、活跃。以别致、精妙的文字为依托，刘亮程体现出一名观察者、思考者冷峻而独特的睿智。

谢宗玉的散文则是在南方的天空下，在季节分明与绿意盎然的重峦叠嶂间，叙述各种生命如何在五彩缤纷的绚烂中归于平淡，走向绝路。那纷繁富丽的生命体，因绽放而装点着一个鲜活的南方，因凋零而遁入永恒的寂灭。与刘亮程不同的是，刘亮程哪怕是写自己的文字，也像是在透露北方的本质；而谢宗玉，他写南方的任何花草树木、猫狗鸡虫，都是在写他自己，都是在表达他自己广大而深厚的忧伤。

谢宗玉的写作始终一脉相承。除了散文和随笔，还包括他的小说、电影评论，都是他周身忧伤迸发出来的光芒。这种忧伤，有时会发展为愤怒，有时会收缩成吟咏，有时又会演变成一种如梦的独白：

> 某个春日，一个美丽而聪慧的女子前来看书，不经意间把我的存本给掏了出来，随便翻翻，不料竟对了口味，一下子就迷上了这个早生她几百年的人了……她读着读着，然后心生幻景，她仿佛看见，少年的她与少年的我，穿越时间隧道，携手说说笑笑，指点陌上繁花……

现实中拥有粉丝无数的宗玉，为何还会幻想这样一名"美丽而聪慧"的女子呢？因为，这女子正是忧伤的化身，是忧伤的公主。而其文字必将历久弥香的宗玉，不正是那忧郁的王子么！

杨献平：故乡是生地，亦是死地

新世纪初，正是论坛兴盛时期。大型网上社区"乐趣网"仅文学论坛就有数千个，我去得最多的是马明博主办的"新散文论坛"。那时，国内散文高手几乎云集于此。渐渐地，"新散文"依然旌旗猎猎，如火如荼，但"新散文论坛"已出现不太和谐的苗头，明博兄勉力维持，很不容易。我也觉得网络过于虚拟，文人气息中儒雅和悦的一面难以出头，妄自尊大者嚣然尘上，一不小心便陷入没完没了的无谓纷争，加上工作越来越忙，视力越来越差，我就不太想去论坛混了。

二〇〇七年一月的一天，在文友"江南雪儿"的博客上，我偶然看到"散文中国"论坛掌门杨献平意欲退出江湖的声明，于是回了一帖：

> 我没有去过"散文中国"。我读过献平兄的散文，很喜欢，他无疑是一位既有实力又有理想的优秀散文作家。但我们并不相识。看了他在上面考虑退出的全文，作为一个并不相识的朋友，我表示完全支持！

我的理由是：中国人容易形成圈子，论坛也是，而一有圈子就会有人事上的问题，真正的书生纠缠其间，只有消耗和痛苦。与其花大量时间操持论坛，让一群人来恶捧或者恶骂，不如回到书房，做自己的事情。昕孺借雪儿的平台，向献平兄致敬。

雪儿迅速将我的回帖发给献平。热情似火的"江南雪儿"劝我一定要去"散文中国"看看，她说，献平是个极为热心的人，值得去为他捧捧场。于是，我就去了"散文中国"。从那里溜一圈出来后，我针对"新散文论坛"出现的问题，给献平提了一些建议，委托雪儿转达。不料，献平亲自来我的博客"昕孺阁"致谢，让我感受到他的一片赤诚。从此，我成了"散文中国"的常客。一年后，献平客气地给我颁发了"论坛最佳参与奖"，授奖辞如下：

吴昕孺的散文写作，体现了一个现代书生的人文素质和自由精神，其作品既有历史关照的厚度和广度，又有现实理性的透彻和自由。在参与论坛建设和交流过程中，吴昕孺平和儒雅、论文求实，具有良好的社群精神与和谐之心，体现了一个写作者应有的公民素质和合作姿态。鉴于此，本论坛决定：二〇〇七年度（第一届）新散文·散文中国论坛最佳参与奖授予散文家吴昕孺先生。

我给献平兄回复如下：

  感谢献平兄的高评和散文中国论坛朋友们的厚爱！自一九八五年开始文学创作以来，我就把自己定位为一名民间写作者。我很少投稿，基本上不参加要交各种材料、跑各个评委的评奖活动。对于各种花色繁多的文学活动，我尽量让自己做一名旁观者、局外人。我不无偏见地认为：对于任何一个不能免俗的写作者，只有强制自己远离名利场，才能真正深入生活和文学的腹地。

  网络让我认识了很多朋友。尤其到了"散文中国"论坛，这里严谨的管理、良好的气氛、极具实力的散文写作群，让我深深获益。惭愧的是，因为工作实在太忙，我虽然有空就到论坛来学习，但比起雪儿等热心者来，我的"参与"度实在汗颜。我想，以后我应该更加努力，更多关注论坛，争取不辱使命。

这个奖只评了一届。论坛因其网络性质，三教九流，泥沙俱下，主持者很难掌控局面。献平越办越不是劲，越办越窝着一肚子火，不久，"散文中国"和"新散文论坛"一起式微，名存实亡，后因"乐趣园"增加收费名目而双双关闭。

"散文中国"论坛消失了，但"散文中国"这个品牌不仅没有消失，反而火爆起来。献平的创新之举与豪侠之风再一次在文友们中间博得盛赞。他先是将"散文中国"论坛的高水平稿件推荐到各个杂志，我写岳麓书院的长篇散文《灵魂的入口》，就是在献平的力荐下，刊发于《安徽文学》二〇〇八年第一期，最终获得该年度"安徽文学奖"，并入选中国散文学会的年度排行榜。然后，他与天津人民出版社合作，推出"散文中国"系列丛书，让众多流落民间的有实力的散文作家，尤其是不少新秀，得以登堂入室，其中我印象最深的是朱朝敏和也果合出的散文集《她们》。她们一位来自湖北，一位来自山东，文风并不相同，但经过献平的策划、编排，两位青年女作家相得益彰。

二〇〇九年二月，在"安徽文学奖"颁奖典礼上，我第一次见到献平。北京的冬天很冷，他戴着一顶有檐的帽子，内穿绛色羊毛衫，外套一件灰色夹克，总是敞开着，一看就是那种不按常规出牌和不按常理作文的人。他说话快，方言重，我常常听不懂，但他的手势激越，颇有燕赵悲歌之士的慷慨之风。

时下，散文作者有如过江之鲫，大多两类：一类是人家怎么写我就怎么写，一类是无法无天为所欲为。献平反感亦步亦趋的文坛学步者，更讨厌那些满口狂言、下笔枯涩的文坛霸王龙。他说："好的散文应当是真诚的、自由的。有原创性和独到发现的。它有人间的烟火味，有人身上的体温，乃至草木之上的尘埃与伤痕。"因此，献平提出了"散文原生态"的概念。

原生态，是对散文的基本要求，也是最高要求。"原"是本原，而不是原汁原味；"原"是通过写实和隐喻，直入生命和内心的"根"处，而不是单纯地描摹现实；"原"是要通过简洁、洗练的语言形成最大的张力场，在看似平朴之中将所指跃入能指，将具象引到象征。"生"是对"原"的修饰。我们说的"原"不是呆板的、僵化的，不是对现实生活不能有一丝改动。相反，它生机勃勃，富有活力，充满激情。真正的现实主义是伟大的写实主义，但我们必须区分"写实"与"实写"的巨大差别。可以说，"写实"就是"实写"的死敌。在一般作家那里，他们却是一对孪生兄弟。

献平出过十几本散文集，我印象最深刻的是在中国人民大学出版社问世的《生死故乡》。在这本书中，献平撇开单一的抒情、刻意的哲思以及照相式的摹写，而是融诗意、哲理与原生态于一炉。尤其是，他用"不是纪实，也不是虚构"的现代写法，彰显出独树一帜的写作气象。

和很多优秀作家一样，《生死故乡》写的是"南太行"一地、方圆不过数十里地的事情。从内容来说，杨献平奉献的完全是原生态的大餐。但杨献平并不满足于做一名记录者，他是一名作家，他用自己杰出的语言才能叙述着南太行乡下一个又一个中国农民和家庭的故事：张二蛋、张和林、刘建国、黑老三、杨喜花、慕月明、王建才、白莲花、付二妮、赵彩妮、慕向中、老松妮……各种各类有血有肉有性格的人，无不淹没在中国北方农村异曲而同工的兄弟分家、姑嫂勃溪、夫妻反目、婆媳争风、邻里生仇、亲友结怨这样的家长里短之中。

不唯北方，中国的南北方除了自然风物、饮食习惯差异较大之外，无论都市还是乡村，他们的命运线、情感线、健康线、事业线等，大致是相同的；他们似乎被同一只手掌控制着，在那凌乱而密集的纹路中苦苦挣扎，找不到出路。所以，献平写的北方农村，让我这位从南方乡下走出来的孩子，也是那么熟悉，仿佛那就是我的父亲、母亲、兄弟姐妹、叔嫂姨舅和乡亲们。

时下乡土文学非常热闹，要从无数字纸间脱颖而出，非有独特风神莫能办也。窃以为，《生死故乡》这部书最为迷人之处在于它的叙述方式。献平用一种绚丽而朴素的语言，通过自己的镜头剪辑与结构组合，不动声色地深入到中国北方农村最为隐秘的情感角落。他摒弃矫情，开除伪饰，力图留下真、显示美。因为对那片土地的热爱，他笔下的每一个字都带着慈悲和善意，但他不以佛自居。他反感滥俗的抒情，更痛恨鸡汤式励志。他以自己的深切感受，真实地呈现着南太行的生死歌哭，书写着北方农村的世俗生存史：

> 夜里，一个人躺在乡村的黑暗房间，风是热烈的，鼠们活跃在更幽暗的疆场。午夜时分，慕月明觉得周边充满了不可名状的敌意和杀气。打开灯，什么也没有。再关灯，它们重新包抄而来。再开灯，久后，也觉得有一种销魂蚀骨的凉，水雾一样蔓延。

> 我渐渐明白，一个人最难忘的，不是生活中的美好与幸福，却是苦难。而唯有苦难，才是人生主课。以莲花谷赵彩妮一家为例，乡村的苦难在很多人看来是自然环境和生产能力问题，其实，更大的苦难乃至不幸却在人和人之间，并且

是由人带给人的。

我就觉得,整个村庄的冬天单调得像一个老汉拿着一块石头翻来覆去地丢,一次次甩出,撞到南墙上,冒出点响声,然后再捡回来,这一行为当中,预示着整个世界都患了孤僻症。而一进入腊月,心里就有了一点莫名兴奋,好像一根二胡弦子,无意中被手指碰了一下,嘶哑而有快感的声音令整个南太行乡村冬天的生活有了人间烟火的味道。

在偌大的北方,一块小地域和它的人,乃至一切事物都是单薄的,甚至只是一种纯自然存在。只有世事深切地辐射和篡改它,它却不能对任何事情产生哪怕丁点影响,哪怕是撩撩世界的眼皮,拽拽世事的衣角,即使再幸福或再惨烈,也都不会在自身之外荡起一丝涟漪。

这样的段落书中俯拾皆是,录几段聊窥一斑,可以从这些亮点感知整篇文章、整部书稿的气质。献平在这些乡村散文中揉进了小说笔法,但他不是在写小说,你读过之后也不会觉得那是小说。或许,这就是献平"不是纪实,也不是虚构"的微妙之处。比如他写《后事》,一名乡村妇女四姨妈被莫名杀害,献平没有围绕杀人案件做文章,对于事件本身,他只写他知道的,只写大家都知道的,其他的不做任何猜测,他把笔墨花在侄子慕月明对四姨妈的暗恋上,整个文章便显得摇曳生姿,又真实可信。还有那篇让人满口噙香的《南山记》，把少年心事写得有声有色，但作者执笔又是那般冷静，仿佛那些事完全与他无关，一读下来，我们几乎可以断定，那个慕向中的故事，其实也是献平自己的故事。其实，在每个少年心中，都存着一个《南山记》那样的故事。

献平在《生死故乡》中有大量留白，有些是他有意留下的，有些是他不得不留的———一部二十来万字的书远远参不透故乡的生死，该继续的还在继续，该了断的远未了断。但书写故乡，难道不是每一位作家的宿命吗？

生死故乡，故乡是生地，亦是死地。对于献平来说，故乡还永远是他挥动文学翅膀的振翻高举之地。

周实：心中永远有一个莽汉

我是在周实办《书屋》的时候认识他的，以前只听说过他的名头。江湖传说很厉害，比如湖南文艺社的钱至少有一半是他赚的，比如他会打架，三五个人拢不得他的边，还比如他胃口大，一餐吃得下一头牛。神乎其神，玄乎其玄。我不会吃，也不会打，更不会赚钱，对于集这三项于一身的顶级高手，我无论如何也按捺不住想见一见的冲动。

怎么见呢？好在我认识周实的搭档王平。王平用长沙方言把小说写得出神入化，人又随和。我跟王平说，我要向《书屋》投稿。他说，你来吧。我便拿了一篇稿子，去了距我单位不远的一栋铅笔形状的大厦。《书屋》编辑部在十几二十层的楼上，那时这样的高楼不多，站在编辑部的房间里，透过玻璃窗，可以俯瞰全城。印象中，编辑部就是一间大房子，文字编辑只有周实和王平两个人。周实很威严地接见了我，把我的稿子批得体无完肤。王平则在一旁不好意思地笑着，仿佛是由于他的过错，我才挨了这顿批似的。批评完之后，周实也像王平那样笑着对我说，你别介意，我是一莽汉，不像你们文绉绉的。

然而，周实对我作品的批评让我很受用，他就像一个高明的医生，用针扎得我痛，却通体舒泰。他告诉我，总体而言，随笔写作句子不要太长，节奏不要过快，应注重客观性而不是主观性，文白夹杂要适度，等等。我揣摩他说的这几点，过些时日，又诚惶诚恐地拿了一篇稿子去找他。他看后说，进步很大呀！我一听松了口气，便翘起尾巴来，夸张地谈及自己写作该文的准备工作。他打断我的话说，算不上特别好，你还有很大的空间。

一九九七年初，我写了篇有关明清散文的小随笔，再次送到《书屋》编辑部。周实颔首微笑说，可以发表了。这篇《闲情与美文》很快刊发在《书屋》一九九七年第三期。我后来又写了一篇《〈金瓶梅〉开篇及其他》，周实看后对我说了一句话：你的写作比较稳定了。我把它当作一个很高的评价，望望窗外，感觉整个长沙城都匍匐在我的脚下。周实留下了那篇稿子，但它最终没有见刊，因为不久，他和王平同时离开了《书屋》。

后来，我创办《大学时代》杂志去了，在市场上摸爬滚打五六年，弄得五劳七伤，远离文坛，远离了一干文朋诗友。二〇〇六年底，终于结束折腾，回到体制内，泛舟书海，漫步文山，与文友们联系渐渐多了起来。这年十二月十一日晚，因江苏南通大学陈学勇老师委托我转一封信给周实，我从诗人梦天岚那里要到周实的邮箱，发了过去，顺便向他汇报《大学时代》停刊一事，十二日一早便收到周实兄的回邮，他对杂志停办甚为关切，并告诉我，这样的事全国时常发生。

二〇〇七年四月，《日记报》主编于晓明从北京来长沙，想见见长沙的文化人。在刚赴中南传媒新教材公司任职的郑艳的召集下，让晓明见到了周实、王平，还有《湘声报》向继东、湖南省新闻出版局梁威，长沙市委组织部刘建海、《潇湘晨报》袁复生等人。那次场面热闹，我和周实交流不多。

二〇〇九年九月的一天，郑艳送给我一本湖南文艺社出的新书《写给Phoebe的繁星之夜》，一部有关网恋的小说，作者竟然是周实。据说这是周实在博客上与一位女性网友的情感实录，他自称是"一场网上的自作多情"。平时多看到周实的硬气，这部书让我感受到周实柔软的一面。倘若一味硬气，固然令人可敬，但可不可爱就很难说了。硬气中还有柔软的一面，那就能将可敬与可爱双双收入囊中。坦率地说，读过这本书之后，我对莽汉周实不那么惧怕了，因为我觉得他不仅是老师，还能做朋友。

心里有了想法，并没立即付诸行动。我因为懒散，便总是以"机缘"为借口，马虎人事。与周实的交往变得密切起来，又得感谢远在南通的陈学勇老师。二〇一四年十月底，在株洲举办的全国民间读书年会上，陈学勇老师专门来到我的房间，委托我将他的大著《高门巨族的兰花——凌叔华的一生》转交给周实。可我从株洲回来后，一直上蹿下跳，忙得不可开交，拖到十二月七号，才发短信给周实兄。他迅速回复，约我在省新闻出版局门口见面，说要请我吃饭，好好聊聊。

我到办公室拿了陈老师的书，走到出版局门口。周实兄已在候着。欢快地握了握手，我心里咯噔一下，因为印象中上次见面他还是一头黑发，而这天看到的周实须发皆白，略似《射雕英雄传》中的周伯通。人固然显老了不少，不过慈眉善目，人淡如菊，步轻若风，恍若方外之人，好似莽汉变成了顽童。我们到烈士公园西门"天天渔港"吃饭。他没听说长沙市刚刚发布的禁烟令，向服务员"强烈要求"，抽了一支烟。

那次聊天，周实让我最为震撼的一句话是：千万不要成为文学大军中的一员！在他看来，真正的文学不是让人的认同感有多高，而是使人的惊讶度有多大。在"文学大军"中齐步走，人家怎么写你怎么写，毫无意义。哪天，你的作品能"吓人"了，甚至吓得别人一滚，可能你就有真正的文学了。所以，我们要坚持写，一直写到不被别人承认，而不是写到承认你的人越来越多时为止。

他说，韩少功与何立伟的不同是他们的抱负不同。韩少功生来是要做文坛领袖的，他的抱负逼得他每部作品都要求新、求变；何立伟不一样，他就守着他那口气息写，不管他怎样写，写成什么样，一看就知道是何立伟写的，这是他好的地方。他不会成为别人，也不会让别人成为他。王平也是这样，王平的东西写完了他就不写了，很多王平的粉丝为他惋惜，你再惋惜他也不写了，他自己知道再写只有重复。这都是真正会写东西的人。

湖南新一代作家，周实欣赏梦天岚。他提到天岚两个有意味的文学意象"暗花"和"玻璃门"——只有看见并推开了暗花玻璃门才能进入"神秘园"，这让他印象很深。他认为，天岚的问题是胆子不大，文气足够，霸气不够。但霸气不是喊有就有的，还是要修，要炼，要耐得住性子。这一点，年轻作家要向残雪学习。残雪不过一名家庭妇女，以裁缝为业，她当初写出来的东西，就真的是"吓得别人一滚"。那时争议颇大，她不管不顾，继续搞她那套，果真搞出气候来了。

真正的文学，必然是孤独的事业。周实扯出一支烟，想抽，又害羞地塞回了烟盒，他最后强调说，千万不要成为文学大军中的一员。

周实赏识天岚，我提议下次邀天岚一起吃饭，来个"锵锵三人行"。他大呼，正中吾怀！一周后，接到周实兄电话，他说已经约到天岚，晚上六点"老地方"见。依然是"天天渔港"。才在那里吃过一次饭就叫"老地方"，这三个字里面，蕴含着多少文人相知的欢愉与喜悦，常人很难体会到。

那天傍晚，我因事迟到十分钟，到达"天天渔港"时，周实、天岚"黑白双煞"早已在座，就是上次我俩吃的那张桌子，还真是老地方呵！只见周实白头如雪，带来一股圣诞气息；天岚黑发似瀑，一副东方不败的气宇，很有味，一落座就开讲，根本没把饭菜当回事。

周实兄说，读了我的长诗《原野》，最喜欢《长春巷纪事》和《出罗岭记》。他认为，这两章写的是形而下，却处处能感知形而上的东西；而我在着意于形而上的部分时，格局还有待打开。我的小说集《天堂的纳税人》，他读了《宝贝》和《天堂的纳税人》两篇，他说，语言典雅，节奏紧张，有吸引力，但散文时常去串门，作品受西方文学经典影响很深，还没完全走出来。最近他读到《温州读书报》上我的《株洲年会日记》，他说："那是好东西。日常琐事最难写好，你能写出自己的味道，拉开与别人的距离。散文非常适合你。"

他建议我，找准最适合自己的文体和题材去发力。我也谈了些自己的看法，我说，我脑壳里有一根"死筋"——文学就是一个整体，好比一栋房子，诗歌、小说、散文都是里面的房间，单间不能成屋。我想在这个屋里容身，而不是只躲进某个房间里面。周实兄说，那能看出你的抱负。我笑着说，我最关注的是自己的心态，看自己能否安静下来，不为外物所动。我喜欢天岚的原因，除了他的创作实力，就是他的沉潜和坚持，他在文字中把那种叫孤独感的东西磨得贼亮贼亮，很少人能做到这一点，包括现在很当红的一些作家。周实兄说，天岚永远也红不起来，因为没几个人能懂他。我说，是啊，干吗要红呢？

那天最有趣的是，周实兄谈到他的过去，他小时候因为拥有一对"黑父母"而受到"红小鬼"的欺负，个子瘦小的他苦练力量和功夫，很快成为一个人见人怕的打架高手、摔跤王子。看来，江湖传说并非捕风捉影。他说，他当时有一万个理由朝着"坏小子""社会渣滓"方面变化，然而，有样东西拯救了他——他与其他混混、阿飞们唯一不同的地方是，他喜欢读书——是阅读的力量，将他使劲推向了另一个方向。所以现在，他成了一名作家、出版家，成了一名有才华、有风骨的文人。

握别的时候，我看见天岚提了一大摞书，眼红得很。天岚笑呵呵地说，在周实老师办公室淘的，下次聚会你早点去他办公室淘书吧。说者无意，听者有心。到了二〇一五年三月九日，梦天岚请周实兄吃晚饭，邀我作陪。我存心下午就去了新闻出版局。进周实兄办公室一瞧：这哪是办公室？分明一废旧仓库，桌椅凌乱，似刚刚发生过打斗之类的事件。周实兄坐在一张沙发上，气定神闲，像一位武林高手在一场世纪大战之后，静静地小憩，毫无大战的痕迹。他那把白胡子不见了，白发也剪短了些，由年少版的周伯通变成了年老版的郭靖。我问，变化咋这么大？他羞涩地一笑。原来，上周几位女弟子要来见老师（他曾在长沙市六中教过书），他才被迫进行了一番"整容"。

怀着"窃书"的目的而来，可一看书架上，几乎是光光的，看不到几本书。天岚正在一旁鬼笑，我心里咬着牙说：好一个梦天岚，把周实的书都给搬光了！周实兄是何等人，他一眼看穿了我的心思，起身说，你来选书吧！他东开一箱，西扯一柜，变戏法似的，好书滚滚而来。我也毫不含糊，屏声静气选了几十本。

把书包好，我们一起到金太阳吃饭，边吃边聊。才知道，薛忆沩的《遗弃》当初就是周实责编的。周实说，薛忆沩是可以进文学史的作家。他对文章的追求和对文字的态度，值得每一个写作者学习。他也说道，薛忆沩的软肋是过于西化。才知道，《潇湘晨报》的创办方案最初是周实提出来的，当时，也基本上决定由他来办，他想办一份"全心全意为人民服务"的、把每一个普通市民当作上帝的报纸，比如"今天我结婚"可以上头条，"今天我生日"也可以上头版，还有某个市民的讣告以及他的特殊的生平甚至可占满整个版面。他邀请商业奇才瞿优远做搭档，共襄盛举，却因为瞿优远离不开《体坛周报》而未遂。多年后，当他听说瞿优远锒铛入狱,犹感慨不已……

周实现在跟外界没有多少交道,他似乎只跟不多的几个人来往,跟不多的几家报刊写稿,在家照顾年迈生病的父母……但我总觉得,他心中还有一个"莽汉"在,他永远是个不合时宜的人。日新月异的社会,当然不会来适应他这样一个人;而他,同样不会去适应那个日新月异的社会。

他永不妥协,因为他是周实。

彭国梁：书虫生活，名士风范

时下的读书人中，不知道彭国梁的可能不多吧。凡知道彭国梁的，必津津乐道于他那把胡子。所以，国梁的别称就叫"胡子"。天下长胡子的人多矣，为何国梁能独享"胡子"的美称？一是因为他的胡子浓茂高华，可以与西洋的马克思媲美；二是国梁融诗、文、书、画各项技艺于一体，集诗人、藏书家、书画家、出版家等各种名头于一身，他的胡子应是当代中国最富诗情画意、最具艺术气质的一把啦。

国梁兄出生在长沙县一个叫江背的地方，那里离我的出生地不过四五十里地。我一九八五年考入湖南师范大学政治系，学长龚鹏飞跟我说，你要写诗，有一个老师，他在长沙县文化馆，我带你去。就这样，我在位居㮾梨镇老街的县文化馆，见到了风华正茂、尚未蓄上胡子的彭国梁。当时，他的乡土诗写得如火如荼，一支诗笔在全国各地诗歌刊物上到处开花，却没想到他的乒乓球也打得很好。他房间的外面就是一张乒乓球台，号称"业余高手"的我与他交手，被打得落花流水。我在乒乓球桌上战胜国梁，要到十年之后，他因身体发胖、步伐移动缓慢，才让我的游击打法占得上风。

在国梁兄的引荐下,我结交了诗人江堤、陈惠芳、刘清华等。二十世纪八十年代是诗歌的黄金时代,每一天都像是抹上了诗歌奶油的美味蛋糕。春天,我们一起上岳麓山,把聂鲁达、埃利蒂斯、北岛、顾城喊得震天价响,引得山上的女大学生伸长雪白的脖子,像一群白天鹅望着几只癞蛤蟆。夏天,我们一起到湘江的沙洲上乘凉,每人一句联诗,然后随便找一个夜摊点疯狂地吃臭豆腐。我记得国梁兄有个晚上吃了六十片,第二天光荣地腹泻,一边拉肚子一边念着:"黑夜给了我黑色的眼睛……"秋天,我们一起沿着浏阳河往乡下走,在金黄的大地上铺展灵感,把白云一朵朵扯下来放进嘴里咀嚼。冬天,我们就一起挤在国梁或江堤那狭小的屋子里,围炉取暖,喝啤酒,讲笑话,用一杯又一杯热茶消化刚刚草成的新乡土诗歌。

不久,国梁兄和江堤、陈惠芳一道,创立"新乡土诗派"。他曾在《书虫日记》中透露,有一篇谈"中国百年新诗流派"的文章,将中国百年的新诗分成二十三个流派,"新乡土诗派"排在第二十位。因了国梁与江堤的抬爱和提携,我大学毕业后由校园诗人迅速转型成"新乡土诗派"的一员。

我比国梁兄小十岁,他一直把我当小弟看。他把认识的编辑都介绍给我,他只要在某个刊物上发表了一次作品,就连忙接着把我的拙作也推荐去。我那时诗艺不高,很多作品寄出去被退回或者杳无音信,他总是加以鼓励。他数量众多的藏书几乎成了我的营养库,我的书架上还保存着不少他送给我的书。他在《创作》杂志当主编的时候,曾邀我担任该杂志的特约编辑,这本杂志扶持了湖南和国内的不少年轻作者,至今有口皆碑。在长沙的文人圈子中,国梁的人缘绝对数一数二。文人之间喜欢飞短流长,熟悉国梁的人,却对他的人品毫无异议。国梁文才好,会编书,赚钱不少,但并不是一个可以跻身福布斯排行榜的富豪。更何况,他把自己辛辛苦苦赚来的钱大多花了在藏书上,可只要文友聚会,在座的如果他最年长,他从不许别的小兄弟掏腰包。他传统得让大家受益匪浅,当然,绝非所有受益者都把国梁当作自己为人的榜样。这也是正常的,毕竟人各有志。

国梁兄吃过很多苦。一个在贫穷家庭长大的乡下孩子,那个年代的苦难他一样都没拉下。苦难留下了疤痕,但没留存阴影;积淀了疼痛,但没积累抱怨。对诗歌和书籍的热爱,让他从很早起就变得通透而坚忍。世间的种种滋味,更是把他的一支文笔和画笔熬炼得炉火纯青。

多年前,我读到国梁兄的第一本散文集《感激从前》。厚厚的一本书,就像厚道的国梁,不期然地来到你跟前,与你寒暄。

他在《追不如追不着》一文开篇说:"追求二字十分的科学。追,考验你身体的强度;求,考验你脸皮的厚度。"

在《红尘有爱》中,他对爱情的理解是:"没有爱情的房间,窗户总是关闭的,且窗帘上沾满了灰尘。"

还有,《清理名片》那个著名的结尾:"看来,这名片夹中还得塞进一张自己新印的名片,以便找不到自己时,也好打个电话问问,看自己到底在哪里。"

国梁感激他从前的生活，因为那些完全属于他个人的日子造就了他"这个人"——古道热肠，尽量去理解他人；与世无争，始终恪守自己的原则；不求闻达，默默而勤勉地做着喜欢的事情……这些珍贵品质，人得其一即能安身立命，闯荡江湖，国梁却兼而有之。可惜国梁虽然胡子很长，却不是豪侠，否则他就可以跃马盘弓、快意恩仇了；又可惜国梁虽然气度宽宏，却没有名爵，否则他门下应该是徒生云集、英才累累了。

国梁什么都不是，他只是一介布衣文人。一个靠自己才气维持生活却不愿意用它来获取功名的文人；一个有着坚强定力，又能在诗、书、画中任意穿越的文人；一个生怕伤害别人却一不小心受到伤害的文人；一个喜欢插科打诨、喜欢幽默玩笑，骨子里却孤独至极的文人；一个躲在某个角落里观察世相，毫不畏惧俗世飞来一棒的文人……

我一直敬佩国梁的是，他无论处于何种境地，总能安顿好自己。他不仅有十八般"文"艺，还有极为澄澈的心境。我有时想，国梁的胸怀像一汪浩瀚的海域，投下去一块巨石，也能波澜不惊。

二十世纪九十年代末，国梁在长沙市北郊买地筑房，取名"近楼"。那时，我先因家庭危机，郁郁寡欢；后因主持《大学时代》杂志社，奔波劳碌，一来没有心思和时间，二来怕身上的俗尘污染了国梁书宅的清新之气，故一直未敢造访。直到二〇一二年三月的一天晚上，国梁的公子一笑带着我和敏华，前往近楼。这时，近楼已是闻名中国读书界的一座私人藏书馆，其书香、茶香、墨香，让神州大地上的读书种子们神往不已。国梁的《书虫日记》系列也已出到第四集，成为爱书者阅读和收藏的宝物。

高达四层的近楼位于湘江、浏阳河、捞刀河三河交界处，因近水而名之。国梁兄不像一般读书人那样，建了房或买了房，把其中一间装饰一下，做个书房，我的"昕孺阁"就是此类通用书房。国梁则是将他的四层楼房全部修成书房，所以别人的是书房，他的应该叫书楼、书屋。

近楼外观颇不起眼，夹杂在其他居民楼中，看不出异禀。门一打开，国梁胡子后面高及屋顶的连排书柜真让人震撼。二楼、三楼、四楼，环堵皆书，兼之以各处悬挂的名人字画，无异于现代都市里的桃源仙境。何谓坐拥书城，此刻一见，才知世上真有号令"千卷万码"的统帅，真有享受"千钟良粟"的书虫！

在三楼喝茶、聊天、赏画。国梁的钢笔画颇似波斯的细密画，精致谐趣，任意变形，充满着毕加索式的现代气息。树根可以是一个人头，砖头可以当作眼镜……画面灵动得近乎诡异，但诡异之中，无不透露出庄重的人间气息。我觉得，国梁画画，绝不是好玩，和写诗、作文一样，他的画里寄托遥深。

一笑拿出铁观音、龙井等，但总觉得茶香不如书香。茶烟袅袅之际，架上团结紧张的册页间，仿佛会有生动活泼的仙子飘然而下。数小时弹指一挥，我们谈兴正浓，时间的触角也悄然伸至夜色的最浓处……

在这样的情境中，我才能切身体会到国梁兄何以会置熙熙攘攘、五光十色的世界于不顾，躲进小楼成一统，安然做一个"书虫"。书虫生活才是国梁的理想状态。这样的日子，才是真正有文化、享清福、得大自在的日子。他隔三岔五地逛特价书店，收藏各类杂志的创刊号，每年主编好几套丛书，自己还要著书立说。在一个书虫眼里，绿酒红灯如何比得上黄卷青灯的滋味，貌若天仙如何比得过书中神仙的魅力！

平日读文学史，读到魏晋和明清时诸多名士，辄艳羡不已。当代乃昭昭盛世，汲汲于名利者，挤满通天之途。甘于诗书的清俊之士有没有呢？寥若晨星。而国梁兄，是其中的楷模！

国梁那把胡子固然不可复制，可他安于做一条"书虫"的名士风范，我是颇想效仿一下的，哪怕是东施效颦，也不管它了！

李少君：用"草根"这个词唤醒中国诗歌

还记得二〇一〇年秋，我收到李少君的新著《诗歌读本：三十二首诗》和《在自然的庙堂里》，心情颇激动。这种激动里有一种久违的感觉，因为我上次收到少君的著作怕有二十年了。这二十年里，少君由一名湖南湘乡出去的武汉大学毕业生，成长为国内首屈一指的名刊主编；由一名虎头虎脑的校园诗歌爱好者，壮大为引领新世纪诗歌理论的诗人、诗评家和诗歌活动家。然而，其间不见少君出一本书！他编了很多书，我大多读过；我很想读到他自己写的书，却没有。好不容易，等了二十年，我终于收到少君寄来的两本新书，让我熟悉而又意外的是，这是两本薄得仿佛中学生练习簿的书。

说熟悉，是因为二十来年前，少君出的书就是又薄又小的那种，莫说那时他刚起步，影响不大，写得也少；如今他在中国诗坛声名赫赫，如日中天，大可搜肠刮肚，出一本又一本"巨著"，无论稿费、版税均可占不少便宜——可他捧出的依然是两本薄薄的小书。以我对少君的熟悉，也不能不略感意外，同时为之击掌喝彩——少君还是那样的诗人本色！——浪漫恣肆，做人却不含水分；古道热肠，帮人则不求回报。我以为，少君的本色，正好比二〇〇三年他提到的一个关键词：草根。

一九八九年春天，临近大学毕业的我慕名前往武汉大学访友，高中同学杨海文介绍我认识少君。那天，少君穿着牛仔裤、T恤衫，一颗圆圆的大头架在脖子上，笑得像窗外樱花似的。我站在武汉大学的学生宿舍里，感受到他内心嗞嗞作响的火焰，仿佛面对一头蛰伏的猎豹。我对海文说，这家伙会是个探险家。果然，四个月后，他便只身远走当时仍是一片文化荒漠的海南。

一九九〇年夏天，我去海口游玩，少君将自己唯一的斗室腾出来给我住，将一把海南日报社食堂的饭菜票塞给我，并送给我一本张承志的《心灵史》。物质的、精神的，他都给我准备好了；不，他还不忘补上一样，思想的。他带我在两边排列着高大椰树的大街上漫步，语调铿锵地说："你知道吗？海南，就是中国的'西部'！"我顿时一怔，旋即明白了，会心地说："那你就是拓荒者，是斗牛士了。"从海南回来，我挥笔写了一篇《海南牛仔李少君》，收录在我的散文集《书生本色》里。

少君，这棵孤傲的湖南草，就这样扎根边陲海南了。奇怪的是，少君对命运的孤傲与对人事的谦和反差极大。在少君看来，草既是孤傲的又是谦卑的，不孤傲无以面对艰险环境，不谦卑无以求得大地庇护。

在海南日报做了多年记者后，少君转战《天涯》杂志。我以为，少君是做《天涯》这种思想性杂志的最适合人选，因为，在他身上，理想与事功是那么天衣无缝地吻合在一起。以草取譬，理想是根，事功则是那蔓延的绿色，随着春风，盎然地染遍大地；即便身处严冬，绿意黯淡，也只是团身养晦，根的坚定牢牢不改。

所以，我们看到，"贵"为名刊主编的少君，却不遗余力地推动民间写作和网络写作。他深知，在这个时代，无论思想传播还是文学创作，光靠几本主流刊物是走不远的。早在一九九九年，他便利用《天涯》和《八面来风》杂志所拥有的优质资源，倡导建立网络思想库，著名人文网站"天涯之声"于是诞生。多年来，我的博客一直驻扎在天涯网站，从未挪过窝。我喜欢这一块生生不息的人文净土，较少娱乐明星的俗艳和商业恶少的胡诌。

所以，我们看到已是知识精英的少君，却一再反戈，对中国知识界、思想界的"寡廉鲜耻"进行无情批判。

我接触过不少早已跻身于富人行列的知识分子，他们的话题中很少谈到穷人，即使有，也是以嫌恶的口气。比如有些拥有汽车的知识分子，他们谈到穷人时不是嫌过马路的民工慌张迟疑的畏缩，就是指责扫马路的环卫工人妨碍他们不能从容幸福地一路顺畅毫无阻隔……我有时也想，这样的知识分子还算是知识分子吗？他们整天打扮精致，追逐时髦，热衷交际，闭门造车。如果他们是作家艺术家，他们创作的东西又怎会有自然、朴素与美？如果他们是学者，他们又怎能获取第一手的真实的资料？如果他们是政策研究制定者，他们又如何了解底层的困境、现实的问题，如何反映百姓疾苦、缓解社会危机？……

所以，我们看到，行迹跋涉十余个国家、视机场车站如菜园门的少君，却愈益投身于自然，一头扎进古典中国的怀抱。

少君认为，东西方诗歌存在着根本分野。在西方，诗人直接听命于上帝，诗人与社会的关系永远是紧张的，因此产生了"社会"与"个体"，上帝与魔鬼、天堂与世俗、精神与物欲的对抗，是西方诗歌永恒的主题。而中国传统诗学观念更多的是强调"和谐"与"超越"。

> 中国古代依靠诗歌建立意义，因为在没有宗教信仰的儒家文明中，唯有诗歌提供超越性的意义解释与渠道。诗歌教导了中国（人）如何看待生死、世界、时间、爱与美、他人与永恒这样一些宏大叙事：诗歌使中国人生出种种高远奇妙的情怀，缓解了他们日常生活的紧张与焦虑；诗歌使他们得以寻找到现实与梦想之间的平衡，并最终到达自我调节、内心和谐。

在少君眼里，自然是中国古典诗歌的最高价值，是中国诗教传统的"圣经"。通过刻苦研读这样一本"圣经"，少君创作出了《抒怀》《神降临的小站》《山中》《自白》等一系列短诗精品，我曾为此专门写过赏析文字。

二〇〇三年，少君发表《寻找诗歌的"草根性"》，开始推出自己的"草根诗学"，引起广泛关注。那时，我正在主持《大学时代》杂志社，滚滚于红尘，汲汲于市场，一身灰土，满面沧桑，灵犀枯灭，诗笔尘封，对诗坛上那样的大事都无暇一顾。近来，读到多篇少君写"草根性"的文章，我觉得，"草根诗学"既是他对自己诗歌创作实践的总结，更为中国新诗发展指点了迷津。

二十世纪八十年代朦胧诗崛起，标志着中国现代诗歌走上了正轨。但朦胧诗之后，缺乏深厚民间根基的中国新诗再度迷途，诗歌创作竟成了一场旌旗飞舞、口号震天的搞怪运动。一九八六年，《诗歌报》月刊与《深圳青年报》规模空前的诗歌大展看上去是诗歌繁荣的表现，其实是中国新诗盲目西化的一次"集体人流"。此后，朦胧演变成晦涩，现代蜕化为呓语，虽然湖南等地有些诗人力求返璞归真，发起"新乡土诗"运动，但因地偏声弱，效果有限。

进入二十一世纪，中国新诗版图缩水严重，官办诗刊发行量锐减，有的干脆停止运转。网络写作尚未启动，民间诗刊正在萌动。此刻，"草根诗学"的提出，对年轻的中国新诗，不啻一剂自信、自励、自强的强心针。被诗歌弄得一头雾水的人们才恍然大悟，原来诗歌不是那么高不可攀的"明珠"，原来那些高声大气的好为人师者都是唬人的纸老虎。

李少君用"草根"这个词唤醒了做梦、说梦话的中国诗歌。诗歌翻身坐起，揉了揉惺忪的睡眼，发现这不是布满蝌蚪般字母的西方，而是矗立着一个个方块汉字的中国。"草根诗学"首先是顽强的、广袤的，恰如草，更如草根；延伸开来，它又应是本土的、自我的，每一线草根都深扎于大地沃野之中。

由此，少君强调诗歌的个人性与原创性，反对移花接木和胡拼乱凑式的创作："我所说的'草根性'……强调一种立基于本土传统，从个人切身经验感受出发的诗歌创作……所谓'草根性'……就是指一种自由、自发、自然的，源于个人切身经验感受的原创性写作。"

把自己关在屋子里，一边读西方诗歌，一边写中国新诗，少君称之为靠"二手感觉"写作。这种写作顶多能得西诗之皮毛，如此游戏文字，焉能打动读者？韩少功老师说得好："对于作家而言，恢复感觉和感受力是最大的政治。"可我们很多作家和诗人早已不讲"政治"了。

按照少君的草根理论，诗歌变得难写了，却变得易读了。无论哪一门类，易读总是建立在难写的基础上，"鸟宿池边树，僧敲月下门"总是建立在"两句三年得，一吟双泪流"的基础上。随着网络普及、民刊林立，"草根诗学"所给予的中国新诗的信心得到了回报，我们看到写诗的人越来越多，好诗和好诗人越来越多。与小说、散文等其他文学体裁相比，诗歌在中国社会生活中的影响力已毫不逊色，甚至再次开始傲立潮头。

与少君相交有年，我获益良多。除了电话、通信，喝茶也是联系我们之间的一根特殊纽带。很久很久以前，少君写过一篇《与吴新宇喝茶》发表在《长沙青年》杂志一九九七年第十二期上：

在这个浮躁的时代里，我们可以找到一起喝茶且能畅所欲言、无所不谈的朋友已经不多了，因为符合这个条件的朋友，必须：一，是一个性情中人，闲适潇洒，而非每天忙于俗务，紧紧张张。二，有足够的才情学识来一起笑傲江湖喝茶论英雄。所以，在我的心目中，新宇正是这样一个合适的人选。

从那时直到现在，少君每每返乡，路经长沙，我们都要小聚小喝，大谈大笑。少君的笑，有如乡下用铁锅炒豆子，嘣嘣咯咯，快意嘹亮，豪气干云。最近因读少君的两本书，重新翻出那篇《与吴新宇喝茶》来，一读之下，冷汗漓漓。由新宇变成昕孺的我，往往耽于俗务，潇洒不再；更不得了的是，这么多年来，少君博贯中西，一日千里，而昕孺龟缩井底，短目浅视，越来越显得支绌谫陋。如果再不努力，说不定下次就没有资格与少君一道"喝茶论英雄"了。

噫，微斯人，吾谁与归！

戴海：看一个少年怎样变老

一九八五年，我考入湖南师范大学政治系。进入大学后，我很迷茫，就附庸风雅，捉起笔写当时最流行的诗歌。由于缺乏文学训练，写得一点都不像。我在乡下长大，别的能耐没有，吃点苦不在话下。我就傻里傻气地天天想，天天写。不久，我的傻劲在校园里竟熬出了点名气，有一天，突然接到通知，说"戴海书记（这个词特别扭，原话照录，不便更改）要见见你"。那时只在学校大礼堂、大操坪的讲台上远远地见过"书记"的，大多是听他那"如滔滔江水，绵绵不绝"的演讲，非常佩服他能把人生、命运、奋斗等等大道理讲得如庖丁解牛，丝丝入扣。他个子不高，气势不凡，举手投足皆有如行云流水，就像写字，虽然笔画不少，但没有让你感觉哪一画是多余的。

那是秋天的傍晚，岳麓山用清风和鸟语营造了一个极好的氛围。戴老师在他家前坪接见我。我恭恭敬敬地捧上写诗的本子，他翻了翻，问了我几句，尔后多是鼓励的话。我当时只顾瞻仰他略显光秃的头顶，加上有些紧张，他的话没记下一句。这次会谈再无第三者旁听，但在校园里流传得很开，甚至有老师收我作义子的说法。我闻之真有"一跃龙门而身价百倍"之感,自此更加兢兢业业写诗,夹起尾巴做人,生怕有辱师门。

大二暑假,我约三个同学一起自费考察湘西。老师托人送给我一张旧席,以壮行色,我们非常感动。那张苇席伴我们将近一月,行程千余里,在凤凰,在矮寨,在天子山,它好几次承载着我们四个年轻的身体,于星月下、草地上做着茫无涯际的梦。那是我人生最重要的一次出行,它对我的震撼是难以言说的。我就是在湘西知道了自己要做一个什么样的人,那万古洪荒般的"魔幻"风景让我顿然明白了永恒与短暂的天壤之别。短暂之人生,如何揭开永恒的神秘面纱,以及用怎样的心灵来守护它,将成为我一生的追寻与探求。二〇〇〇年,我在深切的怀念中写下中篇小说《一路平安》,内心重温了那次湘西之行。

戴老师经常从忙碌中抽出时间,约我爬爬山,或到他的办公室,再以后就去他的家,谈诗书,论人文,纵横古今。我借此得以领略老师温蔼谨严之外的另一种性情,一旦涉猎诗文书事,他辄逸兴遄飞,眉间额上都生发起一种灵光,澎湃的激情使他手舞足蹈,表现出孩童般的天真稚拙。那时,我不揣冒昧,大胆地建议他写些文章。戴老师是演讲家,嘴上功夫已是天下一流,我劝他强化手上功夫,他并没有因为我年幼浅薄而认为我信口雌黄,他真的就胆大包天地握管向作家的专业领地挺进,他的文学人生从五十岁开始。他笑称自己是"湖南年纪最大的年轻作家",此言不虚,因为他拥有做文学最珍贵的本钱——半个多世纪真诚而又饱满的人生。

二十世纪六十年代，风华正茂的青年戴海走出洞庭，在中国人民大学读研究生，旋即又迈着青春和爱情的步子，奔赴天山脚下，在绿洲与戈壁度过了一段峥嵘岁月。他的妻子一夜之间由接班人变成"走资派"，两个年轻的心灵在寒荒大漠和浩茫苍穹间品尝人生的复杂况味。

八十年代初回到湖南，他一直担任高校的领导职务，在一届又一届的大学生心目中，"戴海老师"是他们爱戴的"学生头"。他阅人、读书无数，还经常卷着铺盖去学生宿舍和"同学们"一起开卧谈会。他给学生的回信是一篇篇佳构，他和学生的谈话是一曲曲玉音。他在大江南北的学校、企业、机关作过难以数计的演讲，足行万里全因肩挑道义，舌灿莲花只缘心有活水。

半个世纪过去了。麓山回眸处，故乡、北京、新疆，万里风云奔眼底；诗书、山水、家园，千种风情涌心头。昔日的青青子衿，如今已鬓发萧疏。但意气仍在，理想仍在，向往仍在。甘苦备尝的生命阅历与生活体验在他的笔下凝成字字珠玑。他的第一本书《人生箴言录》被中国青年出版社一眼看中，起印过万，可谓打响了第一炮。一九九七年，中国青年出版社欲推出他的《秋林拾叶》，他又做了一件胆子极大的事，竟然嘱我作序。此前，我虽写过一些文字，但从未为别人的书写过序，那一般是名家大腕或达官贵人的事情。我收到任务，受宠若惊，又诚惶诚恐。那序是要放在书首的，万一没有写好，岂不是佛头着粪！老师曾经说过，出书是书人的盛事、雅事，他要我这个学生为他作序，一不怕将盛事搞砸，二不怕将雅事弄俗，这个风险实在冒得太大。

他则笑呵呵地打消我的顾虑:"我善出奇兵嘛。"我答道:"可惜我不会写奇文,否则奇峰并起,必有大观。"其实我心里知道,老师叫我写序,是对我最好的提携,最大的鼓励。

《秋林拾叶》出版后,反响热烈,一版再版。老师在送给我的样书上题了几句话,都是极好的性灵文字,摘录如下:

> 此种拙作,何必出手?我的心思你知道。/习作平平,岂敢相赠,或有几幅画境,与你心迹相近。/生怕贻笑大方,但因书中有你,姑且留存吧。/平常文字平常心。/敲破平常文字,识我一颗平常心。/拨开杂草,我的心路,我的足迹,或许隐约可见。/站在山谷与你对话。半山坡上的后生,何日听到你的回音?

二〇〇一年,由好友王续文主持、国际文化出版公司酝酿出版一套"阳光文丛·我们身边的佳作",丛书面向青少年读者,他们想找既在教育界又在文学界颇有影响的作者,戴海老师深孚众望,乃当然的人选,而我捡个篓子,也叨陪末座。老师出的是一本教育随笔、演讲集《坛边话语》;我出了一本散文集《声音的花朵》。老师捧着书意味深长地说,我们的缘分越修越深了。

我曾有幸与老师多次出游。渡黄河,过洞庭,越鄱阳;上嵩山,爬庐山,登石钟山;游开封古城,探白鹿洞,宿星子县城……我们狎玩山水,餐饮烟霞,游戏泉石,一路上拿各种典故和风景进行对话,常常灵犀迸溢,机锋四出,每于电光石火处,拊掌大笑或仰天长啸，引得行人侧目。

老师是个爱生活、重感情的人。他和师母刘晓清老师这么多年来历经沧桑、相濡以沫，始终心心相印。他们的爱情故事以其特有的传统和前卫被传为佳话。我们这群调皮学生，隔三岔五地要跑到老师家里去碰撞一把，老师和我们"疯"在一起的时候，我发觉，旁边师母那慈蔼平和的微笑，仿佛中国文化的标签，昭示着更深邃的道理和更明澈的意境。师母是气象专业的教授，但在我们印象中，她的神色与内心一律春和景明，没有阴雨，也没有风霜的痕迹。

这些年，老师因白内障视力大降，他怕见了熟人不打招呼引起误会，所以不太与人交往。但这丝毫不影响他的精神拓展，相反，这对公认的"神仙眷侣"不是陶醉于书本，就是浸淫于自然，每有心得，辄写成文字，与几位戴门弟子共享。

二〇一〇年是"微博元年"，老师认为这种文体十分适合他的写作方式，在女儿、女婿的帮助下，他宣布进军微博圈。

> 在下，姓戴名海，岳麓山下之村夫野老。退休十余年来，我在书房，在旅途，过着伏案、漫游的生活，宁静、清爽、惬意。因眼疾，不上网，自嘲漏网之鱼。去夏，女儿松说，给我一个东西玩。玩什么？手机。今秋，又听说，手机短信可以拓展成微博。是吗？今日试将"村语"发到网上。朋友，您不觉得多了一条网虫悄悄爬上脚背？啊哈，退休以来，我一向"闲世人之所忙，忙世人之所闲"，而今试玩微

博,闲耶?忙耶?连我自己也说不清了。

这是发表于二〇一〇年十一月十八日的"微博开篇",也标志着"戴海村语"正式开张。此张一开,老师不计其数的学生、弟子,昔日同学、同事,学生与弟子的学生和弟子,同学、同事的后辈,曾亲聆老师演讲的听众,久闻其名不见其人的追随者……渐渐形成一个十分稳定而可观的"粉丝群",还有通过各种途径进村的"鬼子",他们纷纷在"戴海村语"中搜刮营养,饕餮菁华,乘兴而来,乐而忘归。

不到两年,"戴海村语"已由当初的小村庄发展成为一个文字的殿堂。一般人伺弄微博图的是信息的方便、快捷,这可不是老师的风格。他经营微博,像办一本杂志,"说它杂树生花也好,杂草丛生也罢,我的本意就在'杂'"。杂并不难,杂而不乱就有难度了。在"戴海村语"里,每一个进村的"鬼子"都能找到自己所需要的粮食,比如:"阅读,一种恒久的时尚""哲理,寓于平凡事物中""回忆,一条时隐时现的长河""卧游,于冥想中重现山山水水",等等。有一天,老头神秘兮兮地告诉我,开启他微博世界的密码是十二个字:"山里山外,窗里窗外,书里书外。"我听了戏拟一联:"出入皆无影,里外不是人。"横批:"神仙生活。"他听了大笑,逼我喝下一罐高达八度的葡萄汁,弄得我醺醺然,不知今夕何夕。

别看"戴海村语"皆握拳伸掌的短小文字,但镕铸老师数十年的人生阅历、经世智慧与胸中万卷书、脚底万里路的富厚和豪迈，不少篇章隽永中见宏阔，幽默间显旷达，活脱脱现代版的"世说新语"：

微博学：《微博：一种新传播形态的考察——影响力模型和社会性应用》，喻国明等四人著，由人民日报出版社出版发行。我是科盲，说实话，连《序言》都没看懂，等于连门都没喊开。不过，我从后窗探到一点动静，就是此书最后一章的《微博用户深度访谈》《新浪微博用户满意度问卷调查》。

唐诗信息：细读唐诗，找到千年以前岳麓山上的生态信息。例一，山间一道澄清的流水，为什么忽然浑浊？刘禹锡有诗："浅流忽浊山兽过。"例二，麓山冬夜，大雪纷飞，会有什么响动？韩偓听到："松因雪折惊鸟啼。"我住岳麓山下近三十年，也有类似体验。

在银滩：去年七月，到胶东乳山避暑。地处黄海之滨的银滩，大约有两百个新建的小区，处处"售楼"，处处楼空，夜间亮灯的极少。走在优雅的滨海大道上，人问："买房了？"我答："没。"人问："买房吗？"我答："不。"路遇河北来的老两口，买了房。我问，来一趟住多久？他说，两个月。我以每月六百元租两间房，包括厨卫、家电，也住两个月呢。

艾青答问：一九六五年，在石河子，有天傍晚遇见艾青，彼此打过招呼，我问他近来写什么，他答："小说。"诗人也写小说？我问什么书名，他答："孩子出生了才取名。"大约十年之后，我在长沙购到他的那部作品——《绿洲笔记》。读后得知，他原拟的书名是《沙漠在退却》。我理解，他想以这样的诗句，歌颂石河子人开垦绿洲的业绩。

二〇一二年六月，二十余万字的《戴海村语》由华文出版社隆重推出，蔚然成书坛之盛事。有趣的是，这本书的序言是从各路"鬼子"中选出二十三位，其中有大学生、离休老干部、学者、教师、诗人、小说家、博士、编辑、电视制片人、公务员、科技工作者、网络传媒人、文化产业从业者、出版人等等，最小的十八岁，最大的八十一岁，每人写一段话，等于召开一次"网友笔会"。所以，读者诸君在欣赏戴海老师的神仙生活之前，还得忍受二十三段"鬼话连篇"。这样的待遇，在其他书里面可得不到哦。

数年前，戴海老师曾将自己的五十年日记结成《逝者如斯》出版，在给一些朋友赠书时，他常在扉页上题写这样一句："看一个少年怎样变老。"而我读《戴海村语》的感觉是，在看一位老者怎样变小。不信，大家读一段《探路》吧：

> 那年登黄山，初见始信峰，为着走路，撇下了。今天邀何易去登香炉峰，且当南岳"始信峰"吧，为黎老探路。我们进入诗林，踏过"石浪"，六年前的那块指路石板不见了，我凭记忆找到登高的石阶。可是，游路被竹丛灌木封闭了。

我持长棍在前头扑打,谨防"竹叶青"蛇!前面一方巨石挡路,此路不通怎么办?有人喊退,有人劝我"莫着急"。我说:"这不是党交给的战斗任务,我着什么急!"我不甘心,转身下行七八百米,发现路边石上刻着"去香炉峰"。我顺其所指,拔腿即上。呀!上头跳出两行红字:"森林防火戒严期,游客至此止步!"告示写在金属板上,我用长棍敲得铛铛响。

领教了吧?可见"戴海村语"最大的"鬼子"不是别个,正是这个聪明绝顶、目中无人(老师患白内障,看不清人)、读书时静如处子、行走起来披荆斩棘的老头子!

前面提到过,熟悉"戴海村语"的朋友们心里都清楚,无论这个村庄里有多少鬼子,他们都臣伏于一尊神。那尊神,我们叫她"师母",老师唤作"晓清"。这位走在路上与农妇村姑没有任何区别的阿婆,在弟子们看来,是凝聚了东方女性一切美德的象征。一个藏菩萨之心,一个禀金刚之志,这样数十年相濡以沫的绝配,昕孺有长联为证:

身卧山中,拥书万卷。湖畔早读,岳麓夜耕。坛边独语,聪明绝顶;村里群话,谈笑风生。一枚灵心慧质,俯首春秋,低眉汉魏,手挽唐诗宋词,脚踏明清风云。化佶屈为朵颐,变大块为微博。打通诗书话,不分文史哲,管他东与西,瞧这个老头,竟把古稀当孺子。

足行路上，阅世千遭。湘潭启蒙，长沙修业。北京深造，意气英发；西域白首，蚌病珠成。两个神仙眷侣，忘情桃李，膏肓山水，春登神农五岳，夏隐衡庐滨海。观泉石如画卷，揽烟霞入胸怀。冲决盲障斑，长养精气神，走遍南和北，瞧这个老头，敢教日月换新天！

下辑　怀想·追思

逍遥的庄子

我想，中国文化史上要是没有庄子这样的哲学家，中国哲学的气韵一定会逊色不少；中国文学史上要是没有《庄子》这部奇书，中国文学的明灯一定会黯淡几分。两千多年后的今天，我们谈庄子、看庄子，他是一个人？一部书？一个梦？还是一种文化现象？谁也说不清楚。我们雾里看花，但我们知道那是花，而且不是普通的花，那是怒放在中国文化源头的一枝奇葩。

战国中期，天下乱得一塌糊涂，乱得看不到一点儿文明的影子。庄子是一个单薄的书生，看上去再普通不过，个子矮瘦，家境不富也不贫寒，生性机智，好读书，好远游，好与三教九流为伍。那个时候出版社极少，书也极少，所以庄子三下两下就把天下的书读完了。生逢乱世，远游也不是好玩的事情，但庄子为了开阔眼界，执意从老家宋国蒙邑出发，往南游历楚越之地。为什么选择楚越呢？一是因为他最佩服的文化大师老子是楚国苦县人；二是因为相比中原，楚越拥有独特的民俗风情，那里的"野""蛮"，十分贴近他心目中"无圣无盗"的"至德之世"。

庄子特别不喜欢圣人。他有一句名言："圣人不死，大盗不止。"庄子并不是故作惊人之语，七雄相拼，你死我活，哀鸿遍野，你说能把"圣人"的牌位摆在哪里？莽莽暴君，赳赳武夫，有的是残忍心性，有的是虎狼之师，他们就缺"圣人"那一套主义和理论。圣人为暴政张目，为恶行壮胆，为阴谋增色，你说庄子恨不恨圣人！远古的圣人，像尧呵舜呵，庄子懒得搭理，太远了，打个招呼都很费力。庄子毫不留情地拿了最近的圣人开刀，好在那个时候大盗多，圣人也多，其中杰出代表就是长得酷似阳虎而差点挨打的孔子。庄子其实最欣赏孔子两样东西：一是学识，二是意志力。但他认为孔子没有把这两样东西用对地方，他用了它们周游列国，企图实现自己的政治抱负，结果累累若丧家之犬。所以，庄子也最讨厌孔子两样东西：一是好为人师；二是张口贤闭口礼，不管现实世界如何倾轧，如何动荡，一个劲念自己的经。说得好听点是书生气，不谙世事；说得不好听那就是虚伪。庄子想，后世不知会有多少儒生中了他们先祖孔夫子的邪气，一边高唱修身齐家治国平天下，一边把自己的脑袋摇得像拨浪鼓，却没几个人听。"百无一用是书生"，庄子早就看不惯与看不起儒家这种作风。

庄子喜欢老子。老子是中国历史上第一位有名有姓的大学问家、大思想家、大作家、大隐士。他作古正经教过孔子的课，虽然教的只是选修课，但孔子多次在《论语》中炫耀他和老子的师生之谊，好像时下许多人到某"大师"门庭一坐就自称学生一样，孔子在那样竞争激烈的社会环境中，亦不能免俗。当然，孔子听老子的课不是为了名分，而是想真正扩大自己的知识面，为他致君尧舜打下扎实基础。庄子把老子当作自己的精神导师，怀念他，学习他，但并不是亦步亦趋，否则就不是庄子了。庄子尖锐批判孔子的虚伪，也不认同老子的虚幻。老子皓首穷经，仙风道骨，他的学问和智慧只怕两千五百年来都是天下第一，可他不立文字，蔑视世俗，躲避喧嚣。本来还在周王朝的守藏室当了一个史官，因王室内乱，他辞职去都。至函谷关，一个叫喜的守卫劝他留下一部书，他就留了洋洋五千言，名为《道德经》。庄子觉得老子这么做太玄了，不值得，要不是函谷关还有个认得老子、爱读书的守卫，中国文化史该会有一个多大的缺口啊！

庄子既不像孔子那样，嚣然尘上，到处求官；也不像老子那样，甘弱守雌，遁身避世。他当隐士选择了"陆沉"，意即"自埋于民，自藏于畔"。现实是不可逃避的，你必须与人群为伍，但你的心可以沉下去，可以沉溺于思考和狂放之中。跑到山上去当隐士算不得本事，在闹市中能够清心寡欲、宁静致远，才是真正的卓尔不群。庄子追求的"大道"，不是寂无一人，而是如何在人群、在社会中海阔天空。所以，庄子写的《养生主》不是我们现在的美容保健手册，而是探讨如何处理自己和他人、社会的复杂关系，于荆榛遍地中得一安身立命之所。庄子认为，要达到这样的效果，唯一的办法是"与天为徒"，而不能与人为徒。一旦与人为徒就会产生秩序和等级，而与天为徒，则众生平等，只有在天面前，人是不需要遮掩的。你狂放也好，堕落也罢，平静也行，在天那里都只有一个不经意的表情，无论花朵的暗香，抑或雷霆的震怒，都不能让天动容。"知其不可奈何而安之若命，德之至也。"不可奈何是社会的事，个人无能为力，但安之若命则关乎个体存废，对生命的珍爱与护惜是每个人一生中最艰深的课题。

这个"知"字非常重要，庄子不主张祛智守愚，他主张"知"，就是说你不那样做，你还要明白为什么不能那样做。出世与入世都好，人各有志，但如果你没有把道理悟透，出入都会碰壁。很多人在生活中上下无据、进退两难，就是因为没有悟透。"唯深也，故能通天下之志"，庄子讲这句话的时候，我们想象得出他那苦口婆心的样子。

可见，庄子的逍遥不是与世隔绝，而是"与物为春"；不是外表散漫，而是内心和豫；不是追求生活的随心所欲，而是讲究生命在乱世中的安顿。治世中的飘逸只能算是自然的舒展，乱世中的平和才是一种洋溢着生命气息的浪漫。于是，庄子主张忘形，忘形就是把形体层面的东西从心灵中驱逐出去，所谓放浪形骸、澡雪精神，拘于形则人的精神无法得到解放，放弃形则名缰自解、利锁自落，整个人都会轻松自在。为了强调忘形，庄子不惜走极端，搬来一些佝偻断足的人，像支离疏、王骀等，以形体的残缺来衬托他们德性的光辉。

这种对比恰好让我们看到庄子激扬弘厉、愤世嫉俗的一面。形如槁木不是平和，死气沉沉更不是平和。残疾人在任何社会环境中都处于底层，庄子却视之如宝，奉若上宾。肢体强健的人，深受奔波劳碌之苦，以好恶得失内伤其身；残疾人饱经虐待，受尽贬抑，反而心如止水，德似满月，最终能归于寂静。

"眇乎小哉,所以属于人也!謷乎大哉,独成其天!"这个小与大,不是指体积上的,而是指内在的容量。"天下莫大于秋毫之末,而太山为小。"秋毫之末中有生命的律动,有思想的敏感,有自然的神韵,有天地的风采,而把功名利禄视为重如泰山的熙熙攘攘之辈,不就如蝇头蜗角么?

楚王看中庄子的才华,曾欲聘之为相,庄子当然拒绝了。他并不是认为当官一定不好,庄子对从政没有成见,他只是强烈反对将自己的学术思想凌驾于百姓福祉之上,而官场刻板严肃的等级秩序往往容易使人错乱、迷失,也是他最不情愿的。为给自己和家庭谋取一个理想的生存境遇,他不得不对世俗做些妥协,比如,他找挂着相印的惠施帮忙,当了一个既有公俸又远离常规官僚体系,悠闲自得的漆园吏。他和惠施是老同学、老朋友、老对手,他们之间的每一次辩论都是那个年代思想界的大事。他们的观念越对立,交情就越深厚,这种惺惺相惜后世并不多见。

漆园在宋国蒙邑的蒙山西北部。这里山川形胜,水草丰美,庄子乐此不疲。他把漆园打点得井井有条,既能按时上缴中央财政,还大幅度提高了员工待遇。他的管理秘诀只有一条:尊重每一个人,让他们干好自己的事。然而,漆园毕竟不是世外桃源,庄子很快就遭到"仁义之君"的挑衅与逼压,他赶忙全身而退,在任上正好四年。四年官吏生涯给了庄子极为难得的历练,从徜徉山水、俯仰自得到险些掉了脑袋,庄子变得更平和、更睿智,他在官场沉浮中自己挽救了自己,从此精神的快马便一日千里,"独与天地精神往来,而不敖倪于万物,不遣是非,以与世俗处"。如果说，以前的庄子还有恃才傲物，还有锋芒毕露，那么去职后的庄子就充满了对自然和命运的谦恭。他开始变得"无情"，这个无情不是冷漠，而是将内心的炽热消解在恬淡的生态里，超越那些得失好恶的人伦之情，而拥有纵浪大化的天地之情。庄子称之为"心斋"。

妻子死了，庄子鼓盆而歌。惠施认为庄子太过分，可在庄子心目中，生与死已经连成一线，那是长长的一线，没有尽头。如果一天，有人突然告诉你"一只蚂蚁死了"，你会悲伤吗？我们和一只蚂蚁又有什么不同呢？

庄子自己死前，写了七篇文章传世，当时即被奉为天下奇文。没有人知道庄子是什么时候死的，也没有谁知道他死在哪里了。我想，庄子用宏富骀荡的文字为自己筑了一个永远的墓穴——他死在《庄子》里了，也活在《庄子》里。

我们总是陶醉于庄周梦蝶的迷幻色彩，总是津津乐道于庄子与惠施的濠上之辩。但我们更应该想见，战国中期，争斗频仍，恐怖活动不断，想要有外在的潇洒即便是王公贵族都不太可能。于是，我们看到庄子这个普通书生，在跻身权贵与内在自由之间，毅然选择了自由。好比现在，无数英雄豪杰沦丧于灯红酒绿，又有几人能撇开浮华大道，寻一条小径走到自己内心，去品尝那自由的冷猪肉？

贾谊：一为迁客去长沙

这条麻石街名曰"太平"，却是这座中部古城阅历战乱和灾难最多的地方。因为，两千多年来，城市的中心始终没有变化过，美丽的湘江东岸一直是长沙城最为核心的市井之地。这在世界城市史上，都近乎一个奇迹。但对于刚到这里、年仅二十四岁的贾谊来说，那都是后来的事情。这位对历史洞若观火的年轻人，并不知道若干年后，这座南方僻处的小城会成为一个地域文化中心，并且让他和一位他最敬重的伟大诗人并称，以"屈贾之乡"作为城市的代名词。

如今，太平街是长沙仅存的古街。这个高楼林立，以娱乐名世的大都会，承载着现代生活的丰美繁华，各色店铺、酒吧鳞次栉比，将它的古雅朴质藏匿起来，装饰成市民白日闲逛、夜晚沉醉的最好去处。但真正懂得这座城市的人，往往能拨开那灯红酒绿的迷离，于灰墙青瓦中嗅出沉淀其间的千年光阴。眼前这栋别具一格的庙式建筑，在潇潇春雨中，显得凝重而庄严。白色的门楣上，"贾谊故居"四字仿佛一个密码，等待人们开启那段封存已久的记忆。

公元前一七七年,青年书生贾谊从都城长安,经他的老家洛阳,不远数千里来到长沙国。他这一趟不是出差,更不是旅游,而是被"迁"。舟车劳顿,随从零落,一入南方辄披风戴雨,心情郁闷不堪。好不容易到了湘江边,但见波翻浪涌,云积雾沉。他想起百余年前那位在这里愤然投江的楚国诗人屈原,他们的景况是多么相似。

屈原"博闻强志,明于治乱,娴于辞令。入则与王图议国事,以出号令;出则接遇宾客,应对诸侯。王甚任之",却遭到上官大夫等人的谗妒,致使"王怒而疏屈平"。贾谊呢?由老师吴公、张苍推荐,二十二岁即成为朝中最为年轻的博士,"每诏令议下,诸老先生不能言,贾生尽为之对……诸生于是乃以为能不及也。孝文帝说之,超迁,一岁中至太中大夫"。正当天子准备将贾谊升任公卿的时候,朝中那些老臣、武夫坐不住了,他们纷纷向文帝举报贾谊"专欲擅权,纷乱诸事"。汉文帝是和贾生一样的年轻人,有仁义之心,亦爱才惜能,对这些话并不相信。这时,一个人从深宫的阴暗处走出来,悄然改变了贾谊的命运。与贾谊同为太中大夫的邓通,最受文帝宠幸。说起来,邓通的宠幸得来不易,他曾用嘴去吸文帝身上痈疽的脓血,把文帝感动得无以复加,"拟于至亲"。显然,贾谊瞧不起邓通的为人,经常讥讽他。邓通咬咬文帝的耳朵,可比那些老夫子管用多了。贾生恃才,邓通专宠,最终才不敌宠,即便是面对像文帝这样爱才的明君。贾谊在毫无思想准备的情况下,踏上了南行的漫漫长途。

屈原当时是流放,贾谊这次是迁谪,虽然没有那么严重,心情却是同样沮丧与失落。在湘江边一个小旅馆里,贾谊连夜写了《吊屈原赋》,投到水中。这是屈原自沉后第一篇传世的悼文,这篇悼文由贾谊来写,再合适不过。贾谊在遭受政治挫折之际,不期然延续了屈原的文脉与道义。长沙这块不起眼的卑湿之地,能铸造出独一无二的忧乐天下、敢为人先的"湖湘文化",屈、贾乃其源头。

其实,《吊屈原赋》并不是贾谊深思熟虑的作品,他即兴而写,率性而成,文辞间怨忿汹涌,情绪化的东西颇多。而且,当时的他不太认同屈原投江:"般纷纷其离此尤兮,亦夫子之故也!历九州而相君兮,何必怀此都也?"这是贾谊年轻气盛的一种体现,他觉得以他和屈原的杰出才干,到哪里不会被看重,何必吊死在一棵树上?

长沙何其有幸!在屈原沉江一百五十年、贾谊到长沙五十年后,另一位杰出的文学家、史学家司马迁,翩然来到此地。与屈、贾的穷途末路相比,当时二十出头的司马迁春风得意,志存高远,他的南巡既是私人游学,还带有一点公务考察的味道。

司马迁特意去汨罗"观屈原所自沉渊",并因"悲其志"而怆然涕下。所谓"悲其志",乃悲其赍志以殁。同为二十来岁的年轻人,司马迁与贾谊略有不同,他非常赞赏屈原的牺牲精神:"其志洁,故其称物芳;其行廉,故死而不容。自疏濯淖污泥之中,蝉蜕于浊秽,以浮游尘埃之外,不获世之滋垢,皭然泥而不滓者也。推此志也,虽与日月争光可也。"这种评价,在整个

《史记》中,再无第二。可见在司马迁心目中,屈原就是他的精神偶像。后来,司马迁能"就极刑而无愠色",隐忍苟活,得以成就"史家之绝唱,无韵之《离骚》",屈原对他的影响是很大的。

司马迁在《史记》中特撰《屈原贾生列传》一文,"屈贾"并称自此肇端。毫无疑问,司马迁将贾谊当作屈原思想独立、志洁行廉这一人文传统的唯一继承人。但从个人性格而言,贾谊和屈原差异较大。屈原是典型的楚人,优雅而决绝,有义无反顾、超越生死的高蹈之风;贾谊思虑缜密却生性犹疑,为人自信又过于天真,一旦遇到挫折便十分自责。

因此,贾谊来到长沙之后,心情一直阴沉郁结,不得舒展。他认为这次迁谪南方,凶多吉少,"寿不得长"。这难道是上天埋在他心里的一个命运的伏笔?但即便如此,他也不愿像屈原那样,抱石自沉。

长沙是西汉被封的异姓诸侯国之一。高祖刘邦击败项羽、建立汉代后,他册封的"异姓王"韩信、彭越、黥布、臧荼、张敖等,复被他以谋反罪悉数诛灭。为何独独留下了长沙王吴氏呢?贾谊一到长沙就明白了,这里地处荒蛮,人烟稀疏,"才二万五千户,力不足以行逆,则功少而最完,势疏而最忠"。长沙历代藩王眼见异姓王的下场,赶紧表忠诚,守本分,日日以休闲娱乐为务,让汉朝天子彻底放了心。长沙的娱乐基因,看来亦由来有自。

那天,贾谊到长沙王吴差那里报到。吴差早闻贾生大名,待之甚恭，随他挑选住处。贾谊在城里转了一圈，见城西江畔有一空宅，竹林环护，涛声入耳，他就把铺盖、书籍搬了过来，栖身于此。现存的"贾谊故居"是一个不到两亩的狭长院落，苔深阶净，草木葳蕤，一股幽情荡尽凡尘俗气。遥想当年，贾谊知音寥落，举目无亲，那寂寞必定像南方的湿热之气一样紧裹其身。

贾宅内有一眼泉，细长如注。贾谊最喜欢坐在泉边读书。一日，他突发奇想，凿泉为井，上敛下大，状如陶壶。他在井边植柑树、筑石床，从此大块文章总与肝胆肺腑为邻。现在的故居里，能找到贾谊遗迹的，恐怕唯有这口古井了。

贾谊当然没有忘记圣上和朝廷。日近长安远，他得到的信息不是太少，就是太迟。但他依然不忘太傅使命，坚守朝臣职责。前一七六年，高帝旧臣、前丞相周勃因被告谋反，不仅入狱，还受到狱吏"侵辱"。贾谊听说此事，上疏文帝，要求给予大臣应有的尊严，"廉耻节礼，以治君子，故有赐死而无戮辱"。意思是说，大臣若犯了罪，皇帝可以贬他的官、革他的职，甚至赐死，但不要让那些徒长小吏"詈骂而榜笞之"。汉文帝接受了贾谊的谏言，自此大臣有罪，"皆自杀，不受刑"。

过了一年，文帝"除盗铸钱令，使民得自铸"，这也是为他的幸臣邓通大开绿灯。文帝赐给邓通蜀郡铜山，邓通就在那里铸钱，致使"通私家之富侔于王者"。贾谊在长沙向文帝上《谏铸钱疏》，痛陈私人铸钱的弊端。但这次，与邓通亲密无间的汉文帝不可能接受贾谊的建议。

贾谊心头涌起一种从未有过的无奈和无力感。他觉得自己的迁谪与屈原的流放没什么两样,他沦为了南方一株蔓生的野草、一粒飘浮的尘埃,从此便无所事事,闲游度日。这对于胸怀天下、睥睨众生的贾谊来说,的确是一种煎熬。他想起刚担任博士时,和好友宋忠一同私出朝廷,赴民间寻找真正懂得"道术"之人。他们在陋巷中见到来自南方楚国的奇士司马季主。司马季主有一段话当时让他怅然良久,噤口不能言:

> 故骐骥不能与罢驴为驷,而凤凰不与燕雀为群,而贤者亦不与不肖者同列。故君子处卑隐以辟众,自匿以辟伦,微见德顺以除群害,以明天性,助上养下,多其功利,不求尊誉。

音犹在耳,仿佛就是说给现在的自己听的。贾谊决心随遇而安,潜心向学,不仅要做到通晓世务,还要探究天地万象振荡相转的原理。每天清晨,他到江岸的古樟下闻鸡起舞,目睹云、气、水的转换与腾跃,感受风、光、色的变化和组合。湘流北去,逝者如斯;白云千载,夫复何存。贾谊由一个倾注国事的朝臣变成了一名俯身低处、体贴万物的智者。在长沙这个气象万千、朝云暮雨的地方,贾谊走进了文学和哲学,由事务的繁杂琐碎抵达自然的神妙精微,在地理的卑湿僻陋中反而提升了自身的生命境界。贾谊三十三年短暂的生命历程只有区区三年多在长沙度过,但以他与长沙的相交相知,"贾长沙"实至而名归。

我想,这个时候,如果要贾谊再来写《吊屈原赋》,他一定

会对屈原投江有不同的看法吧。他在与《离骚》风格极为近似的《惜誓》中写道:

> 已矣哉! /独不见夫鸾凤之高翔兮,乃集大皇之野。/循四极而回周兮,见盛德而后下。/彼圣人之神德兮,远浊世而自藏。/使麒麟可得羁而系兮,又何以异乎犬羊?

《惜誓》直接与《吊屈原赋》相对应。《吊屈原赋》认为天生我材必有用,应好自珍藏,以待明君;而《惜誓》已看清君王有始无终、弃信约如敝屣的真实面目,他绝望的心地里渐渐露出一片澄明。

这年夏天的一个黄昏,一只鹏鸟飞进贾谊的住处,长时间蹲踞在一张椅子上。鹏鸟形似猫头鹰,面目狰狞,叫声古怪,被视为不祥之物。传说它如果飞入民宅,则"主人将去"。去,有两种解释,一是离开,二是去世。这只鹏鸟唤起了贾谊内心的敬畏感,他不知道自己将去哪里,何时去、怎么去?忐忑之间,他发出疑问:"予去何之?吉乎告我,凶言其灾。淹速之度兮,语予其期。"我离开这里将去何方?是吉是凶请说端详,如果生死有定数,请将期限告诉我。那只鹏鸟竟然叹息一声,还举首奋翼,却口不能言。这一下触动了贾谊迁谪生活的无限悲情与无穷感喟:万物流转,祸福无常,忧喜相聚,吉凶同域,生与死有何界限,去到哪里又有什么意义?于是,汉代最为奇伟卓绝的文字《鹏鸟赋》诞生了:

……释知遗形兮，超然自丧；寥廓忽荒兮，与道翱翔。乘流则逝兮，得坻则止；纵躯委命兮，不私与己。其生若浮兮，其死若休；澹乎若深渊之静，氾乎若不系之舟。不以生故自宝兮，养空而浮；德人无累兮，知命不忧。细故蒂芥兮，何足以疑！

　　《屈原贾生列传》最后一段"太史公曰"："及见贾生吊之，又怪屈原以彼其材，游诸侯，何国不容，而自令若是。读《鵩鸟赋》，同死生，轻去就，又爽然自失矣。"司马迁用"爽然自失"来表达内心的感受，真是一言难尽。一方面，他欣然于贾谊态度的转变；另一方面，思及自己身残处秽、苟合取容、生不如死的处境，又不禁荒凉顿生。

　　鵩鸟给贾谊带来的却是好消息。

　　几个月后，不知出于什么动机，汉文帝将贾谊召回长安。那天傍晚，文帝正在未央宫前的宣室吃祭肉，听说贾谊到了，赶紧宣召。君臣二人彻夜长谈。贾谊这些年潜隐长沙，学问日益深湛，远非当年初出茅庐时可比。文帝叹道："吾久不见贾生，自以为过之，今不及也。"终于回到梦寐以求的长安城，回到曾驰骋才情的朝堂上，但这次谈话丝毫没有提振起贾谊治国安邦的热情，因为整整一个晚上，文帝向老朋友咨询的都是有关鬼神的事情。

　　文帝或许仍旧推重贾谊，可朝中老臣麇集，一个被贬归来的年轻人难有容身、出头之地。而且贾谊博学多识，心直口快，什么事都能挑出刺来。放远了吧，想他；搁在身边，又有点心烦。怎么办？文帝灵机一动。他最疼爱、寄望最深的小儿子梁怀王刘揖好读诗书，聪颖过人，便派贾谊去梁国做太傅。贾谊对这一委派很是失望，但他没有表现出来，他知道刘揖在文帝心目中的位置——如果能教导、辅佐好小刘，假以时日，他依然有实现自己政治抱负的机会。

人事能料，天命难违。公元前一六九年，贾谊任梁怀王太傅四年后，刘揖不慎坠马而死。如何坠的马，一说是上朝，一说是游猎，这个不重要。重要的是，贾谊与刘揖相处甚欢，而刘揖之死，让他肩负的使命与责任轰然委地。文帝虽没有直接怪罪于他，可文帝的悲恸更让贾谊心如刀绞。此刻，贾谊遽然明白，屈原的命运必将落到他的头上，这几乎是无法逃脱的宿命。他从此茶饭不思，诗书不进，一年后撒手人寰。

毛泽东在《七绝·贾谊》中说："梁王堕马寻常事，何用哀伤付一生。"说得很有道理。文人的脆弱往往如此，贾谊因才高而心气高，才奇高心气亦奇高。贾谊是政论家而不是政治家，官场上的显规则与潜规则他都不放在心上，他的政治理想全系于明君，文帝还算不错，却受制于幸臣。他只有将全部希望寄托在梁怀王身上，所以在贾谊看来，梁王坠马不仅非寻常之事，简直是"梁柱折而泰山崩"。更何况，早已没有用武之地的贾谊，或许深藏的正是一心向死的决心呢。

贾谊无疑是一位旷世天才。他的《过秦论》是反思秦朝灭亡最为深刻、警醒的作品,在秦亡后短短三十年内即有《过秦论》这样的作品问世,对于汉初开启的"文景之治"功不可没。贾谊强调礼治和仁政,明确提出"民本"概念,开董仲舒"独尊儒术"之先河。贾谊担任太傅多年,他的教育思想让后人惊叹。比如从二十世纪下半叶开始风行世界的胎教理论,早在两千多年前已由贾谊提出。贾谊的著作《新书》,其中有一篇重要的教育论文,标题就是"胎教"。贾谊还认为"教者,政之本也",教化在国家政治生活中居于首要地位。他将志向、实行、见识作为学习三要素,直启日后湖湘学派经世致用、知行互发之门户。

七五八年,李白因"永王事件"受到牵连,被流放夜郎,路经武汉黄鹤楼,听到吹奏《梅花落》的笛音,不禁想起同样悲情的贾太傅,感慨赋诗:"一为迁客去长沙,西望长安不见家。黄鹤楼中吹玉笛,江城五月落梅花。"李白很可能没有进过长沙城,但他从贾谊身上看到了自己,这就像在初夏的江城,闻笛声而看到雪片般飘舞的梅花。那么美艳,又那么寂冷;那般富丽,又那般短暂,恰如自己跌宕起伏的一生。李白就是这样的人,回回望长安,不望家,或者在他的心里,长安才是他真正的家。于是,他注定回不去,注定是一名永远的迁客。

七六九年清明时节,漂泊潭州(长沙)的杜甫沿着一条老街踽踽独行。此时他已是"此身漂泊苦西东,右臂偏枯半耳聋",忽然看见一栋民居上书"贾谊祠",他信步而入,但见庭院深深,草木丰茂,柑树超迈如老叟,古井清冽似新泉。愁苦不堪的他欣然写下:"朝来新火起新烟,湖色春光净客船。绣羽衔花他自得,红颜骑竹我无缘。胡童结束还难有，楚女腰肢亦可怜。不见定王城旧处，长怀贾傅井依然。虚沾焦举为寒食，实藉严君卖卜钱。钟鼎山林各天性，浊醪粗饭任吾年。"

杜甫在这条街上住了下来。一年后，他在附近巧遇流浪到此的宫廷音乐家李龟年，写下脍炙人口的名篇《江南逢李龟年》："正是江南好风景，落花时节又逢君。"其实，说脍炙人口对诗人有些残忍。我最初读到这首诗时，心想，不对呀，落花时节怎么是江南的好风景？黛玉还写《葬花吟》呢。后来我了解到，杜甫流落长沙时，孤苦无依，贫病交加，他差不多快到生命尽头时遇到故人李龟年，迸发出最后的诗情和灵魂的光亮，在他看来，江南好风景不是因为"落花"而是由于"逢君"。这样一首深蕴着对万物的敏感、对死亡的钝感、对友情的快感、对生命的痛感的绝笔，读来让人五内俱动。不久，杜甫客死于湘江的一条船上。

一八九七年冬，清代诗人黄遵宪担任湖南按察使，力邀梁启超来长沙时务学堂做中文总教习。一天，黄遵宪领着梁启超参观贾谊故居，写下一首诗："寒林日薄井波平，人去犹闻太息声。楚庙欲呼天再问，湘流空吊水无情。儒生首出通时务，年少群惊压老成。百世为君犹洒泪，奇才何况并时生。"这一年，梁启超正好二十四岁，任《时务报》主编。诗中，黄遵宪将梁启超比作贾谊，希望他能在屈贾之乡汲取更多的精神元素，将维新事业向纵深推进……湖南向以保守著称，但保守的湖南因为湖湘文化的经世致用而屡出奇招。十九世纪末，办实业，兴学堂，施新政，谋求变革，湖南引领全国潮流。可惜，"新旧之哄"最终葬送好局,维新变法失败,时务学堂亦匆匆结束其使命。担任过时务学堂教习的谭嗣同慷慨激昂:"我自横刀向天笑,去留肝胆两昆仑。"

何止"两昆仑",在他身后,是曾国藩、左宗棠、郭嵩焘、黄兴、熊希龄、毛泽东、刘少奇、齐白石、沈从文、田汉、丁玲等湖湘精英的群体崛起……

寒林空见日,秋草独寻人,故居依旧在,新书几度吟。

历经沧桑的贾谊祠,而今安坐于长沙最为繁华富丽的商业区,如同喧闹中突如其来的一段安静。当你走进去,那安静就会像一件衣服穿在你身上。长怀井还是那么清冽,任何人从中,都可以看到他自己。

看到了,就不会再丢失。

柳宗元：以愚待世

唐顺宗永贞元年，一位瘦弱文人经过"三千里路云和月"的颠踬跋涉，摇摇晃晃走进了处于南蛮僻野的永州城。

他叫柳宗元。由于"永贞革新"失败，这位王叔文集团的重要成员被逐出长安，同遭此厄的共有八位著名文人，史称"八司马事件"，其中诗人刘禹锡与柳宗元相交甚厚。颇富戏剧性的是，默默无闻的永州本没有这一份幸运——因一代文宗的十年落魄生涯而成为中国文学史上的一座重镇——柳宗元始贬湖南邵州（今邵阳），半途接到通知，他必须去更远的永州。正是这一贬再贬，柳宗元悄然实现了自己从政治史向文学史的转换，尽管这一转换是不自觉的，是被迫的。

加贬永州，使柳宗元得以过洞庭，下汨罗，在屈原行吟自沉的江边，柳宗元写下了极为重要的《吊屈原文》。这篇文章既奠定了柳宗元永州十年文学探索的基调，更使韩愈与柳宗元共同发起的古文运动别开生面。

"穷与达固不渝兮，夫惟服道以守义。矧先生之悃愊兮，滔大故而不贰。"在湘江中逆水而上的柳宗元，借着呼呼北风、滚滚江流，抒发着自己的文学之志。无疑，正是屈原，给予了柳宗元冥冥中的指引，让他那高致清雅的文风、磊落坦荡的人品得以在永州自成格局，形成不知吸引、感染了多少读书人的"柳门风范"。

永州到了。哀猿挟浪急，寒雨裹风绵。柳宗元就是在这样的氛围中开始了自己的"永州十年"，他身边是年近七旬的老母，和宁愿弃官也要追随着他的两个堂表弟。

可柳宗元刚到永州，命运小儿又给了他当头一棒。先是他寄住的龙兴寺连续四次失火；不到一年，老母终因病体不支，永离人世，不能再陪伴失意仕途的儿子了。她当然不会想到，她这个不走运的儿子会在她长眠的地方"独上西楼，望断天涯路"，达到文学与人生的至高境界。到永州的第五年，爱女夭折，柳宗元在对世俗生活的彻底绝望中，灵府空虚，尘滓涤尽，他的全部身心都将融化在文学的青山绿水中了。

爱女死后，柳宗元下决心搬出龙兴寺那块伤心之地，他在潇水下游一条名叫冉溪的支流南畔筑室而居。直到这时，永州秀美的山水才向柳宗元扑面而来。南耸九嶷山，北绕衡山余脉，西南是五岭中的越城岭和都庞岭，中国两条最隽秀的河流——湘水与潇水横越州境，悄然在永州城外汇合。宋人陆游说："挥毫当得江山助，不到潇湘岂有诗？"冉溪边，竹阴下，怪石间，柳宗元在大自然的浸润里灵犀毕现，法眼顿开，他回想自己二十多年的宦海沉浮，觉得功名如梦，利禄似烟，角逐其间真是愚不可及！

于是，他将冉溪改为愚溪，与周围丘、泉、沟、池、堂、亭、岛一起，共八景，号为八愚，作诗记之，其中的诗序可与陶渊明的《桃花源记》媲美：

> ……溪虽莫利于世，而善鉴万类，清莹秀澈，锵鸣金石，能使愚者喜笑眷慕，乐而不能去也。余虽不合于俗，亦颇以文墨自慰，漱涤万物，牢笼百态，而无所避之。以愚辞歌愚溪，则茫然而不违，昏然而同归，超鸿蒙，混希夷，寂寥而莫我知也。

愚非溪也，人也；愚非辞也，心也。何以以愚待世，世待我以昏耳！平静心态里发出的是不平之音啊。

愚溪仍在，潇水长流。始建于北宋仁宗年间的柳子祠傍溪而坐，穿越千年时空，镕铸种种人间变故、历历世事沧桑，终成它特有的风致——不像藏于大麓的圣殿，也不像纳之名山的宝刹，它只是一座不起眼的普通砖木建筑，在深巷之中，与民居为伍，从秀美山川探珠玑小品，于寻常咳唾悟忧乐人生，真是一副"愚者"之相。东边是愚溪桥，愚溪过桥即汇入潇水；西边是钴鉧潭，就是让柳宗元"乐居夷而忘故土"的地方。故土与夷有什么区别？乐，夷亦故土；不乐，故土与夷无异也。即便身处长安的庙堂，卑躬屈膝，摧眉折腰，岂有"故土"之乐焉？

当初柳宗元和他的三五好友，"缘染溪，斫榛莽，焚茅茷"，登西山，得钴鉧潭，寻潭西小丘，至小石潭的路线，如今是一条名叫"柳子街"的市井小巷，两边多为旧式木屋，麻石街面，温润可喜。自愚溪桥西行约二百步，至柳子祠；柳子祠西行约二百步，乃钴鉧潭，环树依然，悬泉之处突兀着一个小电站，愚溪水脉经此拦腰一截，静去其三，清减其半，秀美则失其七分矣。

距潭西二十五步的小丘，以及"从小丘西行百二十步"的小石潭，情状几与柳宗元笔绘无异。小丘上嘉木美竹颇多，只是寂寞得很，似乎柳宗元之后，再无人有那样披荆斩棘的勇气与雅兴了。小石潭更是寂寥无人，因前日大雨，水稍浊了些，然一股凝冽之气，仍让人有幽邃之感。

坐在潭边一块石上，我遥想唐代的那位谪吏，他就这样凭借着这里再普通不过的小山小水小石，将人生的大困挫大波折大灾难，轻轻化于无形，化作像天上星月一样焕发着璀璨光辉的永恒。

唐代古文运动的首领是韩愈，柳宗元是副帅。但如果没有柳宗元，或者说，如果没有永州的柳宗元，古文运动很可能走向歧途。

韩愈一方面因为性格的关系；一方面为了拯溺八代，号令四方，在创作理论与实践上皆有矫枉过正之处，尤其在写作中，硬语盘空，诡思横行，过于强调"每篇都变，每句都变，每词都变"，以他的才气尚能驾驭全局，一般写手若要亦步亦趋，就只有让人如坠五里雾中，不知所云。这时，文坛非常需要柳宗元这样的人物出现，而柳宗元也的确在关键时候起到了自己应起的作用。韩愈说："衡湘以南为进士者，皆以子厚为师。其经承子厚口讲指画为文词者，悉有法度可观。"永州的山水和民风造就了柳宗元，而柳宗元在山水和民风的永州之外，更几乎是只手建立了另一个永州。

在永州，柳宗元探搜深远的散文直接开启了宋代"散文大朝"的门户，欧阳修、苏东坡等纵横捭阖的手笔无不得益于这块南蛮之地的一脉清流，真应了王闿运一句联语："大江东去，无非湘水余波。"在永州，柳宗元的"仁智统一，唯道是就"的哲学思想脱然而出，从宋明理学的浩浩义海中，亦可窥见其荡漾碧波。在永州，柳宗元写下了他一生中的大部分诗歌，他和大他一岁的白居易，是唐代继李白、杜甫之后最能写出雄浑简淡诗篇的大诗人。在永州，柳宗元的辞赋创作尤其值得一提，他承继屈骚而反抗骈俪，大胆将"楚声"这样的方言入诗入文，使得辞赋这一濒于死灭的文体重获新生。在永州，柳宗元写下了大量人物传记和寓言作品，他对社会底层的关注使他具有了前所未有的思想深度，平民化的他亦成为众口称誉的传奇，一直流布到今天……

"渔翁夜傍西岩宿，晓汲清湘燃楚竹。烟销日出不见人，欸乃一声山水绿。"柳宗元走了，十年的确短暂，但要知道，柳宗元一生才只有短短四十七年啊！对于永州人来说，如果他们不明白这十年的意义，那就愧对千多年前的那位文弱书生了。对于我这样晚生千多年的现代书生来说，到永州看看，是赶赴一场心灵的约会，与那个寒江独钓的老翁一起，走进澄澈明净的世界里去……

周敦颐：幸运的月岩

一

那是秋天的一个早晨，天光莹彻。我对好友志高说："好生奇怪，明明有阳光拂身，却不见太阳。"志高幽默地答道："或许是太阳嫉妒我们将去月岩，故意隐身起来。"我呵呵一笑。月岩，天上有月球之岩，地上有道州月岩。天上的且不去管它，而地上的就在我西边三十里处。此刻，我朝西坐着，在道县县城濂溪边的一家粉店前。志高说："这里是古道州的西门，当年徐霞客就是从这里出城，去的月岩。"我们也从这里出发。

出乎意料的是，在永州那样出门不是山就是石的地方，我们的车竟行驶在一片广袤的平原上。徐霞客所说的"大道两旁俱分植乔松，如南岳道中，而此更绵密"虽不可见，却也松杉竞茂，果树飘香，鸡犬相闻于邻，小儿群逐于道，恍然桃源人家。

二十多分钟后，密林突变为田畴，视野顿时开阔，忽见两山夹一村落，仿佛一龙一象在争抢一颗明珠，均不能得手。志高边开车边讲解："楼田村，濂溪故里，左边是龙山，右边叫象山。"

我问，濂溪故里，尚有故物否？志高哑然，俄顷告我，凡故乡风物，数十年后或陈腐成灰，或旧貌换新，觅得童年半点蛛丝马迹，辄淋漓涕泗者有之，手舞足蹈者有之。濂溪距今千年，山河都几曾变色，何来故物？如今所言之"故物"，无不是旅游业牵强附会的结果。

临近村子，果见民居悉数飞檐翘壁、青砖白瓦，墙壁亮堂得连黄泥巴都没粘一块，连小孩的脚印都没留一个，连"徐志高是大笨蛋"这样的题词都没见一句。我对志高大喝一声：开过去。志高一脚油门，便将几年前竖立的"濂溪故里"牌坊丢在身后。

我和志高都安静了下来，天地之间亦骤然安静。我们跌入一种深渊之中，车轮虽在飞驰，却似乎总在原地，因为眼前是同样的景色：松散的田亩、零星的房屋、低矮的树木，以及将我们笼罩得越来越深的巨大阴影。我们好像行驶在那片阴影的辽阔无边的怀里。真的，都庞岭给我的第一感觉是：恐惧。它高大得没有道理，像是从地底直砌到天顶的一堵石壁。志高及时安抚我说，它其实在月岩的西边，月岩就像她抱着的一个婴孩。

接着，志高跟我讲了一个故事，说某官员喜欢旅游，尤好攀登险处，听说都庞岭险，决意一游，当地只好派了一个人陪同。当攀至半山，只见上有绝顶压头，下有高崖诱脚，进退维谷，寸步难行，官员头昏腿软，魂飞魄散，不由得号啕大哭。我认识这位官员，素无好感，但这个故事让我对其平添钦佩之情。敢游，见勇气；敢哭，见性情。人在社会，与人斗，所以人皆显露其强硬；人在旅途，与山水比，人便暴露其渺小柔弱。一个认识到自己渺小柔弱那面的人，其强硬处便更富含人性，也更具信念。

二

只顾着讲故事，志高竟然迷路了。问道于人，一位帅哥热情地骑摩托领着我们沿都庞岭北走数里，手一指，到了。志高说，他带错了，这是月岩的背面。我说，不能说他错，月岩的背面也是月岩啊！

小车拐离水泥马路，在一条疑似能过车的田间道路上斗折蛇行。志高表现了他高超的驾技，一直将车开到一栋民宅前，再开就要去田里收稻子了。这时太阳钻出云层，仿佛一个硕大的舞台打出强光，聚照着前方不远处一轮面容清白的新月。她修身素面，神闲气静，宛若披着金晖的世外仙子。我兴奋地跑上狭窄的田塍，上午九点来钟，露水重得好像田边的青草都是水做的，我的皮鞋和裤脚全被打湿。这时，我看到新月又变成一把打开的纸扇，而志高跟在后面说，那是一颗闪亮的钻石。那面巉岩有福了，它成了庇护仙女的壮汉、摇着折扇的书生，还有戴着钻石的王子。那面巉岩上的草树有福了，它们成了仙女头上的长发、书生折扇上的水墨以及王子俊俏的眉目。越过一条清冽小溪，上到一个台地，"那颗钻石"扩展成一张敞开的大门在欢迎我们，我们由此成为它绚丽光芒的一部分。

这是一个再寻常不过的石洞。洞口两边还有大小不一的多个小洞，稍大的一个中供有佛像。刚才的奇丽一闪而过，你仿佛从梦境回到现实中来，心想，就像很多徒负盛名的景区一样，月岩不过尔尔。

漫不经心地走入洞内，我张开的大口也恍如一洞。原来，这座石山从外面看岩骨铮铮，与一般石山无二，里面却是空的；空还不算神奇，大不了一洞而已，它的顶端竟也是空的！如果把它比作一间房子，这房子的天花板竟是天空。而且，与我们刚才进的洞门相对应，东边还有一个大小相类的门洞，那就是志高所说的月岩的正面。如果把月岩比作一座城堡，它便有东西方向两座城门；它还是一座没有封顶的城堡，天、地、山、岩直接对话。

当然，不能缺了人。但这深山僻野，谁会来呢？十一世纪三十年代初，一个当地少年来到了这里，他叫周敦颐。一个嗜读书和思考如命的孩子。他带来铺盖，在月岩内半山腰仅能容身的小石洞里，垒一张石床，命名为"拙榻"。人问，为何叫拙榻？多年后，已经为官一方的周敦颐写了一篇《拙赋》，全文仅七十余字：

> 或谓予曰："人谓子拙？"予曰："巧，窃所耻也，且患世多巧也。"喜而赋之曰："巧者言，拙者默；巧者劳，拙者逸；巧者贼，拙者德；巧者凶，拙者吉。呜呼！天下拙，刑政彻。上安下顺，风清弊绝。"

他带来了很多书籍，堆积在拙榻上。石洞前有个小坪，他白天在坪里读书，借助天地之清气，含英咀华。他带来了一双好奇的眼睛，晚上观察天象，借助众星的语言，唤醒自己内在的神明，与自己对话。

他发现，月岩顶上的石洞玄妙无穷。每到夜晚，明月精光透射，石洞浑然如满月，向东仰望酷似上弦，向西仰望恰如下弦。上弦与下弦结合成一轮满月，而满月自有上下两弦交融于中。弦弦成满，满中生弦，那满月不正是无穷无尽、无止无休的"道"吗？"无极而太极"，太极一动一静，动如弦，静如满，构成阴阳两极。由阴阳两极化育万物，有如月照万渊，万渊各异，月则一也。这是多么神奇的演变啊，周敦颐情不自禁地将上下弦月融成满月的景象画在了纸上，并在旁边轻轻写着两个字：太极。

三

从月岩走出去的周敦颐脱胎换骨了。月与岩、昼与夜，共同培育了周敦颐的浩然之气。周敦颐的卓越之处在于，对故乡的这一处奇景，他并不只有廉价的感激，他思考的问题是："月岩灵异固然罕有其匹，然而，如果我不来，谁又能窥探、领略这大自然中的深奥道义呢！月岩在这里不是亿万年了吗，如果不是我移榻于此，勤奋攻读，笨拙思考，它的灵异不是还要埋没在这荒山野岭亿万斯年吗？"

因此，万物化育中，人才是最为重要的。唯有"人极"可与太极媲美。

人如何能"极"，怎样才能达到人性的极点与巅峰？周敦颐一边云游全国各地，到处做着不大的官，他的身心却始终没有离开过月岩，或者说，月岩早已被它移植到了自己的内心深处。他一边不断地问自己，万物生生，变化无穷，什么才是亘古不变的呢？他想到月岩的弦满变化——弦忠于满，从不外溢；满包容弦，从不亏欠。这是一种毫不造作、真实无妄、纯粹至善的"诚"性在起作用。物禀其诚，就能感而通神，显示阴阳变化萌发的微妙机缘；人禀其诚，就能成为"五常之本、百行之源"，造就人生道德的最高境界。宋代的理学由此萌芽。

中国五千年哲学史，周敦颐恰好坐在正中的位置。他是中国历史上第一位镕铸儒、道、佛三教并自成一说的巨匠。他以儒家理论阐述自己的宇宙生成模式，但"无极"显然是道家学说的精髓，周敦颐借此让以修身齐家治国平天下为己任的儒家上升到形而上的、超验的本体论高度。北宋中期，士大夫参禅问佛相率成风，与周敦颐同时代的名流如苏轼、黄庭坚、范仲淹、苏辙等莫不如此，周敦颐亦自称"穷禅客"，他师事、参研过的禅林大德有鹤林寿涯、黄龙慧南、祖心师弟、佛印了元等。有一天，寿涯在鹤林寺传给周敦颐一首偈子："有物先天地，无形本寂寥，能为万象主，不逐四时凋。"周敦颐闻之一震，脑海中即刻跃出月岩的图像，自外而内，那万古不变与移步换景，那无形的寂寥与万象的喧闹，那满与弦的奇妙演绎，有如良宵朗月，映照着他的全部身心。他轻轻地吐出两个字：太极。

四

周敦颐出生地——湖南省永州市道县，自古即为穷乡僻壤。直到二〇〇三年十二月，永州首次开通高速，而道县迟至二〇一一年才进入高速时代。此前，从省会长沙到道县坐汽车需要十多个小时。可以想见，北宋时期的道县离文明的中心有多远，那时的世界能有多大。但没关系，如果你有求知的头脑，有热切探询天下义理与人类命运的信念，有兼收并蓄的气量和不屈不挠的毅力，那么，你就是自己的中心，也可能是世界的中心。

湖湘文化作为中国最重要的地域文化之一，周敦颐是真正的奠基者和中心人物。在周敦颐之前，对湖南文化发展做出突出贡献的，除了发明家蔡伦和两位书法家欧阳询、怀素，基本上都是外来精英，如神农氏、舜帝、屈原、贾谊、李白、杜甫、韩愈、柳宗元、元结、刘禹锡等。特别是元结和柳宗元，他们分别迁调和贬谪于永州，永州的山水成就了他们的诗文和人格，而他们的诗文与人格又反哺，终于让周敦颐在那样一个僻远蛮荒之地脱颖而出。元结居于浯溪，柳宗元谪至愚溪，周敦颐生在濂溪，永州三条小溪的陶冶与洗涤，让三位大师拥有了共同的诗文特点与人格气质。元结的《右溪记》，柳宗元的《愚溪诗序》与《永州八记》，周敦颐的《拙赋》和《爱莲说》，不仅在文本上简略沉雄、典雅高古，具有极强的辨识度与标志性，而且从元结的"隐"，到柳宗元的"愚"，再到周敦颐的"拙"，无不幽渺芳洁，慨然自得，表现出绝不苟同流俗的心性与胸怀，延续着屈、贾一脉的精神气节。

周敦颐之后，尤其是一一六七年秋天，两位理学大师朱熹和张栻在岳麓书院进行"朱张会讲"之后，湖湘文化逐渐厚积薄发，到明末清初终于有了王夫之这样的大哲学家。王夫之与周敦颐都从钻研《易经》起家，不同的是，周敦颐从《易经》中发现了"道"与"理"，王夫之则发现了"气"与"器"。周敦颐缔造了纯粹的哲学，身受国破家亡之苦的王夫之则强调经世致用、匡时济民。然而，他们的孤绝风姿、高洁禀性却是如出一辙。清末及近现代，湖湘人才有如井喷，他们以自己深湛的学问、独特的个性、坚定的信念，影响和改变着中国的命运，让一个年迈体弱的古老帝国，缓缓地走出"被侮辱的与被损害的"泥潭，获得新生。

《宋元学案》有言："孔孟而后，汉儒止有传经之学。性道微言之绝久矣。元公崛起，二程嗣之，又复横渠诸大儒辈出，圣学大昌。"

元公是周敦颐的谥号。与周敦颐差不多同时代的哲学家张载，因安家于陕西横渠而号称"横渠先生"。张载的学说曾得益于周敦颐的弟子程颐、程颢兄弟，并在此基础上独出机杼，自成一派。张载有震古烁今的四句名言："为天地立心，为生民立命，为往圣继绝学，为万世开太平。"可以说，二程、张载上承周敦颐，下启朱熹，是理学发展的几位"关键先生"。民国某年，湖南经学家王闿运应邀赴江浙一带讲学，那边士人见王闿运身材矮小、容貌寝陋，遂哂笑之。王闿运不慌不忙，口吟一联："吾道南来，原是濂溪一脉；大江东去，无非湘水余波。"举座皆惊。王闿运曾担任船山书院的主持，他的弟子中有齐白石、杨度、杨锐、刘光弟等不凡的人物。

周敦颐的哲学著述仅有一图、两文及一部《通书》，统共三千余字，但"濂溪一脉"影响了中国哲学和中国社会近千年。就哲学的原创性与丰富性而言，在湖南本土，周敦颐之后六百年有王夫之，王夫之之后又快四百年了，下一位是谁？我们也许看不到。但湘水看得到，月岩看得到。

五

拾级而上，进入那个小石洞。我摸黑在倾圮的"拙榻"前伫立良久。真黑啊，如何能从如此深重的黑暗里窥见光明之"道"？如何能从变化万千的自然之理中回到自身？我想不出个中真谛，周敦颐的那个反问忽然跃上心头。

月岩天姿神相，固然人间罕见，但若不遇上天资超迈、坚忍求道的周敦颐，僻处南方荒野的月岩，亦很难成为学人的向往之地。天下有多少月岩这样的地方，等着某一位孜孜不倦的灵秀少年呢？月岩幸运，千年前，它就等到了。

小车又上了公路，向宁远方向驶去。我蓦然回头，从后窗凝视着越来越远的月岩。这样看去，它不过一寻常小山，就像当年的周敦颐，混迹于官场世间，泯然于众人矣。

八指头陀：亦诗亦僧亦梅花

一

湘潭县石潭镇，自古繁华，唐代以前一直为县城所在地，今有"古城村"以志之。涟水自西而来，穿镇而过，向东汇入湘江。乌石峰凌空耸翠，镇内丘陵如黛，良田千亩，乃一风水勃郁之地。然千百年来，此地民风粗朴，生计艰辛，强梁匪患不少，而俊杰菁华难生。

一八五一年一月三日，石潭镇农民黄宣杏的妻子胡氏生了个儿子，不过弄璋并未添喜，对于这个贫困的家庭来说，多张嘴吃饭实在无法让人开心。但胡氏的嘴角却噙着笑意，她告诉老公："我梦见一朵兰花，开得正欢时，孩子就生了。"黄宣杏依然眉头紧锁，他似乎没听见妻子刚才说的话，门外青山排挞，像一堵高高的墙，像一张关紧的门，无情地挡住了外面的世界。这一辈子他看山、爬山、砍山，却从未读懂过山。山是他绕不过的命运，也是他解不开的情结。他给新生儿取了个名字：黄读山。

读山七岁时，母亲撒手人寰，兰香邈归空谷，童年的他成为一株苦根。十一岁那年,父亲好不容易把他送进私塾,翌年即与世长辞,少年的他成为一棵飘蓬。无衣无食,读书更是奢侈,他只能替别人家放牛,整日"读山"了。一日大雨,他随避雨的人群跑到私塾檐下,忽闻学堂里有人咏诵古诗"少孤为客早",一下触碰到他内心最为敏感的情之弦,顿时泪花闪烁,黯然神伤。雨更大了,打在他脸上,落进嘴里竟然满口咸涩。

他想读书,于是自愿给一个富家子当书童,但人家不让他读书。他想学门手艺谋生,不料横遭鞭笞,昏死数次。这苦水里泡大的孩子,似乎连命运也要抛弃他,连苦日子都不让他过下去了。

但他的脑子里有另一根弦,那是隐藏得更深、更有韧性,只需轻轻一拨就能荡涤肺腑的一根弦。那天,这根弦终于被拨动了。他在篱间,见一树桃花为风雨所败,遍地落英,如白雪溷入乌泥,不禁失声痛哭。人生如逆旅,只有苦行;世间若火宅,不可久住,遂慨然有出尘之想。

这一年,他十七岁,投湘阴法华寺为僧。

"孤苦无依,归命正觉,岂唯玩道,亦以资生。"在他看来,归命正觉之道非玩所能致,生为道之本,资生才是正觉之途。

尔后数十年,即便成为一代高僧,即便诗名日盛,他始终一方面素俭为生,苦行养生,"树皮盖屋,仅避风雨,野蔬充肠,微接气息";另一方面体恤民生,普度众生。他的"普度"绝不止于写经念佛的迂腐之举,更不流于燃香献祭的空洞仪式,而是忧国、怀民,希望国家强盛,人民能过上好日子。

二

湘阴法华寺的东林和尚接纳了他，赐名敬安，意即敬则心安。敬安谢纳，对师父说："无处安得此身，只好寄入禅门，希望能以寄禅为别号。"东林长老一听，就知道这个小伙子将来是大法器，在他这里蹉跎太可惜了。

冬天，东林派寄禅到衡山祝圣寺参加一个法会，由于他对梵音佛理的独到见解，深得祝圣寺住持贤楷禅师赏识，禅师特意为他举行受戒大礼。寄禅名动南岳。他在法会上得以结识高僧恒志，当场拜恒志为师，并随恒志来到衡阳岐山。

岐山为南岳七十二峰之一，坐落于祁东、衡南和衡阳三县交界处，海拔五百余米，古木幽幽，溪流潺潺，层峦叠嶂，冬暖夏凉。山腰有仁瑞寺。一六四八年，当朝进士毛卓锡为避兵乱来岐山开堂讲经，成为仁瑞寺的开山祖师。一八六六年，恒志重振寺院，再阐佛法，从者云集。

岐山写下了寄禅人生中极为重要的一章。恒志是他佛学的引路人，精一是他诗歌的启蒙者，与了则是他最为珍爱的挚友。那时寄禅求知若渴，"千里怀耿介，中心如渴饥"。仁瑞寺的藏经楼汗牛充栋，不仅佛教传统典籍毕备，还有唐玄奘从印度带回的佛经原始版本，加上四季如春的美好风光，让寄禅兴会无穷，陶然自得。

恒志力主苦修，他要求僧众一律自己打扫禅房，烧火做斋，劈柴种菜。寄禅自幼含辛茹苦，苦行于他乃家常便饭，"开堂秉拂非吾愿，运水搬柴是我能"。寄禅一直认为，开堂秉拂并非真正的佛法，那也不是他想做的。若以开堂秉拂为佛法，无异于以指为月，捉字成书；但在运水搬柴的日常事务中，蕴藏着得意忘言、得鱼忘筌的大法喜。一天，他正在斋房为僧众添饭菜，不知是谁把吃剩的饭菜倒进狗钵里，恒志见到大声呵责，寄禅马上走到师父身边，面无难色地把狗钵里的饭吃了。恒志问他，味道何如？寄禅回答："味留舌上，道在心中。"恒志惊讶于眼前这个年轻僧人的进境，但他丝毫没有表露出来，而是厉声喝道："味留舌上，仍有分别；道在心中，不见天日。"寄禅闻之，如日照高山，大喜温身。

寄禅只读了一年私塾，本是个半文盲，到岐山后虽熟读经书，但对诗歌一直很隔膜。有次，粗通文墨的精一上人吟诗自娱，寄禅毫不留情地批评他："出家人不究本分上事，乃有闲工夫学世谛文字耶？"精一笑着答道："唯通世谛，方能悟世外。"不久，佛界诗僧聚集岳阳，举行盛大的诗歌研讨会，精一上人力劝恒志大师带寄禅前往。第一次见到烟波浩渺的洞庭湖，登临风月无边的岳阳楼，寄禅难捺内心的激动。高僧们忙着分韵赋诗，没有人管他，他悄悄来到一角，凝视着广阔的湖面，波光闪烁，浪涛拍岸，不经意动神驰，口中不知不觉地念念有词："危楼百尺临江渚，多少游人去不回。今日扁舟谁更上？洞庭波送一僧来。"有人连忙录下，报给组委会，得到众僧一致赞赏，尤其"洞庭波送一僧来"一句，被誉为神来之笔。这次诗会，不仅让寄禅大开眼界，更为重要的是，让他迷上了诗词创作。从此，写诗成为他人生旅程中的华彩乐章。

与了是寄禅的同龄人,或者比寄禅略大,或者比他早到岐山。他们一见如故,成为倾盖之交。他们曾一起行走在从湘江到南岳的路上,曾一起看云、一起枕石、一起临池、一起洗钵。寄禅在岐山待了五年后,开始云水生涯,而与了依旧留在仁瑞寺。十多年后,寄禅回到岐山,和与了上人话旧:"当时楚水岳云间,持钵从游鬓未斑。一十二年如电拂,白头相对话岐山。"又过了若干年,与了和尚圆寂,寄禅写了两首哭与了和尚的诗:"五月潇湘岸,含凄送汝归。哪知挥手去,永与赏心违。世事嗟难定,浮生转翠微。门前双杏树,犹挂旧禅衣。"

有人说,寄禅终生都未参透生死,动辄哭啊哀啊。其实,参透生死非为无情,诗僧不是浪子,高僧更不是枯木。我觉得,弘一大师、苏曼殊、寄禅,他们的可爱可敬之处,便在于情之所至、佛之所至。因此,他们才不会平静得没有愤怒,干枯得没有热血;才不会高深得只有经书,贫乏得只有僧衣。

三

要感谢岐山,一个年轻僧人在这里获得了身心的壮健。岐山留不住他了。在岐山修炼五年之后,寄禅要开始他为期十年的行脚生涯。

一八七五年,二十五岁的寄禅离开湖南,第一站是禅宗名刹镇江金山寺,旋即漫游杭州、宁波等地,遍参江浙名宿高僧。有一天,他游至曹娥像前,叩头流血不止。旁人惊问,他喟然长叹："可怜千顷长江水，不及曹娥洒泪多。"触景生情，他想起了自己的父母。没能尽到孝道，这是他无法弥补的遗憾。

一八七七年，他来到宁波阿育王寺舍利塔前礼拜，毅然于佛前自燃二指供佛。其《自笑诗》云："割肉烧灯供佛劳，可知身是水中泡；只今十指唯余八，似学天龙吃两刀。"遂以八指头陀称于世。

天龙和尚是唐代高僧，他竖起一指让俱胝和尚开悟。俱胝和尚座下有一童子，他学师父样，凡有问，皆竖起一指。一日，俱胝藏刀于袖，问童子：如何是佛？童子刚竖起指头，俱胝挥刀削之，童子负痛跑出方丈。这时，俱胝将童子喊回，再逼问：如何是佛？童子本能地竖起手指，却发现指头不在，豁然开悟。俱胝说，天龙和尚的一指头禅让他一生受用不尽——其关键在于去执。不执着于身，不执着于意，更不执着于事。寄禅燃指供佛，表达虔诚信仰的同时，也表明不惜此身，让身为佛用，身为世用，身为民用，这才是真正的佛身，是健全奉献之身，是高贵洁净之身。

寄禅变身八指头陀之后，声名鹊起。回到湖南，他先后担任六大丛林的住持：衡阳大罗汉寺，南岳上封寺、大善寺，宁乡沩山密印寺，湘阴神鼎山资圣寺，长沙上林寺。宁乡沩山密印寺是禅宗"一花开五叶"中沩仰宗的发源地，为唐代高僧灵祐所创建，僧众最多时达三千余人，极一时之盛，后屡遭兵火，日渐荒圮。八指头陀住持以后，立志复兴祖庭。不到几年工夫，密印寺规模已恢复十之八九，名流汇聚，香火旺盛，重新成为南方的佛禅重镇。

一八八二年,八指头陀还在宁波阿育王寺任打扫之职,当时在天童寺当香灯的幻人禅师,眼看本寺常被几家房僧轮流分肥,弄得乌烟瘴气、衰败不堪,力邀寄禅共同整顿庙务。八指头陀来到天童寺后,与幻人联手,将内部恶势力铲除殆尽,震惊江浙。但两位均不居功,幻人去了上海留云寺,八指头陀回到湖南。天童寺的房僧,瞧见大德远去,私心炽烈,死灰复燃。幻人回寺当上首座,仍力不从心。一九〇二年,幻人率领两序班首代表前往长沙礼请,八指头陀只好辞别长沙"八大丛林"之一的上林寺,赴天童寺担任住持。临别,他赋诗一首:

> 身似孤云无定踪,南来三度听霜钟。人方见雁思乡信,山亦悲秋见病容。佳句每从愁里得,故人多向客中逢。自嗟未了头陀愿,辜负云峰几万重。

诗中可以看出,八指头陀并不想离开故乡,毕竟他已经五十二岁了,身体一直不太好,也许冥冥中他感觉到,这一别即是与故乡的诀别。但他又坦然接受了自己漂泊的宿命,因为在这一宿命的背后,是无可推卸的使命。"自嗟未了头陀愿,辜负云峰几万重",豪迈有如孤峰,从伤感中兀然拔起。

八指头陀在天童寺当了十年住持,任贤用能,清规整肃,佛门清明,宗风大振,一举奠定其十方丛林模范的基业,使天童寺成为近代禅宗最有影响力的道场。

一九〇八年，八指头陀发起、成立宁波僧教育会，他担任会长，创办僧众小学和民众小学，此乃中国僧学之始。僧学的创设，意味着佛门义理的规范化与系统化，同时体现了佛法般若的开放性和普适性。

四

"洞庭波送一僧来"，这一劈空而撰的奇句让二十一岁的八指头陀诗名鹊起。宿儒郭菊荪听闻此句，惊呼"如有神助"，他赶赴岐山仁瑞寺，亲自送给八指头陀一本《唐诗三百首》。八指头陀接过这份厚礼，怯怯地问："都说唐诗浩如烟海，怎么这本书只选了三百首呢？"菊荪答曰："唐诗车载斗量，三五年也不能窥其全貌，但读此三百诗，即可入其堂奥。以你的资质，假以时日，完全可以脱俗成家。"

从此，八指头陀就成了诗的俘虏。也许，连他自己都不曾想到，他竟会成为中国历史上写诗最多也最好的僧人之一。

自《唐诗三百首》开始，他博览汉魏六朝至唐宋的名人诗集，旰食宵衣，过目成诵。与人交往，只要听说对方是诗人，辄低眉求教，俯首拜师。"为求一字友，踏破万云山"，"五字吟难稳，诗魂夜不安""得句曾鸣夜半钟，一生心血在诗中"……苦吟苦练之后，八指头陀茅塞频开，两三年后，其诗已登堂入室，别具风致。一八七六年，他初到杭州，随兴吟道："欲把杭州当橘州，闲身到处便勾留。此生不作还乡计，饱看湖山到白头。"那时青春年少啊，一股冲劲，远远地把故乡抛在后头，与暮年时对故乡的依依惜别，恰成一勺之两柄。

有趣的是，八指头陀参禅习诗，有一样东西不可或缺，那就是花。花是自然中的精粹，是风景中的尤物，是生命中的瑰宝。花是美色，是妙理，是奇情，是神谕，它集纯真与迷幻、决绝与诱惑、怒放与凋谢于一体。释迦牟尼在灵山会上拈花示众，迦叶破颜微笑，于是得佛心印。花既为佛宝，更是诗媒。太虚大师赞八指头陀为："梦兰而生，睹桃而悟，伴梅而终。以花为因缘，以花为觉悟，以花为寄托，以花为庄严。"花，贯串了八指头陀的一生。八指头陀六十余年的岁月既有夏花之绚烂，还有秋叶之静美，更有冬梅之清绝。他的咏梅诗独步当时，堪称绝唱。

比如《白梅》中有句"本来无色相，何处着横斜"，禅意深远。宋代隐士林和靖说"疏影横斜水清浅，暗香浮动月黄昏"，他是以梅为妻，诗句中隐含着狎邪气息。八指头陀以"无色"暗指绝色，以"横斜"抖露神姿，羡而不狎，亲而不邪。接下来两句"不识东风意，寻春路转差"，"不识"实为深识，"转差"则是"恰好"，幽默中的自得，自得中的谦卑，有如银碗盛雪，不露痕迹。

《题寒江钓雪图》曰："垂钓板桥东，雪压蓑衣冷。江寒水不流，鱼嚼梅花影。"主题类似柳宗元的名篇《江雪》，但柳诗以意境胜，八指头陀这首则以意象胜。柳诗意境阔大，重在渲染"独"；头陀诗意象奇丽，重在昭示"嚼"。所以，柳诗是一首静诗，静中含动；头陀诗是一首动诗，动中写静。

另一首："人间无梦到山家，睡醒炉烟一缕斜。夜半溪声疑是雨,起看明月在梅花。"这是历来写梅最好的诗句,与宋代诗人杜耒的名句"寻常一样窗前月,才有梅花便不同"可并称"双璧"。

一八八一年,八指头陀的第一部诗集在宁波刊行,名为《嚼梅集》,他也随之被誉为"白梅和尚"。三年后,他回长沙,与芳圃、邓白香、王闿运、叶德辉、陈伯严、吴雁舟等高僧名流时相唱和,加入王闿运创建的碧湖诗社。

一八八八年,《八指头陀诗集》十卷本出版,出版人叶德辉在序中说:"其诗宗法六朝,卑者,亦似中、晚唐人之作。中年以后,所交多海内闻人,诗格骀宕,不主故常,骎骎乎有与邓(白香)、王(湘绮)犄角之意。湘中固多诗僧,以余所知,未有胜于寄师者也。"

五

八指头陀生于穷苦,而遭逢乱世。他在世的六十余年,中华国运衰颓,民不聊生,外则列强环伺,侮辱踵至,内则军阀割据,腐化丛生。他念兹在兹,大悲大悯,心中宏愿如擎天柱石,巍然独立:"我不愿成佛,亦不乐生天,欲为婆竭龙,力能障百川。嗨气坐自息,罗刹何敢前!髻中牟尼珠,普雨粟与棉。大众尽温饱,俱登仁寿筵。"是啊,国破家亡之时,要做点法事、念点经书的高僧何用?要寻章摘句、不闻世事的书生何用?

"我虽学佛未忘世""尽有哀时泪未休""国仇哪敢忘须臾"……他告诉出家人,也告诉世人,自身清净并没有用,在浑浊乱世，只求自身清净是不可取也不可得的。他是冷眼的热心肠，是入世的出家人，是胸怀众生的独行客。

一八八四年，法国军舰袭击台湾、福建，正卧病延庆寺的八指头陀得此消息，心火内焚，唇焦舌烂，三天三夜无法入眠，一心思忖如何防御敌人的大炮，因盲于军事，不得其法。他竟霍然而起，欲挺身出见敌人，与之徒手奋击，为友人所阻。此举虽天真，却见血性。

一八九四年，八指头陀大病后毅然回到长沙，探望甲午战争的幸存者，他悲壮地写下诗篇："一纸官书到海滨，国仇未报耻休兵！回看部卒今何在？满目新坟是旧营。"

一九〇〇年，八国联军进犯北京，沿途烧杀抢掠，无恶不作。他咽血、和泪写下"强邻何太酷，涂炭我生灵！北地嗟成赤，西山惨不青。陵园今牧马，宫殿只飞萤。太息卢沟水，唯余战血腥"的诗句。

一九〇六年初夏，宁波师范学堂师生七十余人上天童寺山采集植物标本，八指头陀率监院僧出迎，并致祝词。在这篇祝词的序言中，八指头陀慷慨陈词：

盖我国以二十二省版图之大，四万万人民之众，徒以熊黑不武，屡见挫于岛邻；唇齿俱寒，遂自撤其藩属。路矿之利，几为尽夺。金币之偿，无有已时。彼碧眼黄髭者流，益将以奴隶待我中华，于是有志之士，俱夺袂而起，相与力革旧习，激发新机。凡可以富国强兵、兴利除弊者，靡不加意讲求。驯至妇人孺子，亦知向学，热心教育，共矢忠诚。今君等劳筋饿肤之日，即古人卧薪尝胆之时。磨砖尚可作镜，磨铁尚可成针，学佛且然，强国亦当如是。噫！睡狮将醒，猛虎可驯。大局转机，山僧拭目。

"路矿之利，几为尽夺。金币之偿，无有已时。"让八指头陀最为痛心的是，外敌强侵，却内乱纷纭，发国难财的不知凡几。丧权辱国的《马关条约》签订后，八指头陀不禁长歌当哭："天上玉楼传诏夜，人间金币议和年。哀时哭友无穷泪，夜雨江南应未眠。"一九〇一年，李鸿章又签下《辛丑条约》，八指头陀拍案而起："谁谓孤云意无着，国仇未报老僧羞。"

辛亥革命后的一九一二年，全国各地佛教徒代表在上海留云寺筹建中华佛教会，八指头陀被公推为首任会长。国体改变，使得旧时的贪官劣绅摇身成了民国新贵，他们以办学校、兴教育为名，向佛教寺院开刀，欲攘夺僧产销毁佛像，为自己开辟生财之道。佛教面临灭顶之灾。八指头陀先赴南京谒见临时大总统孙中山请予保护，再于十一月一日抵达北京，偕弟子道阶法师前往内务部礼俗司，要求政府下令禁止各地侵占寺产。但商谈未果，他愤而辞出，一九一二年十一月十日夜，圆寂于北京法源寺。

有关八指头陀的死因，传说有三：一是煤气中毒身亡；二是为佛请愿，遭内务部礼俗司司长杜关掌掴，气极而死；三是袁世凯妄图称帝，想利用八指头陀的德望，示意他上"劝进表"——劝袁世凯登帝位，被八指头陀拒斥，于是派人在斋饭里下毒得手。

一九一二年十一月五日清晨，八指头陀在寺院内散步，听到乌鸦聒噪，蓦然有感。他心思凝重地回到禅房，铺纸磨墨，写下自己的感受：

> 晨钟数声动，林隙始微明。披衣坐危石，寒鸦对我鸣。似有迫切怀，其声多不平。鹰隼倏已至，一击群鸟惊。恃强而凌弱，鸟雀亦同情。减余钵中食，息彼人中争。我身尚不好，身外复何营？惟悯失乳雏？百匝绕树行。苦无济困资，徒有泪纵横。觉皇去已邈，谁为觉斯民？

这是八指头陀的绝笔诗。在诗中，他似乎觉察到了什么，又似乎根本没考虑自己的安危，而只是像往常一样，以一颗悲悯之心，济贫扶弱。

终归不久，大师就去了。他的死也成为千古之谜。八指头陀的诗文历经战乱仍能完整地保存、流传下来，多赖他的好朋友杨度之功。一九一九年，杨度在他的《八指头陀诗集序》中，提到一则往事：

> 民国元年，忽遇之于京师，游谈半日，夜归，宿于法源寺。次晨，寺中方丈道阶法师奔告予曰："师于昨夕涅槃矣。"予询病状。乃云："无。"

一个"无"字,说明不是煤气中毒,更不是气得胸膈作痛,因为那都是"有"。"无"是什么呢?谁也不知道。我们知道的是,八指头陀用一句诗、十个字概括了自己:

传心一明月,埋骨万梅花。

好一个"白梅和尚",好一个八指头陀,他消隐在明月中了,他遁迹于梅花中了。我们看不到他,只听到他的朗声吟诵:

新者自新,旧者自旧,知新不新,知旧不旧,洗尽繁华,野风吹放。

带你去见一个人

春雨潇潇。今年的雨特别缠绵，缠着我要去一个地方。事务繁忙啊，我走不开，也不知道要去哪里。但她不依不饶，天天拽着我的衣襟，附在我的耳边，莫名其妙地鼓动起我的心思。终于有一天，我决定出行，去一个美好的地方。她兴奋地跟着我，布满我周围的每一个空隙，生怕我将她甩掉。

向北。

但她给我带来了麻烦。隐藏于她内心的激动在尽情释放之后，留下的是一个难以清理的局面。她到底不是圣人，也不愿做圣人，不懂得"欲速则不达"的道理。也怪我，卖了个关子，事先没告诉她要去哪里，她茫然地跟着，使得茫然成了她的心境，不觉也成了我的心境。我坐在车内，她使劲趴在车窗上，似乎不打探到目的地绝不罢休。我喜欢这种恣肆的任性，便对她悄悄吐了两个字：凤凰。带你去见一个人。她立即像凤凰一样飞翔起来，其翼若垂天之云。近处屋舍俨然，远方山色空蒙，淡妆浓抹，无处不相宜。

宁乡到益阳的高速全封闭修路，客车只能在国道上绕来绕去，看上去它仿佛在和雨水玩捉迷藏的游戏。客车太笨了，怎么也捉不住灵气活现的春雨，气得在公路上像只蚱蜢似的摇头摆尾。中午十二点才到常德，原来只需要一个半小时的车程竟花了四个小时。一下车，雨便贴在我的脸上，对我说，不要急，常德是湘西北的门户，现代交通业炮制出来的一个半小时分明是速度的怪物，而不是旅行的风范。在雨中走四个小时，你难道不能感受距离产生的美感吗？

是啊，旅行是要让时间慢下来。八十多年前，凤凰小伙子沈从文来到了这里："到常德后，一时什么事也不能做，只住在每天连伙食共需三毛六分钱的小客栈里打发日子。因此，最多的去处还依然同上年在辰州军队里一样，一条河街占去了我大部分生活。""我到这街上来来去去，看这些人如何生活，如何快乐又如何忧愁，我也就仿佛同样得到了一点儿生活意义。"

沈从文在常德的那段时间对他十分重要，虽然他说"我当然书也不读，字也不写，诗也无心再作了"，但停顿让他找到了更适合自己的生活节奏。他本来是想远走北京的，"我本想走得越远越好，正以为我必得走到一个使人忘却了我的存在、种种过失，也使自己忘却了自己种种痴处蠢处的地方，方能够再活下去"。他那时当然不知道，逃离不可能忘却，更不会让自己的"种种过失""种种痴处蠢处"酿成另一种不可复制的财富。常德是一面明亮的镜子，这个外柔内刚、表面清高内心自卑的湘西伢子，从中看到了自己，虽说他不会像古希腊的那喀索斯那般迷恋自身，却也认识到了生命的宝贵，"得到了一点儿生活意义"。常德应该是沈从文成为作家的开始，到北京后，一切便水到渠成。

从常德折而向西。

桃源是湘西北的第一站。这从千多年前诗人陶渊明的《桃花源记》中看得出来。但我不认同现在的"桃花源景区"。景区内的桃花林、秦人洞以及"良田美池"均系明显的穿凿附会。《桃花源记》只是一篇虚构的寓言小品，或者记叙了一个传说，即便在陶渊明时代，也不存在实景。但不得不说，从常德一入桃源，平原尽，群山起，田园稀，丘壑密，风光迥异。车入沅陵境内，更是奇峰拔起，将天顶得老高，公路穿梭的峡谷随之而幽邃、沉静，让你感到前面总有什么东西在等着，心里充满了期待。这不，沈从文在一九三四年的《湘行书简》中对张兆和说："什么唐人宋人画都赶不上，看一年也不会讨厌。"

机会来了。因常吉高速上发生大面积塌方，交通遇阻。客车只好下高速，走国道。国道在沅河边，这车便恍如从文先生当初乘坐的返乡的船。一九三四年初，沈从文因母亲生病返乡，一月十三日从桃源上船，逆流而上，整整十天后才到达家乡凤凰。

雨大，水急，江上没有船。偶尔跃入眼帘的吊脚楼，如同飞阁，有的在山坡，如躬耕林亩的隐士；有的在江边，若临水而思的骚人。从文说："风景美得很，若人不忙，还带了些酒来，想充雅人，在这船上一定还可作诗的。"这真是雅人的自言自语。不过，若不是雅人，又哪里有如此诗意的自言自语。这些自言自语当初写在纸上，被江上的清风吟诵。客车堵塞在美景的夹缝里，我驻足江边，依稀能听到那恍如丝竹的纶音。

沈从文对沅陵有一种偏爱，"我生平还是第一次看到这样好看地方的"。他称沅陵是他的"第二故乡"。三年后，抗日战争全面爆发，沈从文携妻挈子回到湘西，住在沅陵，写出名作《湘西》。沅陵也是中国远古文化的源头之一，"夸父追日""学富五车，书通二酉"的典故皆出于此。可惜这次，我都只能遥望与追怀。

客车缓缓进入泸溪县城。县城很美，尤其沅江两岸，一边平阔，一边高峭。江面洪涛滚滚，颇有气势。一九三四年一月十九日，沈从文在给张兆和的信中说："小船已到了泸溪，时间六点多一些，天气太好，地方风景也雅多了。"我的感受差不多，只是天气不太好而已，雨喋喋不休，可爱又可恼。江上依然看不到船只，所以也就领略不到"故这时城墙同城楼明明朗朗的轮廓，为夕阳落处的黄天衬出。满河是橹歌浮着"的热闹景象。

继续向西，车子几乎寸步难行，在窄窄的国道上排起长龙。车上有些同事晕车厉害，打起"跑得快"来。车子慢如蜗牛，扑克快如闪电。车外堵得凶，车内赌得凶，这也是人与自然的对抗。人通过对自己心理的调适来抗争自然的恶劣表现。我不急，索性是迟了，细细地观赏着沅江，想象从文先生那次"溯洄从之，道阻且长"的旅途，我们堵一天车又算得了什么呢？

车过洗溪，沅江景色愈佳，车亦愈益难行，幸而满目葱绿，养眼怡心，不时瞧见对岸流泉飞瀑有如龙腾虎跃，亦不觉精神为之一振。

晚上十点，终于到了吉首。在吉首吃过晚饭，再往凤凰跑。

住沱江边五悦连锁酒店，房间干净舒适，加上坐了十五个小时的车，扑在床上便沉沉睡去。沱江的涛声使劲往我耳朵里钻，我都懒得跟它打招呼了。

第二天雨更大，我顾不了那么多，赶紧去看沱江。沱江没什么变化，但是两岸的房屋堆挤在一起，雨雾中，像一幅刚刚画好、墨意淋漓的油画。

我第一次到凤凰是一九八六年，读大二时，我和三个伙伴刘安华、吉荣华、沈剑峰一起，利用暑假自费考察湘西，《湖南日报》还在旮旯里发了一条消息。我们从长沙坐火车到麻阳下，从麻阳坐汽车至凤凰。后来，我写了中篇小说《一路平安》叙述这次让我铭记终生的远行，刊发在《创作》杂志上。那时的凤凰破败一些，但更为古朴，我记得从文故居里面还住了人，我们在故居里喝了一碗奇酽的茶。在凤凰住了两晚，接着去王村，也就是现在的芙蓉镇，当时电影《芙蓉镇》刚拍过不久，到处可见拍摄后留下的痕迹。摄影发烧友沈剑峰在街上激动地大声吼道："我闻到刘晓庆的香水味儿啦。"

第二次去凤凰应该是二十世纪末，我在《初中生》杂志当编辑，来凤凰参加导读活动，那次去从文故居似乎吃了闭门羹，但去了沈从文墓地。

与那时相比，现在的凤凰已然是旅游胜地，彩旗飘飘，游人如织。以前的凤凰印象，已在记忆中成了一片寥落的遗址。这是一座"新"的古城，建立在商业机制与怀旧心理之上，建立在消费与梦想之间，建立在照相机得意的镜头与寻求偶遇的失落眼神里。

凤凰的风格类似于云南丽江。不同的是，丽江到处是水，显得更精致旖旎；而凤凰，沱江一以贯之，更雄浑大气。我先去从文故居，人多得就像一个团得紧紧的蚁群。我连忙强行把自己从那个"蚁群"中剥离开来，经虹桥，前往从文墓地。上次去从文墓地，我记得要经过一段较长的土路，泥融沙暖，杂草丛生，两边没有任何房屋。这回从古城到墓地，两侧全是店铺民宅，仅留下中间一条约米来宽的小径。

从文墓在听涛山腰一块平整的台地上。如果事先不知道，你或许会毫不经意地从这里走过去，压根儿想不到那块形貌朴拙的五彩石会是从文先生的墓碑。碑的正面刻着先生的名句："照我思索，能理解我；照我思索，可认识人。"很多人不懂得这句话，因为他们无从体会先生坎坷、漂泊、孤独的一生。连张兆和女士在《沈从文家书后记》中也不由得感慨道：

> 从文同我相处，这一生，究竟是幸福还是不幸？得不到回答。我不理解他，不完全理解他，后来逐渐有了些理解，但是，真正懂得他的为人，懂得他一生承受的重压，是在整理编选他遗稿的现在。过去不知道的，现在知道了；过去不明白的，现在明白了。他不是完人，却是个稀有的善良的人。对人无机心，爱祖国，爱人民，助人为乐，为而不有，质实素朴，对万汇百物充满感情。

这篇文章就刻印在墓碑右侧的一块方形石上。为什么直到整理遗稿时，张兆和才说"真正懂得他"了呢？因为，沈从文生前的身份是张兆和的丈夫，在日常生活中张兆和是以一个妻子的视角来看待丈夫，张兆和当然深知沈从文的才气，但她不一定明白或者能够接受沈从文作为一个文人的敏感、愚痴和冥顽。沈从文死后，张兆和不再拿"丈夫"这个词来衡量沈从文了，于是从文字中靠近、体贴到了真正的沈从文。张兆和不愧是沈从文的爱妻，无论生前死后，她终于懂得了他。另一个懂他的人，是钱锺书。他说："从文这个人，你不要以为他总是温文尔雅。骨子里很硬，不想干的事，你强迫他试试！"

墓地的游人比城内少多了，碰到一群大学生，有一对相拥的情侣引起我的注意。男的稍矮而壮，面白，戴宽边眼镜，一副老实敦厚的样子；女的苗条灵秀，皮肤呈现一种健康的淡黑色，笑得妩媚调皮。我想起若干年前，另外那一对，那一对如今相拥长眠于听涛山的五彩石下。他们多像啊。

墓地两侧，各有一条山泉，泉不大，却铿鸣清亮，把这里的幽静镀上一层金属般的光泽。沈从文与水有着不解之缘。他曾写过一篇《我的写作与水的关系》："我有我自己的生活与理想，可以说是皆从孤独得来的……然而这孤独，与水不能分开。""雨落得久一点，一时不能停止，我必一面望着河面的水泡，或树枝上反光的叶片，想起许多事情"。难怪，今年春天的雨总是缠着我，原来她也想念起那位痴人儿来了。

下午，几位同事要去从文墓地。我又和他们同去了，在沱江里划了一个小时船，听艄公用沙哑的嗓音唱山歌。后来，我们坐在听涛山顶的文涛小院喝茶。小院女主人信佛，门楣上贴着一条"福田心耕"的横批，对联我没有记下来。庭院前栽满果木瓜菜，我们竟猜，只猜出不多的几种。

在湘西的第三天，我们经吉首，过刚通车不久的矮寨悬索大桥，直抵花垣县边城镇。边城镇本叫茶峒。沈从文在《边城》中款款写道："由四川过湖南去，靠东有一条官路。这官路将近湘西边境，到了一个地方名叫'茶峒'的小山城时，有一小溪，溪边有座白色小塔，塔下住了一户单独的人家。这人家只一个老人，一个女孩，一只黄狗。"

茶峒的确好景致。清水江自北而来，到茶峒时突然遇到两个不算小的岛，河水不仅分流，而且在一片洼地形成近似湖泊的流域，环湖住了不少人家。白塔虽然半藏在东边山腰，但十分打眼。我一看到它，不禁怦然心动，有如看到翠翠。导游指挥我的同事们去看什么"百家书法园"，我从不相信当代书法家，便一路小跑向那半山腰奔去。有一截泥路弄脏了我的鞋子，我喜欢这种感觉，还有一条黄狗跟着我跑，我更喜欢。不妙的是，黄狗后面还有一条黑狗，而且那黑狗貌似凶恶，使我不敢对黄狗表示亲昵。

塔乃五层五边形。说实在的，去了有些失望，我知道塔不是旧时的，可是塔身里外涂满了"×××到此一游"之类的字句，塔底垃圾成堆，实在恶俗。塔下也没有单独的人家，靠近书法园有一户，门半开，一男主人穿着裤衩躺着看电视，那黄狗和黑狗似乎都是他家的。"翠翠不能忘记祖父所说的事情,梦中灵魂为一种美妙歌声浮起来了,仿佛轻轻的各处飘着,上了白塔,下了菜园,到了船上,又复飞窜过悬崖半腰——去作什么呢?摘虎耳草!"这样的文字,似乎已不是描写此处,而真是描述一个梦境了。

坐船过溪,上了翠翠岛。不知道这岛原先叫什么名字,它要叫以前的名字该多好。叫翠翠岛,既唐突了翠翠,也伤害了天然、野趣的一座岛。另一座岛依然叫"三不管岛",多本色。翠翠岛上有黄永玉设计的翠翠雕像。站在这里太久了,翠翠面露疲态,身边的黄狗面目全非。后面一块长石,刻着黄永玉对清朝举人石板塘的一副联语:"尖山似笔倒写蓝天一张纸,酉水如镜顺流碧海两婵娟。"上联是举人的,下联是黄永玉的。黄老头对是对工整了,但"顺流碧海两婵娟"有些生硬牵强,不如上联圆融无碍。站在岛上南望,可见前方两里处一座石桥,它叫茶峒大桥,从这里过河,往北,是重庆的边陲洪安镇,往南,是贵州松桃县的迓驾镇。"鸡鸣三省"名不虚传。

《边城》被评论家司马长风誉为"古今中外最别致的一部小说","是小说中飘逸不群的仙女"。其实,沈从文只在这里待了两天。一九二一年,十九岁的沈从文作为湘西地方武装中的一名文书随军由湘入川,路过茶峒。我想,这座边界小镇的独特风光当时一定吸引了沈从文,"黄泥的墙,乌黑的瓦,位置则永远那么妥帖,且与四围环境极其调和,使人迎面得到的印象,实在非常愉快……自然的大胆处与精巧处,无一地无一时不使人神往倾心"。更为重要的是，一名青春曼妙的女子闯入了他的眼帘，同时撞进了他的心扉："翠翠在风日里长养着，把皮肤变得黑黑的，触目为青山绿水，一对眸子清明如水晶。"他也许坐过她的渡船，也许和她说过几句话，也许远远地看着她在河边捶衣、在菜园里摘菜，也许仅仅是惊鸿一瞥……击中了沈从文柔软的内心。

再奇绝的自然风光，两天的驻留顶多留下一篇散文，唯有对于一个女子的视觉与心灵冲击，方能使一个情欲萌动的年轻人，在蛰伏十余年后，献出珠圆玉润、字字流香的小说名篇。

我要踏上归程了。雨却不肯随我回去。她的身影融汇在沱江里、白塔下、虹桥边，与湘西北翡翠般的层峦叠嶂打成一片。天气晴了，路也修好了，客车开得飞快。从湘西，到湘西北，到湘中，泸溪、沅陵、辰溪、桃源、常德、益阳、宁乡，晚九点，回到长沙。打开门，房里的书桌上摊开着一本沈从文先生著的《心与物游》，仿佛有人刚刚看过，上面赫然写着一句：

在我面前的世界已够宽广了，但我似乎就还得一个更宽广的世界。

遥望林徽因

天热，开窗纳凉，坐在桌前读林徽因。不知怎的，读着读着，就想写点什么，几次拿起笔，又不知道如何写，从哪里写起。窗外，烈日炎炎，像一面火红、飞扬的大旗，席卷着整个大地；偶尔有一些风，带着谄媚的表情，在阳光间穿梭、忙碌，试图找到自己的立身之所。俗世犹如一个发着高烧的名利场，真正淡泊宁静的文人和清远雅致的女子，如凤毛麟角。

让我们悄悄回到二十世纪二三十年代，不要惊动太多人，绕开那些信口雌黄的政客、附庸风雅的商贾、著作等身的教授、喊穷叫屈的作家，还有招摇过市的红粉女郎；小心，不要让肥皂剧里涌出的泡沫滑着，也不要让自己过于激动的心情绊倒。我想，如果我们要见林徽因，安静是最重要的。

于是，她出来了。

我们没有惊艳。林徽因不是天人。如果这个时候出来的是陆小曼，我们眼睛里可能会放出光来，因为她美艳绝伦，而林徽因却是清丽无方。陆小曼的美一览无余，好比秋天枝头成熟的果子，伸手即可摘食；林徽因的美则宛如夏夜的圆月，很早就挂在天庭，不甚起眼，越是夜幕降临，越发显出其清丽的光辉来。及至月照万渊，它便成为一切美的源起、核心与终结。我曾跟一位朋友说过："像林徽因这样的女子，以前有过，以后也许会有，但现在绝对没有。"显赫的出身、高贵的气质、深厚的才学和"极赞欲何词"的美貌，这四个缺一不可的要素孕育出神一般的林徽因。

通常我们看到的熙来攘往的匆匆过客，他们中有的貌美，有的不乏才学，但他们心中没有一块明镜，即便有也被尘埃扑满，或者早早跌落在地，化为碎片。没有明镜，人们常常看不清自己，本来面目极易迷失在万丈红尘之中。

于是，我们便看到这样的社会景观——广场变为市场，书业挤进商业，文化翻成异化，人们的心机越深而感觉益钝，尤其是对美的事物，在追腥逐臭的习惯里，在猎奇求怪的心理下，粉墨登场的竟然都是冲击感官、肆虐美学的不尤之物！那些名利的走狗、欲望的帮凶、恶俗的姐妹、美的天敌，让我深深感到，一个缺乏林徽因的时代，无论对于男人还是女人，都是悲哀的。不幸，我们只能踮足遥望；所幸，我们依稀还能瞥见前辈的衣香鬓影。

林徽因生活的年代不是治世，更不是盛世，国家政治混乱，经济低迷，文化正在转型。但林徽因以其举世无双的才貌气质，迅速形成一个以自己为核心的精英圈，这是一种自然的形成，不是人为的做作，因而它产生的巨大能量，默默地浸染着当时的文学、艺术、科学、哲学领域。围绕在林徽因身边的，是中国整个二十世纪最有活力的诗人（徐志摩）、最优秀的建筑家（梁思成）、最伟大的作家（沈从文）、最具个性的哲学家（金岳霖）、学贯中西的大学者（胡适、费正清）……这样一个精英群体，因了自己心目中崇高的美，发乎情、循乎理、止于礼，相知、相爱、相敬，既有徐志摩"甘冒世之韪，竭全力以斗"的痴狂爱慕，又有金岳霖因爱一人、终身不娶的情感传奇。我不是说林徽因造就了这些名人大家，但上升到文学与哲学意味的"美"，绝对是任何一个领域的助推器。好比但丁《神曲》中的贝雅特丽齐，引领人类向上的女性。这个"女性"已超越作为身体存在的"女人"，而成为一种牵引心灵的"神"。这也许就是让金岳霖先生能终身不娶的原因，他在灵魂上一直与林徽因为侣，他并不觉得自己单身，所以林徽因死后多年的一天，金岳霖郑重其事地邀请一些至交好友到北京饭店赴宴，众人大感不解。开席前他款款地说："今天是林徽因的生日！"顿使举座皆为叹服。

  我以为，不能说娶到了林徽因的梁思成更幸运，只能说，做林徽因的男性朋友都是幸运的。事实证明，林徽因与梁思成确实是天作之合。林徽因的容貌、才气都不用说，在我看来，她的容貌与才气不是绝无仅有。在林徽因身上，最值得珍视的是她的性情，但她的性情也不是绝无仅有。能把这种容貌、才气和性情集于一身的女性，才是绝无仅有的。于是，林徽因站在那里，便成了文化的标尺、气质的范本，进而成为美的象征。

  性情除了自己的修为外，不能忽视家庭的熏染，因为中国文化在某种程度上就是一种家庭文化、家教文化。出身好是林徽因

"美"的一个重要源头,梁思成和林徽因的父亲分别是梁启超和林长民。在那个年代,不可能碰到比这更好的出身了。那一种与生俱来的高贵,使林徽因清而不傲、淡而不孤、乐而不纵,真像一株亭亭净植的荷莲。我觉得,林徽因在处理自己的人生问题上有两处做得极为漂亮。一是她在徐志摩与梁思成之间,选择了梁思成;二是她与梁思成结婚后,依然和徐志摩是最好的朋友。

谈林徽因,必谈徐志摩。

我一直不太喜欢徐志摩的诗文,那只是就他诗文的艺术含量而言,但翻开中国现代文学史,徐志摩的地位不容抹杀。尤其在新诗刚刚萌芽的时候,新文化运动的两位主将,一个胡适把诗写得不文不白,一个鲁迅写了几首不太有水平的诗之后,掉头弄白话小说和旧体诗去了。是徐志摩,以他非凡的活力撑持着当时的诗坛,并基本规范了新诗文本。徐志摩和郭沫若是新诗发展初期最为重要的两名诗人。徐志摩对文学新人不遗余力的提掖更值得大书一笔,最具代表性的是极力扶持沈从文这样的文学青年,最大的受益者当然还是中国现代文学。

我通读韩石山先生编著的《难忘徐志摩》,惊讶于那么多人难以忘怀徐志摩的天真、旷达与包容。排除一些对逝者的修饰与美化,徐志摩高蹈飞扬、热情如火的赤子形象依然跃然纸上。可以看出,不管徐志摩诗艺如何,但他满怀诗心与童心,不晓得世道深浅,不琢磨人情炎凉,直以为自己的灵魂是钢铁制品,却把肉体生生抛到那情感的烈焰中去,最终借着飞机在空中化为灰烬。

徐志摩好比喝着诗歌之酒的"酒神",在自我消耗和毁灭中释放能量,有一句话可以比拟:"燃烧自己,照亮别人。"林徽因则仿佛从容巡视天河的"日神",于举手投足间焕发光芒,有两个词正好形容:"流水今日,明月前身。"他们都不是凡间的人物,但都在凡间引领着一批人,他们只要结识,便注定会碰出火花,甚至引起一场大火,却无法结合成世俗的婚姻。在徐志摩狂热寻访、追求"唯一灵魂之伴侣",而不惜弄得抛妻弃子、世人侧目时,林徽因理性地回避了徐志摩。她太了解徐志摩,他"爱的并不是真正的我,而是他利用诗人的浪漫情绪想象出来的林徽因",也就是徐志摩亲口告诉林徽因的那种"诗意的信仰"。在徐志摩心目中,"林徽因"已经被想象力反复加工,她不仅被美化,而且被神化。如果她以一个女人的身份走进徐志摩的生活,哪怕是一个爱人、一个情人,一旦面临世俗生活的挑战和拷问,他们同样无法交出一份满意的答卷。

是故,林徽因"无情"拒绝了徐志摩的求婚,而坦然大度地呼应着徐志摩的激情。他们在中国这样苛刻的社会环境里,依恃心灵和文化的强大力量,依靠一位女性将自己才气和性情发挥到极致的巧施妙手,成为相印相通的异性知己。林徽因以同样方式赢得了金岳霖一生的挚爱。

徐志摩的"火"已然烧起,林徽因巧施凌波微步,在极小的感情罅隙里从容腾挪。可如此身手能有几人?陆小曼被卷进来是迟早的事。陆小曼同样有才有貌,连胡适都说陆小曼是"一道不可不看的风景"。与林徽因相比,她们的差别就在性情上,一个温婉蕴藉，一个张扬任性。果不其然，徐志摩与陆小曼经过努力打拼出来的婚姻生活很不如意，陆的奢华铺张，把徐志摩折腾得天上地下不停地跑，怪不得很多人把徐志摩的死算到陆小曼账上。

死是天命，不能、也不要怪任何人。但徐志摩的死，陆小曼是一个原因。这才有陆小曼在诗人亡灵前发誓痛改前非："一定做一个你一向希望我所能成的一种人。"她戒烟学画，倾其全力编成志摩全集。从某种程度上说，是诗人的死解救了她的灵魂。

徐志摩坐飞机失事看上去偶然，其实蕴含着必然。诗人浪漫的理想主义一旦尘埃落定，马上就会暴露出理想与现实的格格不入来。结婚后，诗人无法超脱现实，家事纷纭难解，人生一头雾水，像一只苍蝇在一间密闭的房屋里苦寻出口；没有出口，到处都是严密的封锁，都是冰冷的隔墙，于是，飞啊，飞啊，直至跟着飞机一头撞落在济南郊外的开山。

从世俗意义来说，徐志摩是死得早了；但从本体意义来说，徐志摩圆满完成了自己的人生。他的价值要超过好多寿终正寝的人。这几年，我明白一个道理，人的肉体有一个最重大使命就是培育自己的灵魂，灵魂与肉体不是同步生长的，大概肉体强健的时候才开始有灵魂的生长。如果一个人用较短的时间就能把自己的灵魂培育得强健有力，那么，他离开人世早或晚不说明什么问题。有些人拼了自己的肉体来培育灵魂，灵魂强健有力肉体却成蒲柳之质，生病早夭照样风流后世，像李贺；有些人肉体与灵魂同样强健，由于意外事故很早结束自己的生命，但他们在一瞬间已融入永恒，雪莱、普希金，包括徐志摩，同属此列。更多的是把肉体练得非常强壮而灵魂渺小猥琐，构成任何一个社会金字塔的底部，这些人奔波劳碌，辛苦恣睢，被动地跟在历史车轮后面苦苦追赶。

有人说，徐志摩那么爱林徽因，为什么他不能像金岳霖那样终身不娶呢？徐志摩和金岳霖对林徽因的爱都毋庸置疑，他们态度的不同我理解为"诗意信仰"与"理性信仰"的差别。诗意信仰是不断地追寻，即便徐如愿娶到了林，徐的诗意信仰仍然不会停止，当然未见得会以婚变的方式出现，但势必影响日常生活的平静。这也正是林徽因果断拒绝徐志摩的主要原因。金岳霖的"理性信仰"却是坚守已经追寻到的，哪怕名分上不属于自己，他也能由衷体会到那一种心灵的默契和情感的皈依，金先生随时在说："我能感受到她的存在，她一直在我身边。"

因其如此，我冒昧地说，娶不到林徽因，都不是徐志摩和金岳霖的遗憾，他们爱自己所爱，追求各自的信仰，他们要的都是一个刻骨铭心的过程。即便徐志摩娶到了林徽因，徐对美和爱的追求肯定不会停滞不前；即便林徽因嫁给了金岳霖，也只是让金的坚守多了一个物质依托而已。所以，早夭的徐志摩和长寿的金岳霖（活到九十岁）以不同方式的信仰，都圆满完成了自己的人生。

林徽因是一种整体的"美"，几近于神。这种美无法用语言来形容，如果硬要诉诸文字，可以借用贾宝玉所作《芙蓉女儿诔》对晴雯的礼赞，聊窥一斑："其为质则金玉不足喻其贵，其为性则冰雪不足喻其洁,其为神则星日不足喻其精,其为貌则花月不足喻其色。"当然,这里面不仅有林徽因本人的资质,还有情人眼里出西施,还有时代和艺术的需要,还有美好的想象与传奇,共同书写一篇爱与美的童话,让人欷歔慨叹,让人流连不已。

林徽因让天下男子爱慕,让天下女子艳羡,似乎一切美好的东西上帝都给了她。但上帝还是在尽量做到公平,他没有给林徽因一样东西:健康。肺痨陪伴了林徽因整整半生,最终由它把林徽因接回上帝那里。肺痨是一个幽灵,也是林徽因的好朋友、贴身丫鬟,它使林徽因更加美艳,更加楚楚动人,也更加发愤于自己的专业。这样,林徽因不仅成了一位美人,她还成了一位完人——完美的人。随着这个完美的女人,或许是女神,在缠绵病榻后咽下人生最后一口气,标志着中国古典时代的真正终结。

现代社会的大幕徐徐开启。

我必须停下手中的笔,来人为地终止这一份怀想。窗外依旧尘烟滚滚,但只要有怀想,心中便会留一块净土。一个朋友问我,要是你生活在林徽因那个年代,你会追求她吗?我笑着说,即便我生活在那个年代,我可能也见不上林徽因,照样只能通过报刊书籍感知她的存在。其实,任何一个时代、任何一个人都有自己对美与爱的追求,未见得是一个具体的人,但一定会有一个理想,有一个梦,像星星那样挂在空中,我们永远不能抵达,但总是能给人以遥望。

林徽因,对于她那个时代的大多数人和以后时代的人们,都

会是这样的一个梦、一颗星。用俄罗斯作家帕斯捷尔纳克的一句名言作为该文的结束吧:

　　艺术家将死去,但他所经历的生活的幸福是永恒的。

我们不追求永恒,但我们有权利追求幸福。祝福每一个人!

特立独行钱玄同

一

钱家是浙江湖州的大户，钱玄同的父亲钱振常是同治十年的进士，同一科上榜的还有鲁迅的祖父周福清；伯父钱振伦是道光十八年进士，后来做了翁同龢的姐夫。钱振常在北京当了几年小官，发觉远不如回乡教书有味，因为他教出了蔡元培这样的学生。但他妻子死得早，几番颠沛，甚是落寞，南归后便娶了一房侧室。不久，就有了钱玄同。

钱玄同没法不让父亲在六十二岁那年生下自己，他能够诞生已属万幸。但他也多了两样附加品，一是经常生病的身体；二是父亲超常的严教。细细清理钱玄同的日记，那几乎是一部与病魔做斗争的历史——失眠、多汗、发寒热、神经衰弱、视网膜炎、心血管病等，他不跑，不跳，走路小心翼翼，生怕踩上香蕉皮，四十岁过后就要用手杖。各种疾病在他的身体里狂欢，钱玄同只是一个乖乖的看客，任它们把自己的血气和精力渐渐蚕食殆尽；看得不耐烦的时候，他就狂躁，容易激动和情绪化。他不是一个好脾气的人，但严格的家教让他成长得别具一格，他一边成为摧枯拉朽的文化斗士，一边又是恭敬和顺的孝悌子弟。

父亲把钱玄同管教到十二岁，估计儿子的治学基础打得差不多了，旋即撒手人寰。长兄钱恂和长嫂单士厘接过了父亲的接力棒。钱恂是晚清最能干的外交人才，他将大量的西文知识介绍到中国来，对金融学、政治学、地理学等现代学科均有较深造诣，他自己最看重的是家传的音韵学。音韵学后来也成为钱玄同的主要治学方向。长兄如父，何况钱恂比钱玄同大了三十三岁，各方面亦足可为父。严兄慈嫂，使钱玄同成长很快，他因此对兄嫂格外恭顺。他办《新青年》的时候，生怕哥哥看见了那本杂志，总是遮遮掩掩，但还是被钱恂看到。兄长看到了却没吭声，钱玄同才暗暗吁出一口气。钱玄同痛恨阴历和跪拜礼，但哥哥在世时，他每年阴历年底都要携妻到哥哥家跪拜祖先。他的学生茅盾忆及当年，说玄同见了兄长，比耗子见了猫还害怕。

这句话一点也不过分。钱玄同的婚姻是哥哥安排的，其夫人虽属名门闺秀，但钱玄同毫无恋爱的感觉。他有抵触情绪，弄得新婚那天"是夜难过，真平生罕受者"。他接受了，而且默默地坚守着。夫人亦多病，跟钱玄同不同的是，她一病就很危险，苦了钱玄同十年如一日辛苦伺候。他们没有感情基础，缺乏共鸣，夫妻生活极少，钱玄同在北京师大和孔德学校教书时，一般住在学校宿舍里，很少回家；他在家里常常和夫人斗气、闹别扭，一出家门就沮丧地告诉朋友："今天又掉了轮子。"他把古语"脱辐"用白话翻译过来，作为他们夫妻吵架的专用词。

熟知他家里底细的朋友劝他纳妾，或者找女朋友。他慨然拒绝。拒绝的理由是什么呢？为了革命。"《新青年》主张一夫一妻，岂有自己打自己嘴巴之理？"最精彩的话在后面：

> 三纲像三条麻绳，缠在我们的头上，祖缠父，父缠子，子缠孙，一代代缠下去，缠了两千年。新文化运动起，大呼解放，解放这头上缠了三条麻绳。我们以后绝对不许再把这三条麻绳缠在孩子们头上！可是我们自己头上的麻绳不要解下来，至少新文化运动者不要解下来，再至少我自己就永远不会解下来。为什么呢？我若解了下来，反对新文化维持旧礼教的人，就要说我们之所以大呼解放，为的是自私自利，如果借着提倡新文化来自私自利，新文化还有什么信用？还有什么效力？还有什么价值？所以我自己拼着牺牲，只救青年，只救孩子！

鲁迅冲破包办婚姻的牢笼，义无反顾地与许广平结合，是以实际行动向旧礼教开炮，赢得一片叫好。钱玄同苦守包办婚姻的围城，是为了建立新文化的信用，以更有力地向旧礼教开炮，我以为更为难得。在他的操守面前，揎拳怒目要维持旧礼教，却又养着三妻四妾的糟老头子，还有什么话说呢！所以，钱玄同的好朋友黎锦熙说他是"纲常名教中的完人"。

二

一九一七年，已是北京师范大学国文系主任的钱玄同，向陈独秀主办的《新青年》杂志投稿，不久担任轮流编辑，跃居《新青年》四大台柱之一。他对新文化运动的贡献不可磨灭。"桐城谬种"和"选学妖孽"乃新文化运动时期革命文人们公认的革命对象，这两个对象都是钱玄同一把揪出来的。中国的古文学在当时主要有两大派：一是桐城派，代表人物严复、林琴南等；二是选派，主要人物樊增祥、易顺鼎等。陈独秀在《文学革命论》一文中曾指出："今日吾国文学，悉承前代之敝，所谓'桐城派'者，八家与八股之混合体也；所谓'骈体文'者，思绮堂与随园之四六也。"

桐城派本是清代中叶最大的散文流派，代表作家方苞、刘大櫆、姚鼐都是安徽桐城人，故有此名。桐城派义法至上，思想先行，语句蛮硬，行文刻板，八股气息甚浓。而选学本指对梁昭明太子萧统编选的《文选》进行注释研究之学，《文选》中大多是唐代以前的骈体文，骈体文作家喜欢以此书相标榜，故亦称骈体文家为"选学家"。鲁迅讥讽这些人是"抱住《文选》找词汇"。到了晚清，选派的繁芜靡丽文字成为吹捧优伶、阿谀妓女的酸腐伎俩和肉麻工具，封为"妖孽"毫不为过。

当时新与旧的斗争异常惨烈。双方不惜使用过激言辞，当然那时的过激言辞与现在大为不同，那时是直奔主题，革命到底，为了泼出脏水恨不得把孩子也抛掉；现在是动不动撇开主题，人身攻击，把对手的祖宗十八代都翻出来骂个遍。钱玄同站在新文化的最前沿高喊："欲废孔学，欲剿灭道教，唯有将中国书籍一概束之高阁之一法。何以故？因中国书籍千分之九百九十九，都是这两类之书故。"

鲁迅在《青年必读书》中同样毫不客气地说："我以为要少——或者竟不——看中国书，多看外国书。"

钱玄同和周氏兄弟是日本留学时的同窗，他们常聚在一起聊天，钱玄同口若悬河，而且他一边说一边在榻榻米上爬来爬去，鲁迅戏称他为"爬翁"。钱玄同在新文化运动中叱咤风云，与陈独秀、胡适同享"三杰"之誉，那时还不叫鲁迅的周树人正在补树书屋寓所里埋首古籍，抄写碑文。年过三十六岁的他感时伤世，因抱负未展、报国无门，而郁闷不堪。

一天晚上，好朋友钱玄同来了，他翻着一叠鲁迅刚刚抄写好的碑文问："这抄了有什么用？"答曰："没用。"再问："抄了是什么意思？"答曰："没意思。"

钱玄同即时点题："我想，你可以做点文章……"

周树人站起来悲愤地说："假如一间铁屋子，是绝无窗户而万难破毁的，里面有许多熟睡的人们，不久都要闷死了，然而是从昏睡入死灭，并不感到就死的悲哀。现在你大嚷起来，惊起了较为清醒的几个人，使这不幸的少数者来受无可挽救的临终的苦楚，你倒以为对得起他们么？"

钱玄同斩截地说："然而几个人既然起来，你不能说决没有毁坏这铁屋的希望。"

这句话激醒了周树人。他走到窗前，对着外面的皓月长叹一声，然后坐到桌前，提起笔来。新文学历史上第一篇小说《狂人日记》呼之而出，即将成为新文化运动主将和旗手的"鲁迅"亦应运而生。

胡适是白话写作第一人。早在一九一七年十月，他把一年来写的白话诗编成《尝试集》，要找一个作序的人。胡适想到了钱玄同。那时胡适并没有见过钱玄同，为什么偏偏会想到他呢？胡适当时也许想起了两件事：第一件事是一九一七年一月，胡适在《新青年》二卷五号上发表《文学改良刍议》，提出文学改良的八条准则：须言之有物；不摹仿古人；须讲求文法；不作无病之呻吟；务去滥调套语；不用典；不讲对仗；不避俗字俗语。钱玄同看了这个"胡八条"后，立刻给《新青年》主编陈独秀写了一封公开信，高度评价此文，认为乃"主张白话体文学说最精辟"者。第二件事是半年后的七月，钱玄同又在《新青年》上发文对胡适的新诗提出意见，认为他的白话诗犹未能脱尽文言的窠臼。胡适认为"此等诤言，最不易得"，特意致信感谢，并再不用文言入诗。我想，这两件事让胡适看到了钱玄同对新文学发自内心的积极认同，并有着性情上直率的可爱。

钱玄同很高兴为《尝试集》写序，他在序言中阐述了"言文一致"的道理，认为手上写的和嘴上说的应该一致，这正是新文化运动最为内在的要求。

中国新文学早期最有代表性的两部作品《狂人日记》和《尝试集》，就这样都和钱玄同有着密不可分的联系，将钱玄同比喻为"新文化运动的揭幕人"应该说实至名归。然而,钱玄同不只是揭幕了事,大幕拉开,他还亲自唱戏。他署名"王敬轩",和刘半农在《新青年》联手演出的双簧大戏,在文化界引起轩然大波。鲁迅称这是一场大仗。这出大戏的直接结果便是让守旧派急不可耐地跳出来了。一九一九年春,赫赫有名的桐城派领袖林琴南在上海《新申报》发表文言小说《荆生》,处心积虑攻击《新青年》几位编辑,以田其美影射陈独秀,以狄莫影射胡适,以浙江人金心异影射钱玄同。"荆生"是林琴南幻想出的一个英雄,让他把田、狄、金三人痛打一顿,以解自己的心头之气。

此后,钱玄同幽默地常以"金心异"自称,鲁迅也常叫他"心异兄"。

三

钱玄同和鲁迅在日本一起受教于章太炎门下,回国后钱玄同又催生出了《狂人日记》。按理,这样的交情应该牢不可破。但这对老朋友,后来却愈益疏远。看上去,导火线是一件毫不起眼的名片事件,而根本在于他们性格上的相同和思想上的分歧。

一九二六年,一直从事中国古代文献典籍研究和辨伪的青年学者顾颉刚推出《古史辨》一册,轰动当时,形成"古史辨"派。顾颉刚在其研究中提出了"层累地造成的中国古史"的观点,认为时代越后传说的古史期越长,周代时最古的是禹,到孔子时有尧、舜,到战国时有黄帝、神农,到秦朝有三皇,汉代以后有盘古。古史系统的形成,主要出于战国到西汉的儒家之手,等等。

"古史辨"正是由胡适和钱玄同倡导、发起的，而顾颉刚成绩最为突出。鲁迅不赞成《古史辨》的观点，又讨厌顾颉刚其人，故撰文进行抨击。鲁迅的火力一贯猛烈，扫射范围除了顾，胡、钱亦未能幸免。他们的"战友"关系从这时起，便笼上了一层阴影。

一九二九年五月，鲁迅回北平看望母亲时，在孔德学校偶遇钱玄同。那天，鲁迅到孔德学校想看看图书室里收藏的旧小说，钱玄同正好在校务主任马隅卿那里聊天，瞧见鲁迅递给马隅卿的名片上还是"周树人"三字，便笑着说："原来你还是用三个字的名片，不用两个字的。"意即没用"鲁迅"这个笔名。鲁迅答道："我的名片总是三个字的，没有两个字的，也没有四个字的。"

前面提到，五四以后，中国史学界掀起了一场疑古辨伪的运动。这一运动实际上是新文化运动的必然产物，疑古方可创新，辨伪才能求真。钱玄同以深厚的国学功底，成为疑古辨伪运动的主将。他一不做，二不休，竟废姓改名为"疑古玄同"，以彰显自己的决心。鲁迅所谓"四个字的"，大概是指"疑古玄同"。钱玄同听了，心里很不舒服。碰巧鲁迅最不喜欢的顾颉刚这时推门而入，钱玄同又是顾颉刚最要好的朋友，鲁迅没坐多久，即起身告辞；以后两人就"自然回避"，基本上形同陌路了。

一九三二年十一月，鲁迅再次从上海抵北平探亲。北平师范大学国文系学生闻讯想请鲁迅来学校演讲，不知怎么去找他，便问系主任钱玄同能否提供鲁迅的地址。不料钱玄同一听，暴跳如雷："我不知道！我不认识一个什么姓鲁的！"学生们无奈，决定自己想办法。钱玄同又对学生说："要是鲁迅到师大来讲演，我这个系主任就不当了。"但学生们没有理会，他们终于找到了鲁迅。鲁迅也冲破阻力，于十一月二十七日到北平师范大学作了讲演。钱玄同视而不见，但没有提出辞职。

钱玄同有很多过激言论，最典型的一句是"人到四十岁就该死，不死也该枪毙"，他认为这才符合吐故纳新的辩证法规律。鲁迅写了一首打油诗对此予以讥讽："作法不自毙，悠然过四十。何妨贱肥头，抵当辩证法。"用"贱肥头"喻指钱玄同的胖，可见两人的剑拔弩张，已到分外眼红的地步。

一九三六年十月，鲁迅病逝于上海。这时，鲁迅已是中国文学之魂，受到广大文学青年的颂扬。钱玄同不以为然，批评说："青年们吹得他简直是世界救主。"然而，一贯述而不作的他，难得地写了一篇《我对周豫才君之追忆与略评》。他评价鲁迅的思想是国内数一数二的，"治学最为严谨""绝无好名之心""有极犀利的眼光，能抉发中国社会的痼疾"；同时，他指出鲁迅的三个毛病：多疑、轻信和迁怒。

应该说，钱玄同对鲁迅的"略评"还是比较客观的。他与鲁迅的交情和对鲁迅的了解也非一般人能及。他们交恶主要缘于鲁迅不知何故憎厌顾颉刚的为人，因而连带了顾的好友钱玄同和胡适。钱玄同主张通过疑古辨伪为新文化找到门路，鲁迅则反对把时间和精力花到考据上，他是拿着投枪、匕首径直冲上战场的勇士,"寂寞新文苑,平安旧战场。两间余一卒,荷戟独彷徨"。

钱玄同不乏坚忍与勇敢,但鲁迅的孤独和深刻又的确是钱玄同不曾抵达的境界。

四

钱玄同在清光绪末年赴日本留学,入早稻田大学师范科。同时,去《民报》社拜见章太炎,由章太炎介绍加入同盟会,并听章太炎讲授音韵学。回国后,他任教于嘉兴中等学校,就职于杭州教育专署;一九一三年到北京,在北京高等师范学校当国文、经学教员,该校后来改为北京师范大学,钱玄同连续担任教授二十余年,还长期在北京大学兼课。课余,钱玄同致力于国语改革运动,他和同道刘半农、赵元任、黎锦熙等,都是中国文字改革的先驱。

现在我们习以为常的语言、语法习惯,在那个时候,却需要他们力排众议、奋力呼吁,甚至不惜攘臂捋袖,与守旧派对骂,才得以谋取一席之地。比如,文章加标点符号、用阿拉伯号码和算式书写数目字、用公元纪年、书写方式改左行直下为右行横迤、用"国语"作文等等,在彼时是一个又一个的山头阵地,因攻陷与失落而频频易主。一九一七年,林玉堂(后改名林语堂)出版《汉字索引制》一书,请蔡元培作序,钱玄同写跋。钱玄同在跋中率先提出仿效英美,按拼音字母音序编纂字典、词典的方法。

日本的留学生涯改变了很多中国学子的精神。鲁迅决定弃医从文，以唤醒民众；钱玄同则认识到科学思想与现代知识对于国家振兴的重要，他说，中国的根本出路在于欧化。所谓欧化，就是现代化。"全世界之现代文化，非欧洲人所私有，不过欧洲人闻道较早，比我们先走了几步"，这在当时是极有见地的。当然，钱玄同也有矫枉过正之处，他积极宣传汉语改用拼音文字，还喊出废除汉字的口号，就颇有病急乱投医的味道。

一九一八年，他给陈独秀写信说："……欲废孔学，不得不先废汉文。欲驱除一般之幼稚的野蛮的顽固思想，尤不可不先废汉文。"

钱玄同这一过激说法招致顽固派的攻讦。鲁迅在谈到这件事时表现出他一贯的冷静和智慧：

> 在中国，刚刚提起文学革新，就有反动了。不过白话文却渐渐风行起来，不大受阻碍。这是怎么一回事呢？就因为当时又有钱玄同先生提倡废止汉字，用罗马字母来替代。这本也不过是一种文字革新，很平常的，但被不喜欢改革的中国人听见，就大不得了了，于是便放过了比较的平和的文学革命，而竭力来骂钱玄同。白话乘了这一个机会，居然减去了许多敌人，反而没有阻碍，能够流行了。

鲁迅的意思是，钱玄同以一己之辱，换来白话的坦荡通途。这是典型的鲁迅式幽默。但钱玄同毕竟一眼看穿了古汉语的弊习。或许他心里很清楚，废除有着五千年文明土壤的汉字是不可能的，所以在受到"重创"之后，他马上改变观点，认为现代中国只能提倡国语。于是，他又找到汉字改革的另一条途径：减省笔画。

> 对于汉字形体难写底改良……现在是需要甚急，非赶紧着手去做不可的了。我是很高兴做这件事的。现在打定主意，从一九二〇年一月起，来做一部书，选取普通常用的字约三千左右，凡笔画繁复的，都定他一个较简单的写法。

一九三二年五月七日，教育部正式公布《国音常用字汇》。黎锦熙在《钱玄同先生传》里说，这部《国音常用字汇》，从一九二三年到一九四一年，整整经过十年才完成，可以说是钱先生一手编定的。卷首的长篇例言，也是钱玄同的手笔。一九三五年，钱玄同抱病起草《第一批简体字表》，为新中国建立以后简化汉字夯下坚实基础。

钱玄同生前没出版过一本文集。他不是不能写，仅一九一八年他就在《新青年》发表了六十多篇文章。钱文生动谐趣，笔调老辣，若精心伺弄，亦足以产生传世佳制。但钱玄同几乎将毕生精力都放在了国家文化发展的基础工作上，他是"述而不作"的典范，他没有在文学上给我们留下什么，但我们现在每写一个字、每打一个标点、每一次使用字典，都晃动着他痴迷的眼神。

五

钱玄同国学功底深厚,恃才傲物。二十世纪三十年代初,章太炎带着大弟子黄侃到北京讲学,钱玄同对老师毕恭毕敬,对黄大师兄却不怎么买账。有一天,在章太炎住处,黄侃对钱玄同开玩笑,顺便想要一耍大师兄的派头:"二疯,你来前,我告你!你可怜啊,先生也来了,你近来怎么不把音韵学的书好好地读,要弄什么注音字母,什么白话文!"

钱玄同即刻翻脸,拍着桌子,指着黄侃的鼻子厉声喝道:"我就是要弄注音字母,要弄白话文,混账!"章太炎一听不妙,赶过来打圆场。

钱玄同授课更是特立独行。比如,他不写讲义,只列图表。比如,他上课时,从不看一眼究竟有没有学生缺席迟到,用笔在点名簿上一竖到底,算是该到的学生全到了。比如,他从不考试,到学期末批定成绩时,便按点名册的先后,从六十分、六十一分起,如果选这一课程的学生是四十人,最后一个得到的分数就是一百分;四十人以上呢,则重新从六十分开始。

作家张中行在北大曾选修过钱玄同的课,他说:"考而不阅卷,同样是认真负责的一种表现,因为钱先生治学,一向是求实求高,课堂所学是入门,考和评分只是应付功令,与学术了不相干,则认真反而是浪费,不如处理他堆在手头的。"

后来,钱玄同应邀到燕京大学兼课,他照样不批学生试卷,这与学校制度相矛盾,行不通。学校退回给他,要求他批;他又交与学校,仍是不批;学校再退回,他还是一字不批地上交。校方要对他进行制裁,扣发他的薪金。钱玄同马上回复,附钞票一包,云:薪金全数奉还,判卷恕不从命。令人瞠目结舌。

钱玄同从来不轻易承认是谁的先生,也不轻易许可哪一个配当他的学生。他不是架子大,相反在学生面前,他有着超乎寻常的平和与宽容。他对大学里的学生,一概称"先生";要是相处熟了,他就改称"兄"。而且,他不是好玩似的叫,他叫得极严肃、认真。

语言学家魏建功在《回忆敬爱的老师钱玄同先生》一文中说:

> 先生的伟大在"循循善诱"而"无拘牵挂碍"的引导后辈。只有我相随十多年才晓得先生这一点美德,是若干旧或新的为人师者所不及!中国学问,往往只许老师包罗了一个大圈子,他的学生只算是大圈子里的若干小圈子。如此,学生的学生一辈一辈传下去,不应该也不敢向圈子外延长一点儿。学术何以得进步呢?这现象自古有之,于今犹烈!

学问如此之深,脾气如此之暴,但钱玄同坚决不做学霸、学阀。他从不说"不读我开的书目就不会有成绩,不按我说的去做就不会有出息"这样的话。他经常从学生的观点出发,去想办法,拓思路,找证据,从而得到学问进展的通幽之径。

六

钱玄同不怕死,他曾出口"四十岁就该枪毙"的宏论,惹得天下哗然。

一九二七年,钱玄同年届四十,还真打算在《语丝》周刊上发一期《钱玄同先生成仁专号》。他与朋友们像模像样地准备了挽联、挽诗、祭文,都是一些幽默作品。不料正好碰上张作霖进京,自号大元帅,白色恐怖笼罩。为避免不必要的麻烦,这个专刊没有印行。但《语丝》周刊在与南方某刊物交换广告时,这个专刊的要目被对方刊登出来。不明内情的人信以为真,互相转告,一时间,钱玄同的朋友、学生纷纷致函悼唁,演出了一场悼念活人的闹剧。

钱玄同也因此受到胡适的戏谑。一九二八年九月十二日,钱玄同四十一周岁寿辰。胡适作了一首《亡友钱玄同先生周年纪念歌》为钱玄同贺寿:

> 该死的钱玄同,怎么至今未死!一生专杀古人,去年轮着自己。可惜刀子不快,又嫌投水可耻。这样那样迟疑,过了九月十二。可惜我不在场,不曾来监斩你。今年忽然来信,要作"成仁纪念"。这个倒也不难,请先读《封神传》。回家先挖一坑,好好睡在里面,用草盖在身上,脚前点灯一盏。草上再撒把米,瞒得阎王鬼判,瞒得四方学者,哀悼成仁大典。今年九月十二,到处念经拜忏。度你早早升天,免

在地狱捣乱。

钱玄同读后，一笑置之。

一九三八年夏天，北平汉奸文人、伪古物陈列所所长钱桐病故。汉口的英文《楚报》误将钱桐为钱玄同，发出消息。他在南方的学子们见到后，非常悲痛。许多人寄去挽联、挽诗，家里人收到后，瞒着他一把烧了，怕他生气，因为他对接受日伪聘任的汉奸有切齿之恨。一九三三年，日寇入侵华北，他把眷属送到上海，自己打算离开华北到南方去，曾写信给黎锦颐、罗常培："既无执干戈以卫社稷之能力"，只能以教书"骗钱糊口，无聊极矣！可耻极矣"！内心之痛苦，溢于言表。北平沦陷后，北平师范大学迁到陕西，钱玄同因病留守北平。一九三八年春，他恢复旧名"钱夏"，以示"夏"而非"夷"，决不做敌伪的顺民。在生命的最后几年，钱玄同表现出了高尚的人格操守和凛然的民族气节。他与伪北大校长钱稻孙有叔侄之谊，与伪教育督办周作人交情深厚，他处在如此包围之中而"绝不污伪命"，令人击节赞叹。

钱玄同的身体却一日不如一日。一九三七年八月，身心困顿的钱玄同给周作人写了一信：

> 我近来颇想添一个俗不可耐的雅号，曰鲍山病叟。鲍山者确有此山，在湖州之南门外，实为先六世祖发祥之地，历经五世祖、高祖、曾祖，皆宅居该山，以渔田耕稼为业，逮先祖始为士而离该山而至郡城。故鲍山中至今尚有一钱家

浜，先世故墓皆在该浜之中。

写这封信时，正是钱玄同五十岁阴历生日。上帝留给他的日子已经不多了，这位集高血压、血管硬化、神经衰弱等多种顽疾于一身的著名学者，此刻想到了自己的先祖和故乡。"国破山河在，城春草木深"，钱玄同在默然回望中，寻找自己灵魂的最后归宿。

一九三九年一月，钱玄同拖着衰病之躯，四处变卖李大钊的藏书，为解决烈士子女生活困窘的问题，为他们筹措赴延安的路费。十七日傍晚，他刚从外面回来，即感身体疲惫，目晕头痛，迅速被送往医院，但已无力回天，突发脑溢血夺去了他五十二岁的生命。

他的桌上，还摆放着故友刘师培的遗著。正在编纂之中。

赖床君梁遇春

梁遇春,这个只活了二十六岁的天才俊彦,简历太短,故事太少,生活太过平凡。若论著述,他仅有薄薄的两本散文集《春醪集》和《泪与笑》,所有作品加起来不到二十万字。梁遇春没有来得及走到秋天,但他给我们永远留下了一个春天——一个属于新文学的、属于梁遇春独特散文风格的明丽春天。

少年教授,《语丝》作家

梁遇春的书卷气有着家学渊源,他一九〇六年出生在福州一个知识分子家庭。十二岁那年考进福建省立第一中学。十六岁的暑假,梁遇春先入北京大学读预科,后成为北京大学英文系一名学生。那时的北大英文系名师云集,徐志摩讲授英美诗歌,叶公超讲授英文写作,林语堂讲授英语发音和基本语法,还有温源宁、陈西滢、张歆海等。如此强大的教师阵容,学生想不成才都难。所以,梁遇春在大学期间即练就超凡的翻译和创作身手,他的好友废名、尚钺成了小说家,石民、张鹏则是诗人兼翻译家。

一九二六年十一月,在《语丝》周刊第一〇八期上发表的随笔《讲演》，是梁遇春的处女作。这个两千多字的作品无论结构、语言，还是观点，均极为老道，稳妥中锋芒频发，激进中张弛有度。娴熟的幽默功夫也在此偶露峥嵘。大学最后两年，梁遇春共发表了九篇散文，大多刊登于《语丝》，故有"语丝作家"之称。

一九二八年，梁遇春毕业。恩师叶公超邀请他到上海暨南大学任外国语文学系助教，讲授英国散文。叶公超曾师从美国著名诗人弗罗斯特，在英国与大诗人艾略特亦师亦友。他常衔一只栗色烟斗，风华俊逸，但拈花微笑，不立文字，连留下来的照片都少得可怜。叶公超非常器重梁遇春，不仅在学问上倾囊相授，还把那副翩翩浊世佳公子的派头，诸如赖床和含烟斗，都传给了这位得意门生。在暨南大学，梁遇春有幸与梁实秋、沈从文、罗隆基、潘光旦等名流共事，因其年纪小，又有"少年教授"之谓。

叶公超是"新月派"的代表，梁遇春虽不写诗，也与《新月》月刊打得火热。该刊特辟一专栏"海外出版界"，请他主笔。他在这个专栏写了十三篇文章，他比创作更轰轰烈烈的翻译生涯由此进入佳境。

梁遇春的代表性译作当属《英国小品文选》。一九二八年春夏时节，敏感的才子伤时怀逝，心境略有沉郁，便想以翻译解愁。他跑到苦雨斋，向文坛泰斗周作人请教。周作人给了他一个很好的建议，使用英汉对照出版，这样让读者感觉既有趣，又有用。梁遇春立即伏案，先译了十来篇，请周作人过目，得到首肯后，便一路译将下去。

"小品文"这个命名也是由梁遇春定夺的。"Essay"英语中指称随笔、散文、文论,汉语一直没有找到很好的相对应的译词。胡梦华曾翻作"絮语散文",周作人译成"美文",也有的干脆用"散文"马虎了事。"小品"一词最早出现在南北朝,指的是佛经的节本。《世说新语》刘孝标的注释提道:"释氏《辨空经》,有详者焉,有略者焉,详者为《大品》,略者为《小品》。"梁遇春妙手拈来,用"小品文"匹配"Essay",真是无比精当贴切——小指篇幅不大,品则包含了一种特别的意味和灵动的美感。梁遇春把小品文分作两类,一类体物浏亮,一类精微朗畅。前者偏于情调,多为描写叙事的笔墨;后者偏于思想,多是高谈阔论的文字。他又指出,这两者不能截然分开,混在一起才能蕴藉,才有回甘的妙处。

迟起,一门亡命的艺术

梁遇春仿佛是抓着自己的脚踵,把躯体浸进知识的河流里的圣徒。他全身每个毛孔都透出知性的快乐。这样的好处是让人异常单纯、透明,仿佛玲珑剔透的美玉;坏处是本来细腻的心灵更趋敏感,如此美玉不得不时常摔在地上,虽不至于摔碎,但每次都令人揪心。那些小小伤痕在常人看来不过留个小疵,在才子身上却被视为一种命运的观照或时代的见证,而意义重大起来。

这也是梁遇春自己说的"太小姐气",经常涌起莫名的愁绪,所以在那个笔名满天飞的年代,梁遇春偏偏用一个"秋心"贯彻始终。他的愁,宛若明清宫廷里的白瓷,又薄又亮,轻轻一弹,即发出悦耳的清脆之声。在给象征派诗人石民的通信中,这种既是日常，又是文学的愁绪表露无遗："久未晤，风雨愁人，焉能无念。午夜点滴凄清，撩起无端愁绪……自更谈不到失恋，然每觉具有失恋者之苦衷，前生注定，该当挨苦，才华尚浅，福薄如斯！"

这种"小姐气"很大程度上是知识和病体带来的。他的老师温源宁一提到梁遇春，就想起他和兰姆的一个共同点：读书成癖。每本书都是一个仓库，那么多仓库本来可以武装一位学界耆宿，却统统拥塞在一位青年才俊的胸间，由于缺乏足够的生活阅历作铺垫，那些轰涌而上的知识还没来得及演化成超凡智慧，刚刚酿成五光十色的才气，就已经让梁遇春的作品璀璨夺目。如果再有三十年光阴，梁遇春该会有怎样的造化呢？

叶公超到台湾之后，回忆他的弟子时说："废名最有名士气，老是旷课；梁遇春则有课必到，非常用功。"其实，和废名兄相比，梁遇春的名士气毫不逊色。某天，废名托他去市场上买一双鞋，他送鞋来时废名不在家，便把鞋放在门口，掏出一张纸沙沙沙写下一行字"请足下穿到足上"，贴到门上，扬长而去。

梁遇春最喜欢的还是睡懒觉。他哪怕最健康的时候都是在懒觉中度过的，如果哪天早起，那必是喝酒过头或者身体不舒服了。他自诩那些聪明的想法、灵活的意思都是早上懒洋洋地赖在床上想出来的："我天天总是在可能范围之内，尽量地滞在床上——那是我们的神庙——看着射在被上的日光，暗笑四围人们无谓的匆忙，回味前夜的痴梦——那是比做梦还有意思的事，——细想迟起的好处，唯我独尊地躺着，东倒西倾的小房立刻变作一座快乐的皇宫。"

为给自己睡懒觉张目,他总结出了一套头头是道的理论。睡懒觉最大的好处是没有一天不是很快乐地开头,睡饱了,天天起来都心满意足。第二大好处是每夜高兴地结束这个日子,因为想起明天可以迟起,"预料中的快乐比当时的享受味还来得长得多"。第三大好处是迟起让你非忙不可,很多要干的事情没时间做了,这种自己制造的忙碌是进到快乐宫殿的金钥匙。所以,"迟起本身好似是很懒惰的,但是它能够给我们最大的活气,使我们的生活跳动生姿;世上最懒惰不过的人们是那般黎明即起,老早把事做好,坐着呆呆地打呵欠的人们"。

真是让人啼笑皆非的梁氏理论。不可否认,迟起、赖床的确给予了梁遇春无数灵感。赖床是他性情中的可爱一癖,同时也是他体质羸弱的一个非必然结果。赖床于他成为一门生活艺术,他没有料到,这竟是一门亡命的艺术。梁遇春通过努力学习强其心志,却没意识到,应劳其筋骨以增强身体的抵抗力。由于体弱而赖床,长期赖床使体质愈加虚弱,愈弱愈想赖床,形成了不良循环。

泪痕里的微笑

作为一名纯正的书生,梁遇春几乎不谈政治。他也是与鲁迅同时代的青年文化名人中为数极少的没与鲁迅发生关系的人,好友石民都与鲁迅有过密切交往,但梁遇春没有。梁遇春不像鲁迅那样,对国家命运,对时局发展,对社会动荡,有一种本能的敏锐与洞察，鲁迅的严正与深邃恰是浮世与乱象的克星。梁遇春则是生活家，日常琐事带来的种种不快都能唤起他的滔滔才情。他不需要宏大叙事，下笔即是文章，他的泪是从生活中流出来的，像一颗颗掉落在地、反射阴霾天空的雨滴，映衬着那个时代的悲怆和无奈。

一九三〇年，梁遇春回到北大图书馆工作。这年三月，北新书局出版了他的散文集《春醪集》。五月，废名和冯至主持的《骆驼草》创刊，梁遇春成为重要作者。废名、梁遇春与石民被誉为"骆驼草三子"。

正是这个时候，梁遇春的思想猛然发生变化。他清新而奔放的笔锋，由对文坛与学界的"刮骨"，转向对社会生活的"开刀"。社会与人生的各种病征，严重挤压着梁遇春的青春年代，让他不得不逼视这一切病征里面的溃疡和疽痈。生性的潇洒与生活的沉重，形成极大反差，像一把张开的剪刀，在他眼前咔嚓咔嚓空洞地剪着，发出源源不绝的刺耳声音。尽管梁遇春文风依旧，表现内容和写作心态却较以前拐了一个大弯，从"我愿意高举盛到杯缘的春醪畅饮"，到"泪却是肯定人生的表示"。梁遇春散文的可贵之处在于，时刻闪烁着批判的光芒，仿佛一只孤舟横渡在春水的激流里，既显示敏捷身手，又毫不吝啬自己的狠劲。

梁遇春是近代中国最早看到权威的危险性的人。学界也好，文坛也好，一旦权威树立起来，一呼百应，马首是瞻，即以一头取代普天下人之头也。

> 此外在我们青年旁边想用快刀阔斧来取我们的头者又大有人在。思想界的权威者无往而不用其权威来做他的文力统一。从前《晨报》副刊登载"青年必读书十种"的时候，我曾经摇过头。所以摇头者，一方面表示不满意，一方面也可使自己相信我的头还没有被斩。这十种既是青年所必读，那么不去读的就不好算做青年了。年纪轻轻就失掉了做青年的资格，这岂不是等于不得保首级。

这段话的矛头直指老权威梁启超。梁启超为读者开书单，说没有念过他所开的书的人不是中国人。其本家梁遇春认为，这是青天白日当街杀人的刽子手行为。

梁遇春再把大权威胡适请上文字"被告席"。胡适的"罪状"有二。一是狂得没有道理，他在《现代评论》撰文，说他治哲学史的方法独一无二，凡与他不同的都会招致失败，所以梁遇春要给胡适以当头棒喝。二是站着说话不腰疼，还是《现代评论》上刊着胡适的一封信，对文学青年循循善诱，要求他们做文章要用力气。梁遇春认为，中国白话文最缺乏的是"自然"的风韵，最不缺的就是力气。好多作品都是花大力气做出来的，看得出作家自己抓着头发，皱着眉头，拼命堆砌，结果弄成一瓶费力不讨好的糨糊。

中国文人自古以来养成了诸多坏毛病，梁遇春一一进行深入而生动的揭批。比如，名士才子每到风景清幽之地，都要大发感慨，倘能在此读书，方不辜负此生云云。由这一点便可看出，他们不会真正鉴赏山水的美妙："读书是一件乐事，游山玩水也是一件乐事。若使当读书时候，一心想什么飞瀑松声绝崖远眺，我们相信他读书趣味一定不浓厚，同样地若使当看到好风景时候，不将一己投到自然怀中，热烈领会生存之美，却来排名士架子，说出不冷不热的套话，我们也知道他实在不能够吸收自然无限的美。"这段话直击要害。装文作雅，看似终南隐读，实则哗众取宠，根本读不出什么名堂。我游黄山、华山、庐山时，每见"×××读书处"这样的景点便生疑问，因为那些×××无一是读出了名堂的读书人。

年轻也给梁遇春的创作带来了一些问题。虽然生长于一个内忧外患的时代，但他所感受到的约束，毕竟大多来自简单规整的日常生活给予他的制约，他所感受到的愁苦，便也只是一位浪漫书生缘于内心的伤感鸣放。所以，《泪与笑》《观火》《破晓》诸篇内容稍显空洞，漂亮的议论多以书本为圭臬，没有将社会现实作为它们的坚强支撑，酷似一件时尚好看的衣服穿在塑料模特身上。然而，他对学校教育的刻板、对智识阶层的虚伪、对文学史编写的甜腻，都于愤怒的幽默中针针见血，其把脉之准、见地之高、表述之精当、批判之痛快，无形之间与鲁迅的杂文异曲同工，遥相呼应。白话文学，尤其是二十世纪二三十年代，汹汹滔滔，有多少灿烂星光啊。但如今，好多只留下了名字，作品已然不传。我相信，梁遇春的散文是能够永放光芒的，虽然仅存三十六篇。

短命是一种命运。命运在铺展和生发过程中有许多隐藏的线索，可以供我们追寻。通读梁遇春的作品，感到他区区六年的写作生涯其实也有青年、中年和老年的区分。一九二六年至一九二七年，梁遇春壮心高蹈，意气风发，写出《讲演》《论麻雀与扑克》《致一个失恋人的信》《人死观》这样的青春期作品。一九二七年至一九二九年，梁遇春的创作迅速走向成熟，写出《文学与人生》《谈流浪汉》《"春朝"一刻值千金》《醉中梦话》等名篇。一九三〇年至其病逝，以《又是一年春草绿》《苦笑》《她走了》为代表，梁遇春的"残年"心境跳荡于字里行间。知根知底的石民说，将《又是一年春草绿》与梁遇春三年前所写的文章相比较，这三年间隔足以抵得上三十年。正如其在《泪与笑》中末尾所言：

坟墓的影已染着我们的残年。

六年创作时间，如此高强度、高密度地浓缩着一个作家精神与心境的全景式变迁，这在中外文学史上都是罕见的。

吻火

一九三一年十一月，徐志摩死于空难。作为学生兼好友，梁遇春悲恸不已。他挥笔写下了悼文《吻火》，这是梁遇春为中国作家所写的唯一一篇文章，也是梁遇春散文中篇幅最短的一篇。刚写成时，该文有两三千字，一向不为文章费力的梁遇春这回大反常态，他两易其稿，删得只剩下不到六百字。废名评价说，这是梁遇春最完美、最炉火纯青的文字：

> 三年前，在上海的时候，有一天晚上，他拿着一根纸烟向一位朋友点燃的纸烟取火，他说道："kissing the fire（吻火）。"这句话真可以代表他对于人生的态度。人世的经验好比是一团火，许多人都是敬鬼神而远之。隔江观火，拿出冷酷的心境去估量一切，不敢投身到轰轰烈烈的火焰里去，因此过个暗淡的生活，简直没有一点的光辉，数十年的光阴就在计算怎么样才会不上当里面消逝去了，结果上了个大当。他却肯亲自吻着这团生龙活虎般的烈火，火光一照，化腐臭为神奇，遍地开满了春花，难怪他天天惊异着，难怪他的眼睛跟希腊雕像的眼睛相似，希腊人的生活就是像他这样吻着人生的火，歌唱出人生的神奇。这一回在半空中他对于人世的火焰作最后的一吻了。

为什么梁遇春要下这么大功夫来写这样一篇奇文呢？友情固然是第一位的，我以为，冥冥中还有另一层意义，梁遇春是在努力地写出他自己。他在给自己画像，做一个最后的总结。梁遇春与徐志摩这两位才子，都把生命当作一朵绚丽的火焰，他们用心灵的热力指挥着它，冲倒权威、习俗、成见、道德的种种藩篱，一直任情燃烧，扬焰高飞，幻化出五色的壮美，直至死亡的强劲风暴突然来临，倏忽将它们吹灭。

不到一年后，一九三二年六月二十五日，猩红热作为上帝的使者带走了沉睡中的梁遇春。一个月后，他钟爱的女儿亦随之而去。叶公超和废名发起召开追悼会，并收集整理他的遗著《泪与笑》，出版时由废名、石民写序，叶公超作跋。废名那副著名的挽联，九十年之后，我们读来依然动容：

> 此人只好彩笔成梦，为君应是昙花招魂。

废名：如梦的真实和梦的真实为什么叫废名

一九二六年六月十日，一个叫冯文炳的年轻人在日记中写道：

> 从昨天起，我不要我那名字，起一名字，就叫做废名。我在这四年以内，真是蜕了不少的壳，最近一年尤其蜕得古怪，就把昨天当个纪念日子罢。

这段话看似平常，却包含着一个很大很深的心灵世界。冯文炳为什么突然要变成"废名"呢？看他话的意思，并不是随意地取个笔名，而是用废名彻底取代了冯文炳。果然，废名留在了中国现代文学史上，"冯文炳"则如阳光照射下的影子，匍匐于地，悄悄跟在作家废名的身前身后，不为人所注意。

名字只是一个符号。但在二十五岁、正是个人日渐成熟的时候，如此郑重其事地改名，那必定不是将名字仅仅当作一个符号来用，而是在这个名字中寄寓着自己的人生感受与内心追求。

从废名这天的日记中可以看出若干端倪，从一九二二年到一九二六年四年间，尤其最近那一年，他"蜕了不少的壳"。那这四年究竟发生了什么事情，让他像蛇一样蜕变了呢？没有什么大事，但在他身边积累的许多小事，不断冲击着废名极度敏感的内心。一是乡愁，包括创作，很多时候都是乡愁的结晶；二是他最敬佩的两位老师失和，他必须进行选择；三是母亲皈依佛门，使本来好佛的他更加虚幻。

废名十五岁离开老家黄梅，到国立湖北第一师范学校读书，他也是从这个时候起接触到新文学，被新诗迷住。毕业后，他留在武昌一所小学任教，大胆写信给当时的文坛大佬周作人，并附上自己的作品。一九二二年，他考入北京大学英文预科班，开始发表诗歌和小说，正式走上文学道路。

在武昌时，离家近，乡思不觉，只好比是溜出童年的地盘，到隔壁少年的房间里好奇地窥视；一到北京，乡愁就仿佛菱荡里的深水，唧唧地响个不停，像是一个一个声音填的。他知道这回自己真是一个旅客了，"我当然不能谈年纪，但过着这么一个放荡的生活。东西南北，颇有点儿行脚僧的风流，而时怀一个求安息之念。因此，很不觉得自己还应算是一个少年了"。（《枣》）

是呵，青年总是痴的时光，狂的时光，如火如荼又如水如雾的时光呢。对废名尤其如此，他在北方的干地与长夜，想家乡明媚的风景和美好的女子，他连续写出《柚子》《半年》《阿妹》这样的篇什，在这些文章中频频露面的母亲、姨妈等，都是废名儿时生活中最重要的女性。

柚子是他曾经朦胧暗恋，并一直关注着的表妹。《半年》回忆养病期间与新婚妻子芹之间的互相逗乐。阿妹是他最小的妹妹莲,生下来就要被送出去,是他以答应"洗尿片"为代价让妹妹留在了家里,一个聪慧懂事的小女孩七岁那年死于肺痨。虽然有贤惠的妻子陪伴,但柚子境遇的不堪和阿妹的死所引发的悲伤,成了废名青年生活的底色。

> 我无意间提起柚子,妻也没气力似的称她一声,接着两人没有言语,好像一对寒蝉。柚子呵!你惊破我们的好梦了。(《柚子》)

> 阿妹的眼泪是再多没有的,哭起来了不容易叫她不哭,自己也知道不哭的好,然而还是一滴一滴往下掉。(《阿妹》)

> 阿妹见了我,不知怎的又是哭!瓜子模样的眼睛,皲裂的两颊红得像点了胭脂一般,至今犹映在我脑里。(同上)

废名自己也是多病之身。六岁时,几乎一病不起;读了五年中学,三年半是病,最后的夏秋两季,完全住在家里休养。废名虽然直到一九三〇年前后才真正开始钻研佛学,但湖北黄梅本是佛教禅宗的重镇,他对佛禅一派耳濡目染,渐有会心。四祖道信在黄梅双峰山聚徒五百人,定居三十年,垦荒耕种,劳动吃饭,是禅宗史上里程碑式的人物;五祖弘忍是土生土长的黄梅人,幼年发机,直抵性空之道,乃大法器。

五祖寺是废名儿时的神往之地,却终未能去成,他有次大病初愈后,家人把他带到了山脚下,他们上山为他进香祈愿,让他一个人孤零零地在山脚茶铺等着。他长大后,三次游寺,一九四六年他在县中学教书,校址一度就在五祖寺山脚,他每每沉醉于"四围山色中,一鞭残照里"的美景中。

废名对佛学止于听闻和研究,他不是佛教徒,也不会成为佛教徒。这一方面因为黄梅禅宗属于革命派,豁达开放,勤勉务实,废名亦受此影响;另一方面由于废名性格上是较激烈的人,"我同平伯大约都是痴人,——我又自己知道,是一个亡命的汉子"。(《〈古槐梦遇〉小引》)知交俞平伯讲他"性子太急,往往按捺不住……急欲达意,便免不了显出热的样子来"。

有一回,废名在家里和他哥哥吵架,他哥哥生气地说:"我看你做文章非常温和,而性情非常急躁!"这种性格不会让废名走到泯心息虑的佛门里去,然而,他无法阻止母亲的皈依。

废名对母亲的忆念很深刻,他儿时总是由母亲照顾着。他对父亲的印象较为淡漠,当然这种印象是一个懵懂少年的印象,他在写《毛儿的爸爸》时就隐含着对别人家爸爸的向往。其实,在当地劝学所担任视学的父亲是他们家道中兴的关键人物,但他公务太忙,无暇顾家。而母亲这个家里的大媳妇,不知什么缘故,不能让公公(废名的祖父)满意。她身体不好,家务繁重,生了六个孩子早夭两个,备受家族和长辈冷落。笃信佛教的母亲毅然决定在家修行,取法号还春师太。

散的散了，死的死了，空的空了，正如《红楼梦》里所言，落得个白茫茫大地真干净。但废名的大地还不是白茫茫，他有妻儿，有文学。为了彻底与过去告别，他想改名，而后索性"废名"，认真地玩味起人生的种种虚幻来。

至于他在两位老师之间的选择，留待稍后分解。

狂放与隐逸

废名的狂是出了名的。有很多关于废名狂的故事，耳熟能详。比如，他和熊十力是老乡、好朋友，但一个以佛自居，与己不合者即是谤佛；一个恃才傲物，自号"十力熊菩萨"，在学术问题上便经常龃龉争吵。

一天，废名在熊家与穿着单衣单裤的熊十力，讨论东晋高僧僧肇的学说，免不了一番争吵。两人越吵声音越大，突然没有声音了，旁人一看，原来两人扭打在一块，脖子都被对方的手卡住，发不出声来。一会儿，废名气哄哄地出门回家了。

换了一般人，还不恩断义绝，日后待我挑你学术的脚筋、泼你人格的污水。好在废名和熊十力没有生活在当代，他们不怕丢面子，敢于拿出抱腰摔腿的三脚猫功夫，却学不会那些落井下石的阴损暗招。第二天，废名又乐呵呵地来熊家喝茶聊天。最好朋友兼最佳对手是人生轩轾的最高境界，是惺惺相惜的不朽佳话。

一九四三年，父亲去世，废名请熊十力撰写碑铭。熊十力赞曰："无奇可称而实下之至奇也。"寻常人家，无奇可称；而忽忽冒出废名这样的顶尖人才，不亦至奇乎！可即便如此，废名对熊十力的很多观点还是不买账。熊十力送他一本刚出的新书《新唯识论》，废名看了大不以为然。他花三年工夫写成《阿赖耶识论》，匡谬熊十力，捅破进化论。

阿赖耶识，又称藏识，是印度佛教唯识宗的基本教义，所谓唯识就是世界和自我仅为心的综合。藏识内在于世界所有的现象中，它与种子相似，而由藏识派生出来的现实现象就好比果实。因此，藏识包含了一切将要形成的事物。熊十力认为，万法唯识是对的，但现象和事件不由藏识派生，而是本体的自然呈现，本体与现象不二。

废名反感这种形而上的玄学立场。那时他正住在老家，他认真观察农夫播种以及种子生成植物、结果的全过程，他打了一个很妙的比喻："眼识耳识鼻识舌识身识意识如流水之波，而阿赖耶识如水流。"没有水流，何来流水之波呢？

废名对自己这部书非常有信心，他在前言开篇就说："世间无人比我担负了更艰难的工作，世间艰难的工作亦无人比我做得更善巧。"一九四七年，废名对僧人一盲说："我的话如果错了，可以让你们割掉舌头。"两年后，马克思主义占据中国意识形态的主导地位，废名把《阿赖耶识论》兴冲冲地拿给刚从国外回来的卞之琳看，自以为"正合马克思主义真谛"。

他的很多名学生，如汤一介、乐黛云等都曾回忆废名在讲台上的卓言异行。比如，他给学生讲鲁迅的《狂人日记》，劈头便说："我比鲁迅了解《狂人日记》更深刻。"一名读者自称比作者更了解一部作品，这种情况很少见，但也不是不可能。废名此言透露出两个意思：一是对《狂人日记》的高度肯定；二是他对号入座，以"狂人"自居。

"废名先生讲课的风格全然不同，他不大在意我们是在听还是不在听，也不管我们听得懂还是听不懂。他常常兀自沉浸在自己的遐想中。上他的课，我总喜欢坐在第一排……现在回想起来，这种类型的讲课和听课确实少有，它超乎知识的授受，也超乎于一般人说的道德的'熏陶'，而是一种说不清、道不明的'感应'和'共鸣'。后来，听废名先生课的人越来越少，他曾讲得十分精彩的'李义山诗的妇女观'，终于因为只有三个学生选修而被迫停开了。"（乐黛云《未名湖畔》）

废名的狂绝不是轻狂，而是有所为有所不为，表现为一种坚定的学术操守和人格风范，表现为敢于对不符合自己内心原则的事说"不"。即便与他情同父子的周作人，任伪北大文学院院长时，曾写信请他回北大任教，他都没有答应，而宁愿在黄梅乡下教初中生。当初，在刚硬的鲁迅和温婉的周作人之间，他毅然选择了温婉的周作人；现在，在儒师周作人和汉奸周作人之间，他断然拒绝了汉奸周作人。这才是特立独行的废名。

废名还拒绝过另一位汉奸胡兰成。胡兰成的才气是很有名的，一本《今生今世》旖旎满纸。他写了一封信给废名，提到佛经的美在中国诗词中都有。废名回了一信，说"佛理宁是与西洋的科学还相近"。胡兰成见废名当自己幼稚，信口胡诌，便息了结交之念。能与熊十力掰腕子的废名，怎么会瞧得起胡兰成的那点小聪明？我读过胡兰成的《禅是一枝花》，粗浅如同儿戏，要是给废名瞅到，不痛骂他一顿才怪。

狂放必为世所不容，"冠盖满京华，斯人独憔悴"，这是社会生活的铁律。如果没有一颗隐逸之心，狂放者就会在社会政治的铜墙铁壁上碰得头破血流。于是，废名便生出一颗隐逸之心。

在身体安顿上，他隐于偏僻之地，从一九二七年冬天开始，他卜居京郊西山的正黄旗村，写出了代表作《莫须有先生传》；抗战期间，他因母圆寂返乡，索性携家人住到城外，奔波流徙近十年。

在职业生涯上，他安于教席讲坛，在北大上课，很少去参加那些轰轰烈烈的文学活动。他最大的文学活动是在恩师周作人的指挥下，与冯至一起创办《骆驼草》杂志，但仅办了半年即因冯至出国而停刊。住在黄梅时，他同样拿起教鞭，认真敬业地教授着乡下的中小学生。教师是废名一生的职业。

在文学创作中，他更是没有附和能带来大红大紫的杂文、幽默小品和鸳鸯蝴蝶派，而是独辟蹊径，披开政治的风云和运动的帘幕，拐入一条曲径，悠悠踱进另一片幽胜，那里有明媚的山水，有纯真的孩童，有浓郁的佛理和悠淡的禅味。当然，更重要的是，有废名如春水秋月的才情，能心领神会自然的真趣，用隐逸的身影铺展开一片诗画般的化境。

但废名的隐不全然是出世的，他总有入世的思想。废名是一个有着积极人生态度的人。他把北京西山的居所命名为"常出屋斋"，一点也不自闭；住在黄梅，时有日军进村骚扰，废名多次挺身而出，力救百姓，令乡邻称颂不已。在黄梅初级中学担任英语老师，他三度为毕业班的同学录作序，言辞恳恳，垂诲殷殷，可见其深切婆心，如"天下事的价值都不在事的本身，在乎做这事的一点心，便是敬其事之心"。即便在北京那样的新文化运动中心，废名也是热心的，周作人、俞平伯、梁遇春、程鹤西、朱英诞、林庚等无论名家，抑或新手的著作里，都留下过他的序跋。

就像废名狂放在隐逸里，其隐逸在狂放里一样，他的热烈常常躲在冷傲的后面，其冷傲往往只是热烈的一道屏风。

打通文体界限

废名在北大读的是英文系，这使他深刻体味到外国文学的精华，如莎士比亚、哈代以及俄国小说；后在周作人推荐下，又读了《堂吉诃德》。相比而言，废名的整体文风受哈代影响最深，言辞简约，描述细腻。他从西方人那里学到了文法。

中国古典文学仍然给予废名最丰富的营养，他最喜欢的诗人是陶渊明、庾信、李商隐和杜甫。如果只列前三名，杜甫就会落选，可废名不管这么多。

他写了一篇《杜甫与陶渊明》，放肆地夸赞杜甫的现实主义和人民性，那里有他的反思。但我觉得这篇文章主要是写给别人看的，因为他批判陶渊明身上的"隐逸"气，而这正是他本人所具有的。他这种自我否定并不能全部归于觉悟，而只能说是一种妥协。陶渊明的隐逸同样是和人民在一起，他的作品同样反映了当时的草根生活，只是他无缘经历"安史之乱"而已。这一点废名心里清楚得很，但发表这篇文章的时候是一九五六年，杜甫必须是"人民"的诗人。

陶、庾、李、杜是四位风格截然不同的大诗人,要把这四人的特质精华糅合到自己的创作中,并独出机杼,非大才莫能办也。废名做到了这一点,陶渊明的朴质淡泊、庾信的清新别致、李商隐的灵动跳跃和杜甫的悲天悯人,被他天衣无缝地编织在一起,形成了为无数人津津乐道的"废名风"。

"废名风"的最大特征就是打通文体界限。现在大家公认废名成绩最突出的是散文,其实废名自己专门写的散文大多是些读书和序跋文字,而其他被评论家们拨入散文一类的,他全是当作小说写的。如果按废名的意思编他的散文集,那必是薄薄的一册。废名的创作是横冲直撞,毫不讲"交通"规则的。他用唐人绝句的方法写小说,于是有《菱荡》《桃园》《沙滩》《碑》这样的精品。我们来欣赏废名小说的绝句美:

搓衣的石头捱着岸放,恰好一半在水。(《洲》)

接着不知道讲什么好了,仿佛是好久好久的一个分别。(同上)

王老大一门闩把月光都闩出去了。(《桃园》)

草是那么吞着阳光绿,疑心它在那里慢慢的闪跳,或者数也数不清的唧咕。(《芭茅》)

他走在和尚前，和尚的道袍好比一阵云，遮得放马场一步一步的小，渐渐整个的摆在后面。(《碑》)

　　聋子走到石家大门，站住了，抬了头望院子里的石榴，仿佛这样望得出人来。(《菱荡》)……

　相反，废名写诗主张散文化。这样一来，他的作品是小说，还是散文，或是诗歌，真的让人搞不清了。因此，很多人觉得废名的东西"涩"，涩一方面是陌生，没见过这样写的；另一方面是难懂，小说写得像绝句，跳跃性该有多大啊，读者得跟着节奏跳，一些地方没跳得过去，就不懂了。

　这样把文学体裁不当回事，弄得模糊混乱，有什么好处呢？最大的好处是拓展了文体空间，不让它们鸡犬相闻，老死不相往来。然后是让各种文体取长补短，比如用绝句的办法写小说，小说便会清丽、简约，留给读者更多的阅读空间，小说的意义便不会拘于一格，而是在读者的视野里五彩缤纷。诗歌适当散文化，可以减少用典，稀释诗歌浓度，变化诗歌的固有节奏，从而突出诗眼，取得更好的震撼效果。如《鸡鸣》：

　　人类的灾难／止不住鸡鸣／村子里非常之静／大家唯恐大祸来临／不久是逃亡／不久是死亡／鸡鸣狗吠是理想的世界了

这或许是口语诗的发端了。他把诗句分开，每一个都是散文化的句子，但凝聚成整体，尤其是最后一句画龙点睛，诗歌的艺术冲击力顿时成倍增强。

诗歌散文化不是让它散，而是使它更好地凝聚。"散"不是敷衍，不是敷衍成篇，而是像暴雨之前的滚雷，做好铺垫和渲染，真正出精神、出力量的地方，还得诗来说话。废名在《谈新诗》中强调诗歌内容的充实，他的诗作中有些句子分外夺目，比如"灵魂是那家人家的灯么""思想是一个美人""灯光里我看见宇宙的衣裳"，但这些句子并非劈空而撰，而是前前后后有了足够的烘托，早已呼之欲出了。

有人认为废名的诗歌近于禅诗，这种说法很牵强。废名有隐士风，好佛禅，因此评论家想当然地认为他的诗歌沾了禅的光。其实，废名在诗歌创作时从未考虑过禅诗一格，在他精彩的谈论新诗的文章中也没有提到佛禅。诗歌中有些隽永的禅意，没读过禅书的人也能做到，因为禅意本就是中国人生活中的东西。而中国历史上的禅诗，则有着强烈的义理风味和玄学气息，如寒山的诗："独回上寒岩，无人话合同。寻究无源水，源穷水不穷。"在废名的诗集中，极少此类作品。

跟青年谈鲁迅

废名在一九二一年读了周作人的《小河》后，有了给周作人写信的冲动。同年十一月，他们取得联系。一九二二年废名考进北大预科，他写的小说引起陈衡哲、胡适、周作人的关注。周作人戏言，如果废名出小说集，答应为他作序。这句话更像一句预言，后来废名出的著作几乎都有周作人的序言。

废名当时最喜欢胡适、周作人、鲁迅的作品，特别是周氏兄弟。他一九二三年九月首次拜会周作人。直到一九二五年才第一次见到鲁迅，这一年他们相见两次。废名说，第一次非常愉快，后悔自己来迟；第二次，"我觉得我所说的话完全与我心里的意思不相称，有点苦闷，一出门，就对自己说，我们还是不见的见罢，——这是真的，我所见的鲁迅先生，同我在未见以前，单从文章上印出来的，能够说有区别吗？"

但废名对鲁迅一直是很尊敬的。他曾是鲁迅主持的《语丝》杂志的重要作者。一九二四年，周氏兄弟失和，对废名有极大的心灵冲击，虽然表面上一时还看不出来。这年四月九日，废名为《呐喊》写了一个短评，发表于四月十三日的《晨报副刊》。废名说，《呐喊》里最合自己脾胃的是《孔乙己》。这篇文章被台静农收入《关于鲁迅及其著作》。鲁迅对废名的这篇文章十分认可，他在一九二六年八月八日给韦素园的信中，专门提到要送两本书给废名。

一九二七年，废名在致陈伯通的信中谈到对鲁迅杂文的感受："说到鲁迅先生，我要提出一个较大的问题，就是，个性的表现……鲁迅先生一年来的杂感，我以为都能表现他自己，是他'转辗而生活于风沙中的瘢痕'。"

在同一封信中，他着重赞赏周作人"为人的健全"；在《京报》副刊上提出"两个凡是":"凡为周作人先生所恭维的一切都是行,反之,凡为他所斥驳的一切都是不行。"

虽然一九二九年五月,鲁迅从上海来北京探望母亲,废名专程去寓所拜访鲁迅,但他在周氏兄弟之间的选择已露端倪。这次见面也成为他们最后的相见。

废名对鲁迅态度的改变,在他看来,是由于鲁迅自身的改变造成的。他敬佩"呐喊"和"彷徨"时期的鲁迅,那时的鲁迅是一个孤独者,其思想的深刻和清醒足以代表辛亥革命那个时代。但他不认同后来鲁迅在杂文中所表现出的"战斗精神",他认为这种战斗反而是鲁迅不甘寂寞的体现,"他玩笑似的赤着脚在这荆棘道上踏",他开始不孤独了,不是如临大敌,就是前呼后拥。他不明白鲁迅这样一位愤世嫉俗者为什么会成为"多数党",成为大伙儿竞相恭维求宠的对象。

一九三〇年初,鲁迅参加中国自由运动大同盟和中国左翼作家联盟,废名觉得鲁迅占山为王了,终于忍无可忍,以丁武的笔名在《骆驼草》发文,指出鲁迅、郁达夫组织所谓"左联",是"文士立功",有政治野心,属"丧心病狂"之举。一九三四年十月,废名在《人间世》发表文章《知堂先生》,倾心于周作人"令人可亲"的"中庸之妙"。鲁迅写了《势所必至,理有固然》一文,批驳废名的文学观,并将他的笔名顺带讥刺了一番:

> 写文章自以为对于社会毫无影响,正如称"废名"而自以为真的废了名字一样,"废名"就是名,要于社会毫无影

响，必须连任何文字也不立，要真的废名，必须连"废名"这笔名也不署。

废名与鲁迅都是才高八斗之士，也都是热肠沸涌之人。然而，废名因佛禅文化的浸润，创作对于他来说，是怡养性灵的修行，好比他热衷的趺坐；鲁迅则受留学日本那段经历的影响，文字是他扔向敌阵的投枪匕首，一如他习惯性的横眉冷眼。他们自然走不到一起。以废名的才情，却研禅论佛，不做时代和社会的弄潮儿，鲁迅唯有痛之惜之；而以鲁迅的大气，不将自己彻底的孤独化成传世之作，却东批西揭，聚众吆喝，废名亦唯有痛之惜之！

事实证明，在社会的政治化面前，这两者都走不多远。关键在于，他们都是文人而不是政客。鲁迅的孤独是中国文人最大的孤独，以至于在他之后，聪明的文人再没人愿意钻进那种孤独里去。一九三六年鲁迅去世全了他的旷世孤独。真的无法想象，如果活到二十世纪五六十年代，鲁迅会成为什么样的人呢？仍然当他的旗手，抑或仍是一名斗士？供奉如神，还是被迫害致死？任何假设都是无效的，中国新文化里一颗绝无仅有的孤独种子，因为死亡而得以保存和不朽。

这是新文化的幸运，还是它的悲哀？

碰巧，废名活到了六七十年代。一九四九年之后，鲁迅在遗像上依然面不改色地统领着中国文坛，政治需要和文化误读使得死亡的幽灵更加活跃——他已经被活人操纵。通过修身养性和时代熏染，早已由狂士变成儒师的废名出版了一本书《跟青年谈鲁迅》。这是废名著作中最少被人提及，但应当是最引起关注的一本，他典型地反映了中国知识分子的一段心路历程，"洗澡"之后的"新生"，最后全国所有文人齐聚"鲁迅"旗下，个性统统被无情地稀释与取消。废名说：

> 鲁迅先生给我的教育，不是鲁迅先生生前给我的，是鲁迅先生死后，是中国已经解放了，有一天，我感得我受了鲁迅先生很大的教育。

这一句平淡之语饱含着沉痛与悲凉。废名生前为鲁迅写过评、得到过赠书、登门拜访过、论战过等等，偏偏得到鲁迅先生的教育是在他死后！曾经狂放的废名，修身养性的废名，不管以前是如何样的废名，都得变成认识到"必须有高度的政治热情""政治与业务不是分离的"废名。而即便是这样的废名，也没能逃过一九六七年的劫难。

废名的侄儿冯健男先生在谈到废名与鲁迅的关系时，不太认同把废名看成诗化小说的开创者，而认为开创者、拓荒者只能是鲁迅，"小说的诗意、多种多样的写法以至乡土气息，也是鲁迅开创的。鲁迅的创作和启迪滋养了我国现代的一批又一批的作家，其中包括了冯文炳——废名"（《冯文炳选集》编后记）。

这或许是健男先生站在冯门角度上的低调自谦，但这种把鲁迅推到"文学集大成者"的做法是对鲁迅最大的误读，是对中国文学最大的毒害。我想，九泉之下的废名先生，是不会首肯的。

如梦的真实和梦的真实

废名有一句名言:"感不到人生如梦的真实,但感到梦的真实与美。"这是他心灵的真实写照。废名是个唯美主义者,虽然出入禅佛,但美才是他至高无上的宗教。他希望人生如梦一般的美,但那一种真实始终只在他的梦中。

> 我在女子的梦里写一个善字,
> 我在男子的梦里写一个美字,
> 厌世诗人我画一幅好看的山水,
> 小孩子我替他画一个世界。(《梦》)

一九二二年,废名怀着新奇和自信来到北京。他极为幸运地成为名师周作人的门下弟子。周作人待他像亲生儿子一样,在他穷困的时候让他住进自己家里。一九二五年,废名第一本小说集《竹林的故事》出版,这套丛书的体例上没有序言,可周作人破例为废名作了序。鲁迅和周作人主持《语丝》时,废名在《语丝》发表了长篇诗化小说《桥》,一跃而为语丝派重要作家。在鲁迅、周作人与现代评论派的斗争中,他像风雨中的海燕,显出矫健风姿。这段日子,废名享受到了他文学生涯难得的一段"梦的真实"。

但好景不长,周氏兄弟决裂,废名开始偏向周作人。一九二六年六月,废名在日记中写道:

我近来本不打算出去，出去也只随便到什么游玩的地方玩玩，昨天读了《语丝》八十七期鲁迅的《马上支日记》，实在觉得他笑得苦。尤其使得我苦而痛的，我日来所写的都是太平天下的故事，而他玩笑似的赤着脚在这荆棘道上踏。又莫名其妙的这样想：倘若他枪毙了，我一定去看护他的尸首而枪毙。于是乎想到他那里去玩玩，又怕他在睡觉，我去耽误他，转念到八道湾。

可废名万万没有想到，住在八道湾的"为人的健全"的典范——周作人会在抗战期间附逆日本人，沦为汉奸。虽然废名拒绝了周作人请他回校教书的邀请，他心海的波澜却依然无法平息。一方面，他相信恩师，感谢恩师；另一方面，他深为恩师的堕落感到羞愧。他只有无言，在僻远的乡间独自咀嚼着寂寞和清苦。一九四六年，废名经南京到北平，借叶公超的关系，探望了狱中的周作人，给四面楚歌的周作人以无限安慰。但对这次会见，废名依然保持着沉默，他默默地守护着这份师生之谊。

全国解放，废名和周作人都留在了大陆。新的时代让废名有新的踊跃、新的向往，他用一颗孩童般的心来拥抱这个新社会、新时代，他渴望能从此陶然于新时代"梦的真实"里。他甚至向卞之琳炫示，他的《阿赖耶识论》符合马克思主义真谛。

但"如梦的真实"继续向他展示残酷的一面。一九五二年，废名在北大因受排挤被下放到东北人民大学（今吉林大学）。他在学生面前慨叹:"如今我已不能指导你们了,对于国家,我觉得很悲观,讲理也讲不清,不知道该怎么办。"

他对来访者说:"我以为这里需要我,其实这里并不需要我,半年多没有给我分配工作。你们把我扔了,下面还不把我扔了,像破抹布一样?"

一扔十五年,废名在吉林大学讲杜甫,讲诗经,讲美学,同时还要讲鲁迅。此时,任何讲述都已不能遵循自己的内心了,比如三十年代他在黄梅乡下小学给学生们讲的:"鲁迅其实是很孤独的,可惜在于爱名誉,也便是要人恭维了,本来也很可同情的……他写《秋夜》时是很寂寞的,《秋夜》是一篇散文,他写散文是很随便的……"而现在必须这样讲:"我过去以为我懂得中国文学,其实很不懂得,不懂得屈原,不懂得鲁迅,怎么配说懂得中国文学呢?要懂得屈原,懂得鲁迅,就必须有高度的政治热情,政治与业务不是分离的。"

不久,废名出版了《跟青年谈鲁迅》一书。周作人读后,给废名写了一封信。废名读着信,只说了一句"周先生觉得我写得不对",旋即黯然神伤,好几天不言不语。

接下来十余年,对周作人和废名来说,都是一场噩梦。尤其是"文革"发生后,废名被封为"反动学术权威"。一九六七年八月底,废名的儿子冯思纯接到"父亲病危速归"的电报,遂乘飞机由北京赶回家。

"到家后,见父亲躺在床上,面黄肌瘦,腹部已化脓、溃烂"。

一周后,废名离开人世,死前喃喃问道:"中国的'文化大革命'到底是怎么回事?看不到它的结果,我是很不甘心的。"而在此前四个月,周作人已去世。

都说人生如梦,可废名感受不到"如梦的真实",他便只有在"梦的真实"里偷生。他自己经受着人生一个长长的噩梦,却用一枝生花之笔,留下了一个个梦的"美"和"真实"。没有什么是不真实的,包括美与丑,包括梦与人生。

你一定要读废名

在新文化运动的浩浩星空中,废名是一个独特的星座。他在现代喧嚣的云层中,散发着寂寞的光芒。这种光芒不像火焰,恣意地燃烧,焰苗凭风不断腾空而上,烘烤得周遭万物都像要跟着燃烧起来;相反,这种光芒是内敛的,它把万物的光华慢慢聚拢,聚成梦幻般的姿势,再一点点注进它们空旷的内心。

所以,江湖俗客不要读废名,心里被琐事塞满的人不要读废名,喜欢高头讲章和高声大叫的人不要读废名,附庸风雅的人不要读废名,读文章一定要读懂的人不要读废名,为了写论文当教授的人不要读废名。如果你不是上述几种人,那么,你一定要读废名。

废名的诗歌极具前卫意识和探索精神,与散文、小说的旖旎清丽相比,他的诗歌简截如快刀削面,跳跃似珠玉落盘。迷离惝恍之中,忽有顿悟;山重水复之间,蓦见花明。他的诗句,空空落落,好像一支无序的队伍,但若有会心,则定然能看到它坚定的走向，直入意象和现实的百万军中，取得上将首级。

比如《街头》：

行到街头乃有汽车驰过，／乃有邮筒寂寞。／邮筒PO／乃记不起汽车的号码X，／乃有阿拉伯数字寂寞，／汽车寂寞，／大街寂寞，／人类寂寞。

比如《飞尘》：

不是想说着空山灵雨，／也不是想着虚空足音，／又是一番意中糟粕，／依然是宇宙的尘土，——／檐外一声麻雀叫唤，／是的，诗稿请纸灰飞扬了。／虚空是一点爱惜的深心。／宇宙是一棵不损坏的飞尘。

废名之所以成为废名，在于那些诗化的小说和散文，周作人评价"像一溪流水，遇到一片草叶都去抚摸，然后汪汪流出"；拿废名自己的话说，是"从美人身上一点一点东西写到身外之物很远很远的山水上面去了"；甚至还可以反过来说，是从身外之物很远很远的山水上面写到美人身上来了。

废名借莫须有先生的嘴叹道："人世色声香味触每每就是一个灵魂，表现到好看处就不可思议。"有人认为虽设想奇丽，却落入魔障。此言差矣，这是为人世色声香味触的正名，是一曲造化钟神秀的美的颂歌。美无处不在，无论堕落的地方，还是上升的地方，它都在不遗余力地引导着人类的心灵。无视美的存在的人，谁又能救得了他呢？

我以为，废名在中国现代文学史上一直被严重低估。虽然认同他的人越来越多，虽然公认他是"诗化小说"的鼻祖，但人们多看到他的独特，多欣赏他如诗如画的一面，而忽略了他的深刻，忽略了他洞若观火、举重若轻的一面。

废名的巅峰之作无疑是《莫须有先生传》。

这是一部自传体长篇小说，灵感最初来自陶渊明的《五柳先生传》，"离莫须有先生家有五里，路边有五棵大树，于是树以人传，人以树传，名不虚传"。

主人公取名莫须有，与"废名"异曲同工。

在莫须有先生身上，融会了查拉斯图拉和堂吉诃德的双重品质，又合成孔乙己和狂人的各自特性，可见废名说他比鲁迅更深刻地了解《狂人日记》，是有底气的。莫须有先生如痴，如呆；时迂，时智；似滑，似贤；或迷，或醒，往往在不经意间，对人生发问，直指命运的荒谬和诡谲，却始终相信世界的美好。

> 至于打起仗来，生生死死两面都是一样呵，一枪子射过来，大概没有什么的罢，一个野兽的嗥叫罢了。（《莫须有先生下乡》）

> 观世音的手上托了一只净水瓶，净水瓶内插了一枝杨柳枝，要洒就很有姿势的向人间一洒，比咱们万牲园狮子口里

水喷得好看多了。(《莫须有先生今天写日记》)

乡间青年《鲁迅文选》《冰心文选》人手一册,都不知是那里翻印的,也不知从那里传来的空气,只知它同自来水笔一样普遍,小学生也胸前佩戴一支。总之新文学在乡间有势力了。夫新文学亦徒为有势力的文学而已耳,并不能令人心悦诚服。"(《莫须有先生教国语》)

他相信真善美三个字都是神。世界原不是虚空的。懂得神是因为你不贪,一切是道理了。我们凡夫尚且有一个身子,道理岂可以没有身子吗?这个身子便是神。(《莫须有先生坐飞机以后》)

《莫须有先生传》既严谨、稳实,又幽默、生动,暗喻与明喻交相辉映,日常和永恒并辔而行,它描绘和记录了二十世纪初中国社会的世相,是一部可与《围城》媲美的优秀长篇小说。

在中国现代作家群中,废名是与张爱玲、林语堂、钱锺书同一级别的大家。所以,你一定要读废名!

白莽：戴着诗意的花圈

不可思议的选择

向上的革命和向下的堕落有时来自同一个原因，比如家庭的宠溺和约束所造成的逆反心理，最终形成决裂与背叛。向上和向下方向的不同，则取决于内在的信仰。白莽就是在一个典型的中国式家庭中，受到新时代影响，选择了革命而不是堕落。

那时，旧的制度、旧的文化刚刚被新的潮流摧枯拉朽。但在新的潮流中，同样隐藏着旧的惊涛骇浪。无数矛盾、问题、冲突在社会各个领域、各个层面，在每一个人的心灵深处夹杂、纠缠、扞格、互相制约。于是，置身其中的人，他们的思想向度和价值观就会增添更多的可能性，有的犹疑观望，有的义无反顾；有的犹疑观望之后再义无反顾，有的义无反顾之后又回到犹疑观望之中；还有的在向一个方向义无反顾之后忽而转头向另一个方向义无反顾……

白莽的老家在浙江象山县怀珠乡大徐村。他于一九一〇年端午节那天出生，这是否昭示着他身上秉承了屈原"虽九死其犹未悔"的血气呢？

白莽本姓徐，家谱上的名字叫徐孝杰，小时候家里人叫他徐柏庭，读书时用的学名是徐祖华。一九二七年九月，他借了上虞人徐文雄的中学毕业文凭，考取同济大学德文补习班，遂易名为徐文雄，号之白，别名徐白，笔名白莽即由此演化而来。像那个年代的文人一样，白莽用过很多笔名，如任夫、殷孚、莎菲、沙洛及Ivan等，其中最有名的是殷夫。

不断地换名，其实是不停地改头换面，在社会夹缝中腾挪躲闪，以保全性命，安顿身心。"苟全性命于乱世"，两千年前诸葛亮的低回之语，在二十世纪初，更加贴切地充满着沉痛与悲凉。

白莽的父亲是个农民，他勤学习，好医术，靠自己琢磨出道，治病疗伤，在当地口碑甚佳。母亲则是一个精明能干的家庭妇女，相夫教子，把一个家打理得井井有条。因此，等白莽出生的时候，他有一个不错的家境。

白莽有三个哥哥、两个姐姐。大哥徐培根曾留学德国，当过蒋介石第五军参谋处处长和国民政府航空署长，二哥、三哥也在国民党军队中任职。白莽是家里最小的儿子，又极聪明伶俐，九岁博览群书，十五六岁即诗名远播，因此备享父母兄姐的宠爱。

按常理，他可以吆五喝六、纸醉金迷，做他的纨绔子弟去；也可以利用兄长的"优质"资源，到国民党那里捞个职务，运气好的话说不定可以在厅级干部位子上退休；若是要弄文学，就待在家里，拥书万卷，写出来找个出版社自费出版，哥哥属下的文学爱好者们人手一册，不也名利双收啦……

但白莽偏偏选择了一条最不可思议的道路——革命。

白莽受到的宠爱有加，让他并不自在。他感觉自己像一个未成型的瓷器，父母呵护在掌心，生怕掉下来打碎了；而三位兄长，尤其是大哥徐培根，一心只想按照自己的模式塑造三个弟弟，前两个均塑造成功，三弟如此人才，他更是雄心勃勃，要让三弟出人头地。

大哥的这种强势让白莽非常反感，他先是不自觉地朝与大哥给他安排的相反的道路上走。"春给我一瓣嫩绿的叶，我反复地寻求着诗意"，这个生性热爱诗歌的少年，发现从小就没有诗意，到处都是势利的嚣张和被压迫者的呻吟。"我有一个希望，戴着诗意的花圈，美丽又庄朴，在灵府的首座"，他似乎早早地预感到他诗歌的使命将是不同寻常的，就像他在《孩儿塔》中所写的：

> 你们为世遗忘的小幽魂，
> 天使的清泪洗涤心的创痕；
> 哟，你们有你们人生和情热，
> 也有生的歌颂，未来的花底憧憬。
>
> 只是你们已被世界遗忘，
> 你们的呼喊已无迹留，
> 狐的高鸣，和狼的狂唱，

纯洁的哭泣只暗绕莽沟。

……

这时，他已执意要唱出自己"生的歌颂"，追求"未来的花底憧憬"，来对抗"狐的高鸣，和狼的狂唱"。

一九二〇年秋，十一岁的白莽就读于象山县立高等小学。当时，五四之风已吹遍校园，师生们经常聚会，宣传打倒列强，反对军阀，让白莽眼睛越来越明亮，思考越来越成熟。三年后，大哥徐培根把他接到上海，考入民立中学"新制"初中一年级。

一九二五年五卅惨案发生，白莽所在的民立中学群情激愤，"三罢"斗争如火如荼，白莽积极参与其中。暑假，他回到家乡，和进步文艺团体新蚶社的旅甬、旅沪等青年们打成一片，成立五卅运动外交后援会。同时，他开始以新诗为武器，在《新蚶刊》上抨击帝国主义侵华和国民党的暴行：

南京路的枪声，／把血的影迹传闻，／把几千的塔门打开，／久睡的眼儿自外探窥，／在群众中羞怯露面，／抛露出仇恨，隘狭语箭！（《意识的旋律》）

结识共产党人贺威圣、杨白是这个时期的大事，它让白莽奔涌的热血找到了正确的航道。一九二六年七月，白莽用徐白的名字，跳级插班考入上海浦东中学高三年级。浦东是上海产业工人的集中地，他在这里深切了解到中国工人的生存状况。他加入了共产主义青年团。第二年，蒋介石发动四一二反革命政变，白莽因一个"獐头小人"告密而被捕并囚禁了三个月，险被枪决，后在徐培根的保释下出狱。

这是他第一次入狱。但这次入狱更加坚定了他的斗争信念，一出来他的诗风大变，不要意象，不要隐喻，甚至连韵律都一脚踢掉。他用最直接、最简要、最有力的方式写出诗歌，从而让诗歌远远超出文学作品的范畴，变成挥舞拼杀的利器。

朋友，有什么呢？／革命的本身就是牺牲，／就是死，就是流血，／就是在刀枪下走奔！……同志们，快起来奋争！／你们踏着我们的血、骨、头颅，／你们要努力地参加这次战争！（《在死神未到之前》）

我以为，这是白莽的第一次牺牲——他首先牺牲了自己的文学生命。一个热爱诗歌，也能写出很好诗歌的青年，毅然抛弃诗歌的基本要素，抛弃让自己作品传之久远的可能，全身心投入到战斗当中。这是令人钦佩的。

别了，哥哥

出狱后，白莽听说母亲为他思念成疾，就利用养伤的机会，回家探望。母亲才知道了他所从事的活动十分危险，但母亲没有阻拦他，只是一个劲地叮嘱：

"柏庭，你要小心呢！"

一九二七年九月，白莽考入同济大学附属德文补习科一年级乙组，和同学中的共产党员王顺芳、陈元达结成好友。不久他转为中共党员，当上了学生代表、学生会干部，主办油印文艺刊物《漠花》。

翌年初，白莽加入蒋光慈、钱杏邨（阿英）组织的革命文学团体——太阳社，组织关系隶属于上海闸北区第三街道支部，书记潘汉年，支委阳翰笙。这段时间，他的创作也进入一个高潮，《独立窗头》《孤泪》《给某君》《啊！我们踯躅于黑暗的丛林里》等，都是掷地有声的檄文。

啊，我们踯躅于黑暗的，黑暗的丛林里，／世界大同的火灾已经被我们煽起，煽起，／我们手牵着手，肩并着肩，喷着怒气……／在火中我们看见了天上的红霞，旖旎！

（《啊！我们踯躅于黑暗的丛林里》）

同年秋，白莽再次被捕。大嫂张芝荣托徐培根在上海找熟人保释。获释后，他回到同济大学。党组织考虑到他和王顺芳、陈元达的安全，安排他们暂时转移到象山。十月，白莽在二姐徐素韵任校长的县立女子小学当教师。他以小学教员作掩护，深入白墩、爵溪等地的农村进行社会调查，编写革命诗章，发动学生排演话剧，到乡下村镇演出。观者如潮。

一九二九年二月，白莽在二姐的资助下，重返上海。找到地下党组织后，他决定离开学校，专门从事共青团和青年工人运动。至此，白莽完全实现了从叛逆青年向职业革命家的转变。

他的一意孤行大大触怒了以徐培根为首的家长。他不仅没有按照兄长所期待的去做，反而因为有一个这样的弟弟，使得哥哥们在国民党军队里受到牵连和怀疑，大大影响到升迁和发展。

劝的劝，哄的哄，逼的逼，都不能让白莽回头。徐培根失望至极，在白莽第二次遭捕后，他已无心营救。如果不是大嫂张芝荣出面，白莽恐怕凶多吉少。不久，白莽收到徐培根一封痛斥他的信。这封信促成他写下了与兄长的决裂诗《别了，哥哥》：

> 别了，我最亲爱的哥哥，／你的来函促成了我的决心，／恨的是不能握一握最后的手，／再独立地向前途踏进。//二十年来手足的爱和怜，／二十年来的保护和抚养，／请在这最后的一滴泪水里，／收回吧，作为噩梦一场。//你诚意的教导使我感激，／你牺牲的培植使我钦佩，／但这不能留住我不向你告别，／我不能不向别方转变。//在你的一方，哟，哥哥，／有的是，安逸，功业和名号，／是治者们荣赏的爵禄，／或是薄纸糊成的高帽。//只要我，答应一声说，／"我进去听指示的圈套，"／我很容易能够获得一切，／从名号直至纸帽。//但你的弟弟现在饥渴，／饥渴着的是永久的真理，／不要荣誉，不要建功，／只望向真理的王国进礼。//因此机械的悲鸣扰了他的美梦，／因此劳苦群众的呼号震动心灵，／因此他尽日尽夜

地忧愁，／想做个普罗米修士偷给人间以光明。∥真理和愤怒使他强硬，／他再不怕天帝的咆哮，／他要牺牲去他的生命，／更不要那纸糊的高帽。∥这，就是你弟弟的前途，／这前途满站着危崖荆棘，／又有的是黑的死，和白的骨，／又有的是砭人肌筋的冰雹风雪。∥但他决心要踏上前去，／真理的伟光在地平线下闪照，／死的恐怖都辟易远退，／热的心火会把冰雪溶消。∥别了，哥哥，别了，／此后各走前途，／再见的机会是在，／当我们和你隶属着的阶级交了战火。

这是白莽极为重要的一首诗。从这首诗中，我们可以看出：第一，骨肉亲情。白莽并不是冷酷无情，相反，他对兄长充满着手足之情。第二，对社会、人生，以及自我前途的洞察，说明他的所有行动都不是情绪化，不是冲动，而是在良知和真理指令下的奋然前行。第三，抱着必死的决心，对此一战斗的凶险性有着充分的思想准备。

这是一个成熟的革命者的宣言。

我以为，这是白莽的第二次牺牲——他牺牲了自己的家庭和亲情。断然放弃那么优越的条件，放弃一切可以让个人获得舒服、美满和世俗幸福的因素，全身心投入到战斗当中。这是令人敬仰的。

若为自由故

生命诚可贵，

爱情价更高；

若为自由故，

二者皆可抛！

匈牙利诗人裴多菲这首流传甚广的诗篇《自由与爱情》就是不到二十岁的白莽翻译的。当然，白莽不是它的首译者，第一个翻译这首诗的中国作家是大名鼎鼎的茅盾。但由于茅盾不写诗，他的译笔太散，不精致，因此没有流传下来。

裴多菲被鲁迅誉为"伟大的抒情诗人，匈牙利的爱国者"，将他与拜伦、雪莱、普希金相提并论。裴多菲只活到二十六岁，一八四九年，当奥俄联军入侵匈牙利，企图颠覆尚在襁褓中的共和国时，裴多菲投笔从戎，策马驱驰，战死疆场，留下美丽而独立的祖国，留下可爱而寂寞的妻子尤丽亚，留下"我愿意是激流"的不朽回响。

裴多菲就是白莽的榜样、典范和先驱者。他非常喜欢裴多菲这首《自由与爱情》，译成中文后，他曾请求姐姐把它绣在他的枕头上。

白莽也有他热恋的情人——盛淑真。她是白莽的二姐徐素韵在杭州蚕桑讲习所时的同窗好友，她外柔内刚，颇有主见。一九二六年暑假，白莽从上海民立中学毕业后，到杭州游玩，住在广福路徐培根的家里。有一天，徐素韵带了好朋友盛淑真过来吃中饭。白莽在女孩子面前很害羞，他没有和这个看一眼就喜欢上了的女孩说一句话。盛淑真笑吟吟地走了，少年白莽却满怀心事，此情无计可消除。二姐看在眼里，喜在心里，要白莽给她的好朋友写信。这一写便不可收，一张好大好大的情网罩住了两颗年轻的心灵。

"殷夫"这个笔名正是在鱼雁往返的游戏里取的。那个叫徐白的少年渴望自己是一个大丈夫，敢于爱，敢于担当，种种殷切，种种殷勤，全在不言中。

白莽喜欢在每封信落款时把"殷夫"两个字写得大大的，仿佛他已经顶天立地了。而殷者，红也，不经意间他把自己的一生与红色联系在一起。他真的成了一名杰出的红色诗人。

转眼两年多过去，已由清秀小生变为坚毅革命者的白莽，在组织安排下，回到象山县二姐所在的学校代课，担任自然课程讲授。碰巧徐素韵邀了盛淑真来学校帮她。故乡逢知己，本应是激情四射，本应有无尽倾诉，可白莽在公开场合见了盛淑真，像不认识似的。他们一起教课，同桌吃饭，白莽旁若无人，外人打死也不会相信这是一对恋人。

只是每到晚上，面对白白的纸笺，白莽立马恢复了轻松与自信，他把白天想说的话一个劲地涂抹到纸上，他三个月写了二十多首诗，左一个"我的心"，右一个"玫瑰花"……这时候，爱情成了白莽的户主，革命带来的危险暂时放在偏房里歇着。

但白莽没有忘乎所以。爱情的甜美溢遍全身，却软化不了他的革命意志。他深知自己在做一件什么事情，作为一名诗人战士，他无时不敏感到死神的窥探。他是决意去死的，可现在他决意爱着，享受这人生短暂的甘醪。爱与死的矛盾让他产生了一种罪恶感，对爱人的负罪——他多么想爱一个人，然而，他的爱只会给她带来死亡的气息。

死以冷的气息，吹透你的柔身。

我蹂躏你，我侮辱你，我用了死的尖刺，透穿了你的方寸。

……

白莽白天面对盛淑真时的冷漠，正是这种负罪感的集中体现。他不敢执子之手，因为他不可能"与汝偕老"。而他那些如痴如醉、如泣如诉的诗稿竟一直深锁屉中，从没有勇气去拿给姑娘看。

盛淑真爱上了才华横溢的白莽，她的"殷夫"。她甚至曾把自己的名字改为"盛孰真"，准备和他一起干革命。一九二七年九月，白莽考入同济大学时用的徐文雄的高中毕业文凭，就是盛淑真帮他借的。她等着心上人手捧炽热的诗稿，敲开她的房门，送给她一个定情的亲吻。

她没有得到任何答案。其实，答案白莽早已写出，就在他抽屉的诗稿中——"明晨是我丧钟狂鸣，青春散陨，／潦倒的半生殁入永终逍遥。／我不能爱你，我的姑娘！"（《宣词》）这个年轻的革命者，他只有硬着心肠给姑娘以冷漠，他既无法说出违心的"我不爱你"，更没有勇气向她表白"我爱你"。写在纸上的诗句像一颗颗钉子钉在他心上，但他没有别的答案。

为了更多人的自由！

一九二八年底的一天，在杭州警察局任职的盛淑真的父亲，发来电报，说给她在省建设厅谋得一个广播员职位，要她尽快回去。盛淑真一边哭一边收拾行装，她把一件件衣服抖开，折好；再抖开，又折……她在不断地耗费时间，她在耐心地等着，等着那一声敲门……

那一夜比一个世纪还长，比一生还长。

那是一个寒冷而寂静的夜。

天蒙蒙亮，盛淑真的房间就空了。房门洞开着，像一个永远空着的等待。

我以为，这是白莽的第三次牺牲——他牺牲了自己的爱情。"若为自由故，二者皆可抛"，他实实在在地在抛弃生命之前，将一切可以抛弃的都抛弃了。在自由和真理面前，他是一个不折不扣的死士。这是令人叹为观止的。

鲁迅的器重

白莽与鲁迅的第一次见面应是一九二九年六月二十三日。他先投了一个稿子——译自德文的《裴多菲传》，给在《奔流》做编辑的鲁迅。鲁迅觉得不错，写了一封信去讨要原文。可那篇原文不是单独成篇，而是放在诗集的前面，邮寄不方便。白莽在柔石的引荐下，带着《裴多菲诗集》亲自登门拜访他心仪已久的鲁迅先生。这本诗集的第二页上写着"徐培根"的名字，鲁迅看了以为是白莽的本名。

见到鲁迅，白莽大失所望。鲁迅不大说话，给人以冷傲威严的感觉，这使自幼受到家庭宠爱的白莽很不习惯，他的表情渐渐生硬起来。与初次见面的人交谈不多，这又正是鲁迅的习惯。尤其是初来乍到的年轻人，鲁迅总是倾听的时候多。一来，找他的年轻人，大都是满肚子话要说；二来，鲁迅借此观察和了解对方，探探他们的底细和来访的动机。他对白莽的第一印象是"一个二十多岁的青年，面貌很端正，颜色是黑黑的"。当时，细心的鲁迅发现了白莽的尴尬，他故意幽了一默，现在时兴攀老乡，那我们是宁绍大同乡呵。

白莽却一点也幽默不起来。他回到住处，第一件事就是给鲁迅写信，表示很后悔这次见面。不满之意跃然于字里行间。鲁迅对青年的包容在这件事上表现得淋漓尽致。他立即回信，向白莽解释："初次相会，说话不多，也是人之常情。"并告诉他，翻译不能由着自己的爱憎去改变原文，他嘱咐白莽再译几首裴多菲的诗，还特意送了自己珍藏的两本裴多菲著作供他参考。

信和书是鲁迅托柔石送过去的。白莽收到信后，很开心，立即译了几首诗，再送给鲁迅。这次谈话便多起来了。白莽翻译的裴多菲的传和诗，一起刊登在《奔流》第二卷第五本。

鲁迅第三次见到白莽，到了一九二九年七月四号。那次见面的详情，鲁迅在《为了忘却的纪念》一文说得很清楚，也很生动：

我记得是在一个热天。有人打门了，我去开门时，来的

就是白莽，却穿着一件厚棉袍，汗流满面，彼此都不禁失笑。这时他才告诉我他是一个革命者，刚由被捕而释出，衣服和书籍全被没收了，连我送他的那两本；身上的袍子是从朋友那里借来的，没有夹衫，而必须穿长衣，所以只好这么出汗。

白莽还告诉鲁迅："这是第三回了。自己出来的。前两回都是哥哥保出，他一保就要干涉我，这回我不去通知他了……"

这时鲁迅才知道，那个"徐培根"是白莽的大哥。

这次见面，白莽给鲁迅留下了极好的印象。如此一名年轻有才的文学青年，却又是如此一位不顾一切的革命者。这正是鲁迅最期待、最赏识也最疼爱的。鲁迅是那种一竿子插到底的决绝者，他瞧不起那些在革命道路上犹疑拖慢、首鼠两端的人，他把刘半农、废名等都归于此列，因而由青眼转为冷对。

他赶紧以付稿费的形式，给了白莽二十元钱，要他去买一件长衫。至于落在捕房手上那两本"明珠投暗"的好书，就只有痛惜的份了。从此，鲁迅与殷夫虽不常见面，联系却十分密切。自一九二九年六月十六日至一九三一年一月，也就是白莽最后一次被捕前，白莽（殷夫）在鲁迅日记中出现了十八次。

为了忘却的纪念

一九三〇年三月二日，以革命文学团体创造社、太阳社成员和鲁迅周围的作家为基础，中国左翼作家的精英们成立"中国左翼作家联盟",简称左联。"左联"的三人主席团为鲁迅、夏衍、阿英。在成立大会上,鲁迅作了《对于左翼作家联盟的意见》的著名演讲。演讲中的一句话就是:"我们急于要造出大群的新的战士。"

白莽在左联非常活跃,他与柔石交情最好,都是"左联"缔造和培养出来的"新战士"的代表。柔石比白莽大将近八岁,浙江宁海县人,原名赵平复。他曾跟鲁迅谈起,在老家时,一位乡绅看中了他的名字,一定要让给他儿子用。鲁迅据此推断他最初的名字应该是"平福",拗不过乡绅才改为"平复"的。

鲁迅很喜欢柔石,他硬气,加上有点迂,"只要是损己利人的,他就挑选上,自己背起来"。取"柔石"这个笔名确乎有名如其人之感。

柔石与白莽在性情上有些不同。白莽聪明过人,性情果毅,该狠的时候狠得下来。柔石则略显憨厚,容易相信别人,热情得有些盲目。比如,同是危险,白莽和柔石都会冲过去,但白莽是明知有危险而不惧怕,柔石却是压根儿不知道那里有危险。

在创作上,柔石的成就更高,他的《为奴隶的母亲》和《二月》均为中国现代文学史上的名篇。特别是长篇小说《二月》,主人公肖涧秋是典型的中国知识分子形象,他的命运也是典型的中国知识分子的命运。鲁迅在《柔后作〈二月〉小引》中写道:

　　他极想有为,怀着热爱,而有所顾惜,过于矜持,终于连安住几年之处,也不可得。他其实并不能成为一小齿轮,跟着大齿轮转动，他仅是外来的一粒石子，所以轧了几下，发几声响，便被挤到女佛山——上海去了。

柔石谈了一个女朋友，叫冯铿。冯铿是广东潮州人，她不喜修饰，爱好辩论，敢作敢为，她的名言是"我从不把自己当女人"。她父母欲将她许配给有钱人家，她却看上了父亲的学生许美勋。一九二九年元宵节，她和男友许美勋私奔至上海，在一所民办的持志大学英语系读书。这年五月，革命者杜国庠介绍她加入中国共产党。她参加了左联的成立大会，分配到左联工农工作部。

柔石带冯铿去见过一次鲁迅。鲁迅一眼看出她是他的女朋友。他对冯铿的印象不怎么好，"我疑心她有点罗曼谛克，急于事功"；"她的体质是弱的，也并不美丽"。鲁迅看待女性当然也是男性视角，他不喜欢浓眉大眼、风风火火的男子型女子，他喜欢像许广平那样调皮主动又常常撒些娇的女子，也喜欢性格坚忍却"始终微笑着的和蔼的刘和珍君"那样的女子。

体质弱也并不美丽的冯铿却有着火一般的激情，几乎融化了柔石；而柔石非凡的才气早已打动冯铿。"自看了你的《二月》以后，一种神秘的、温馨的情绪萦绕着我……每一个时间空间我的心里总是充塞了这样不可救药的情绪……好像完全转换了另一个人！'这就是恋爱么？'"两人一拍即合。可是，柔石家有发妻，冯铿屋子里有男朋友，怎么办？

冯铿好办，她想做的事没什么能拦住她。柔石呢，家里的妻子吴素瑛因父母之命而来，他们缺乏感情基础。吴素瑛是个典型的旧式女子，晚上连接吻都不愿意。柔石跟冯铿罗曼蒂克地畅谈文学，跟妻子只能聊些家里老母鸡生蛋、三哥家小儿子得麻疹死了之类的事情。何况妻子还不在身边，与冯铿同居，柔石没有任何心理障碍。

对冯铿的男朋友许美勋，柔石想出一个书生气十足的办法——写信，希望能得到"坦白从宽"的处理。许美勋收到柔石的信后是何种反应不得而知，但似乎没有太大的异议，柔石与冯铿很快住在一起了，他们还发誓为了革命，不生孩子。

遗憾的是，这种幸福日子太过短暂，估计不到三个月。一九三一年一月十七日，他俩和白莽、胡也频、李伟森在上海三马路东方旅社参加一次党的会议时，由于叛徒告密，被英帝巡捕房悉数逮捕。前一天晚上，柔石还到了鲁迅家里，明日书店想印鲁迅的译著，托他来问版税如何付。鲁迅抄了一份他与北新书局签的合同给他。柔石被捕时这份合同仍在他口袋里，这给鲁迅带来了麻烦。媒介传言鲁迅已经"被捕"，还被"刑讯"，别有用心的人在报上纷纷揭露鲁迅的"罪状"，有的甚至故意透露鲁迅住址，促请当局搜捕。谣言之炽盛，惊动了鲁迅的四方亲友，母亲急得生病了，鲁迅自己则如处荆棘中，感怆交并，难以言喻。鲁迅连夜烧掉朋友们的旧札，和许广平带着孩子住进了一个客栈，以防不测。他在一九三一年一月二十三日致李小峰的信中说："众口铄金，危邦宜慎，所以我现在也不住在旧寓里了。"

关在监狱里的五位左联干将，没想到事情会有如此严重，虽然"上了镣,开政治犯从未上镣之纪录",虽然知道"累及太大,我一时恐难出狱"。他们对再一次赶跑死神似乎比较乐观。柔石趁关在监狱的机会,跟白莽学起了德文。二十天后,龙华警备司令部枪毙近三十名政治犯,其中包括白莽、柔石、冯铿等五人。

这次事件震惊全国。鲁迅更是被这样的暴行激怒了!他迅即出手,发表《中国无产阶级革命文学和前驱的血》《黑暗中国的文艺界的现状》,声讨国民党的罪行。一九三三年二月七日,在五烈士遇难两周年纪念日,心绪未平的鲁迅再次提笔,写下振聋发聩的名篇《为了忘却的纪念》:

> 在这三十年中,却使我目睹许多青年的血,层层淤积起来,将我埋得不能呼吸,我只能用这样的笔墨,写几句文章,算是从泥土中挖一个小孔,自己延口残喘,这是怎样的世界呢。夜正长,路也正长,我不如忘却,不说的好罢。但我知道,即使不是我,将来总会有记起他们,再说他们的时候的。……

作为文坛旗手,他眼看着失去了几位年轻而优秀的作家;作为革命斗士,他眼看着失去了最有信仰和活力的战友;作为洞悉中国历史和前途的智者,他眼看着失去了一群单纯、高尚、富有使命感的热血青年。

他的悲愤与痛心,可想而知……

孩儿塔

孩儿塔在浙江嘉兴市建国路中段塔弄内,始建于宋代,清初重建,二十世纪末因建国路拓宽而被拆除。它来源于一则传说:

若干年前,有一县官路经塔弄,听到一个小孩在大声辱骂他的老祖母,便喝令将小孩拘到轿前审讯。这时,老祖母跑过来,说孩子年幼无知,不明事理,请老爷饶恕。县官于是命令衙役去塔弄口酱园端来一碗白糖一碗盐,放在孩子面前由他取食。孩子不假思索弃盐而取糖。县官斥道,小小年纪已识咸甜,难道还能说不明事理!一怒之下,判就地问斩。从此,小孩的一缕幽魂化为妖魅,常于阴雨天戴一红肚兜,出没在塔弄里,来看望孤居的祖母。

一九三〇年,白莽将他从一九二四年至一九二九年间创作的六十五首诗歌,编成一册,取名为《孩儿塔》。诗集中《孩儿塔》一首亦是白莽诗歌中最富艺术感染力的作品,我想应该也是白莽自己最为欣赏的,方才以此作为整本诗集的命名。

透过白莽短暂的一生,这首诗蕴含了太多东西。白莽早已预感到自己选择所带来的后果,他是把头颅别在裤腰带上来参加革命的。他不怕死,不怕以这种方式死去,因为死得其所。但他担心两点:

一是家里人,尤其是宠爱他的母亲,会受不起这样的打击。

>你们的小手空空,/指上只牵挂了你母亲的愁情,/夜静,月斜,风停了微嘘,/不睡的慈母暗送她的叹声。

二是担心人们看不到他死的价值,或者说,他的死唤不醒同胞的觉悟。

他就像孩儿塔传说中的那个"孩儿",因为一次叛逆而被处死,而这样的处死只不过是一次暴行的展览,愉悦众多看客的茶余饭后而已。他的缕缕冤魂还得时时回来,寻觅过去的峥嵘岁月。

>……
>幽灵哟,发扬你们没字的歌唱,
>使那荆花悸颤,灵芝低回,
>远的溪流凝住轻泣,
>黑衣的先知者默然飞开。
>
>幽灵哟,把黝绿的磷火聚合,
>照着死的平漠,暗的道路,
>引住无辜的旅人伫足,
>说:此处飞舞着一盏鬼火……

白莽把诗集编好后,又写了一篇《〈孩儿塔〉上剥蚀的题记》，鼓励自己"埋葬病骨"，以"更向前，更健全"的姿态投入到"时代需要"中去。白莽特意制作了一些插图，然后一并送给鲁迅，请他指正。可惜一切都没来得及，白莽就英勇就义了。

五年后。一九三六年三月十日，鲁迅收到一封来自汉口的信，一个叫史济行的人自称是白莽同济大学的同学，他手头收藏有白莽的遗稿，正在筹划出版。但出版社有一个要求，必须由鲁迅作序。

鲁迅手头有白莽自编的诗集，但他想，别人那里还有也是正常的。加上这些年来，鲁迅一直在为白莽遗稿出版的事操心，现在能有朋友帮忙，便感动于史济行"抱守遗文，历多年还要给它出版，以尽对于亡友的交谊"的义行，不惜"大病初愈，才能起坐，夜雨淅沥，怆然有怀"，为诗集写了一篇序言。后来，他才从报纸上得知，这个史济行是专门"诈稿"的骗子。所以，序写了，诗集却未能问世。鲁迅获悉此事，不禁感慨系之：

> 我虽以多疑为忠厚长者所诟病，但这样多疑的程度是还不到的。不料人还是大意不得，偶不疑虑，偶动友情，到底成为我的弱点了。（《且介亭杂文末编·续记》）

史济行的骗术固然不可取，但他这一骗，"骗"出了鲁迅先生一篇名文。半年后，鲁迅病逝，如果不劳史君的劣招，《白莽作〈孩儿塔〉序》很可能不复存在。坏事与好事、功与过的界限往往就是这么模糊。

鲁迅序言的最大特点在于，他指出《孩儿塔》不是一部普通诗集，它出世并非要和一般的诗人争一日之长，它是具有别一种意义的。它具有什么意义呢？

  这是东方的微光，是林中的响箭，是冬末的萌芽，是进军的第一步，是对于前驱者的爱的大纛，也是对于摧残者的憎的丰碑。一切所谓圆熟简练，静穆幽远之作，都无须来作比方，因为这诗属于别一世界。

一张纸的前世今生

一

纸，这大自然的露台，这人造的玫瑰，这纸上的烟云！它对自己的前世，会有着怎样的记忆？

粗糙的树皮在暴雨中掩面而泣。从天上落下无数树叶，仿佛天地间唯有一棵巨大的树。那叶子总在落，无休无止。须臾，铺天盖地的虫子栖息在那些落叶上，栖息在那青筋凸突的粗糙树皮上。不知何处，传来一声呜咽，有如滞重的叹息。人影开始重重叠叠地出现，他们时而厮杀，时而拥抱，时而群逐，时而单飞。慢慢地，他们将那些虫子变成了文字，将那些树皮变成了纸……

这是不是纸的一个梦境，这个梦境又将昭示怎样的命运呢？

一晃到现代，纸早已成了日常生活的必需品，与人们须臾不得相离。当你需要学习，它是一本书；当你需要购物，它是纸币；当你需要宣传，它又一身花花绿绿地走到消费者跟前；有时候，它还会变作一封信、一张小纸条，让你把藏在心头的话悄悄释放出来……假如没有这个"百变女郎"，我们的生活将会变成什么模样？

如果你想收藏莫言的长篇小说《丰乳肥臀》，需要一间房子；每次上街买东西，沉甸甸的银子总在提醒它的分量；而当你为某位窈窕淑女辗转反侧时，就只能用一片薄竹刻上那"沉重"的思念……邮递员肯定千金难求。想想，每天背那么多竹子木头的，不累得趴下才怪。那时，确实没有真正意义上的邮递员，写信的人也微乎其微。所以，我们看不到那个时候大师们的书信集；春秋战国那样乱，将士们南征北战，也没见过"家书抵万金"之类的诗句。而那时的书生，更不像后来这般孱弱，都能挥拳弄棒，孔武有力。身高超过一百九十公分的"大成至圣先师"孔子，一人能"举国门之关"，估计与每天搬运沉重的竹（木）简大有关系，否则他也不会留下"韦编三绝"的典故。

这种情况一直持续到公元一〇〇年左右，一个叫蔡伦的湖南人彻底改变了这一局面。《史记》这样的巨著倘若在蔡伦之后问世，司马迁不知要省多少事，十余年的工夫可能三五年就够了。

蔡伦出生于湖南南部的桂阳县。十岁那年，他成了东汉皇宫里的一名小宦官，二十五岁时勉强熬出头，被提升为中常侍，传达诏令，掌管文书，参与国家机密大事。蔡伦志存高远，他曾多次直谏皇帝，欲匡扶时弊，后位居尚方令，红极一时。可是，尔虞我诈的宫廷斗争让他无所适从，虽然有皇帝赏识，但他发现自己时刻处于宵小之徒的包围之中。无奈，朴实敦厚的蔡伦主动退出权力中心，申请去武库掌管刀剑器械。

了不得的是，那些刀剑大多是他亲自设计、监制出来的，无不精密而坚固，后世纷纷效法。

得了闲职，有了闲情，心机从谨小慎微的政治斗争转向海阔天空的发明创造，蔡伦的天分和智慧顿时有了用武之地。他"书"读得多，才学非常人可比。每次搬运那些又厚又重的竹（木）简时，他就琢磨着：要是有这样一种文字载体，既轻灵，又扎实；既剔透，又宽幅，该有多好啊！

西汉初年，中国的蚕丝业有了飞跃发展，一整套工序已臻完善。蚕妇们把蚕茧煮软，铺陈在席子上，浸泡在河水中，然后用木棍捣烂成丝绵状。她们将丝绵取走后，席子上总会留着一层薄如轻纱的纤维。待干，揭下来便是一张柔软的纸。可是，丝绵制成的纸太少，而且质地稀疏，无法写字，只能用来糊窗户、包东西。

蔡伦的目光被牢牢地铆在了那张薄薄的纸上。

他官做得不小，却没有官架子，工人们都喜欢和他聊天。他们经常谈起民间制造的各种各样的"纸"，如丝絮纸、麻头纸等。蔡伦耐心听取工人们对纸张改良的意见。

"你们认为，能不能造出高质量的纸来？"

"行是行，不过对原料的要求会比较高。"一位工人说。

"用破麻烂布真的不行吗？"

"也不是不行。现在的纸之所以粗糙，主要是因为捣得不碎。捣得不碎就会质地不匀，质地不匀就不会有平整的纸面。如果要改进，得在加工上下功夫。"一位老工匠提出了自己的想法。

蔡伦集思广益，胸中渐有蓝图。他认为，要容易捣碎，首先原料要脆，其次加工要细。他和工人们搜集来大量木头、破渔网、废布等，将它们铡碎，捣烂，直到变成浆，再把稀浆均匀地倾倒在细密平整的席子上，并设法刮得很薄很薄，然后摊放在自制的烘烤箱上，使之容易干燥。

一张张纸终于造出来了。蔡伦乐不可支，他赶紧拿起毛笔，第一个在纸上龙飞凤舞，效果相当不错。就这样，他不仅是纸的发明者，还是第一个在纸上写字的人。

蔡伦趁热打铁，进一步总结出更为成熟的造纸工艺。公元一〇五年，蔡伦觉得时机成熟了，他将自己造出的纸呈献给汉和帝。汉和帝诏令推广，"蔡侯纸"在很短时间内就取代了竹（木）简。

纸，这舞动人类文明的美丽天使，她时而将翅膀合拢为厚重的册页，让时光静止，让历史沉淀；时而展翅，成为春天的燕子，飞向苍茫的宇宙深处，也飞入寻常百姓家。

二

蔡伦在洛阳造纸出了名，门下收了不少徒弟，其中有一个叫孔丹的年轻人。蔡伦去世后，孔丹虔诚地给师父画像、制谱，每年一到祭日辄上坟吊唁。

孔丹还有一个烦恼，他认为，只有超越才是对师父最好的感恩，而超越是这个世界上最难的事情。想当年，蔡侯名震天下，神乎其技，几乎所有废物到他手上都可以变出纸来。孔丹一时想不出其他花样，他的试验一再碰壁。

问题摆在那里："蔡侯纸"的原料大多是破麻烂布，因此柔韧性差，在上面写字没有问题，却无法永久保留。怎么办？孔丹索性回到老家——安徽泾县，潜心研究。他跪拜在师父的画像前，发誓要造出更好的纸。

那天，孔丹上山砍柴，一棵倒在山涧里的青檀树引起他的注意。青檀树在中国南方再普通不过，生死枯荣没什么大惊小怪的。但孔丹发现，这棵树虽早已枯死，它的树干却不朽不腐，由于泉水溪流的日夜浸泡，树皮洁白如霜，纤维又细又长……孔丹呆呆地凝望着。那树干仿佛是一位鹤发童颜的老人与他对视，用温蔼和煦的眼光看着他，启迪着他。

他略有所悟，用砍刀将那些树皮剥下，回家后引水筑臼，砌槽打浆。经过百折不挠的试验，一张由青檀皮为主原料的纸张飘然问世——它薄似蝉翼颜如玉，抖若细绸不闻声，纹理纯净，搓折无损，翩翩如浊世书生，矫矫胜出水芙蓉。因泾县受辖于宣州，故名之为宣纸。

由于工艺尚不完善，宣纸产量极低，生产时必须捞一张晒一张，费力又费时，质量也很不稳定。孔丹殚精竭虑，苦无良策。

某个黄昏，一位似曾相识、鹤发童颜的老者，拄着拐杖来到造纸工棚。他问孔丹："后生呀，你怎么一脸愁容？"

孔丹便把心中的苦恼一股脑说给老者听："我在为造纸之事发愁呢。您看，这捞出的湿纸不能重叠，一旦重叠就分不开了，工效极低，您有何高见？"

老者把胡须一抔，哈哈笑道："这有何难！"随即用拐杖在浆槽内顺搅三下，再反搅三下，说："行了，你再试试。"

孔丹和工友们将捞出的湿纸重叠起来堆成一垛，然后上榨压出水分，纸张便像魔术般，很顺利地一张张揭开了。

孔丹高兴得笑醒了，原是南柯一梦。但在梦醒的那一刻，他明白了，托梦的老者就是他的师父蔡伦。他顿时热泪盈眶，赶紧按师父梦中所教行事，大获成功。至宋元时期，优质宣纸需经过浸泡、灰腌、蒸煮、洗净、漂白、打浆、水捞、加胶、贴烘等十八道工序，一百多道操作流程，历时一年多，方能制造出来。

宣纸，与其说得名于宣州，不如说它源于自己的内在本质，源于文明对它的召唤以及它天生的浪漫气质。通过一张纸的魔法，它将水的流荡、火的跳跃、光的韵律，将生长的奥秘、上升的技艺以及脱胎换骨的诀窍，坦白地呈现于字里行间。对于宣纸而言，字不是写在它上面，而是从它的内部走出来的，从它的肺腑、肝胆、脾肾等各个地方，都能走出不同的字来。

宣纸是历经融铸与艰辛的命运独白，是从日常物事升华为审美感受的自我宣示，更是字与纸碰撞的刹那、心灵怦然而动的最初感染。

这精灵般的纸啊，全身长满了眼睛，充溢着灵气，看见什么都想吞进去，仿佛良宵朗月，倾泻出万道银辉，笼罩着这个世界。

三

孔子曰："工欲善其事，必先利其器。"古人对器的重视，往往将它们提升至"道"的待遇。王羲之的"墨池"，怀素的"笔冢"，仁宗好砚，米芾拜石……都是这个道理。南唐后主李煜，嗜词若命，而视纸如魂。登基后，他专门设立了一个行政机构，监造好纸，仅供御用，并以他爷爷——南唐开国之君李昪的堂号"澄心堂"命名。

李煜刚当皇帝那会儿，还是一个二十来岁的小青年，看不到四伏的危机，听不到四面的楚歌，只知道一个劲地绮丽柔靡，花间吟唱："浪花有意千里雪，桃李无言一队春。一壶酒，一竿身，快活如侬有几人？""花明月暗笼轻雾，今宵好向郎边去。刬袜步香阶，手提金缕鞋。画堂南畔见，一向偎人颤。奴为出来难，教君恣意怜。"

李煜在澄心堂纸上写下这些香艳名篇，有时随手颁赐给群臣或宫女，让外间耳闻其名，却不见其迹，吊足了市场的胃口。澄心堂纸"肤如卵膜，坚洁如玉，细薄光润，冠于一时"，从它一诞生起，便是千金难买的稀世奇珍。

皇帝好纸，江山亦如纸脆，其命更比纸薄。公元九七五年底，沉溺于美色与诗画的李煜在宋军兵临城下时，他一边念诗，一边肉袒出降，俘至东京后，受困于囚笼。美人在侧，却已攀折他人之手；故国迷离，早被纳入大宋版图。李煜整日以泪洗面，辛酸与屈辱让他痛不欲生。九七八年七夕，这一天也是李煜四十二岁生日，一首《虞美人》凄然行走在他随身携带的澄心堂纸上："春花秋月何时了？往事知多少。小楼昨夜又东风，故国不堪回首月明中。雕栏玉砌应犹在，只是朱颜改。问君能有几多愁？恰似一江春水向东流。"不久，一代词帝被宋太宗鸩杀。

南唐灭亡，流落的廷臣和宫人将少量澄心堂纸带到了民间，北宋文人竞相谋取。著名经济学家刘敞重金购得百幅，赠送了十幅给自己最好的朋友欧阳修。欧阳修也不专美，转赠两幅给诗人梅尧臣。梅诗人兴高采烈地写下了"寒溪浸楮春夜月，敲冰举帘匀割脂。焙干坚滑若铺玉，一幅百金曾不疑"的诗句。

宋代造纸家潘谷，见澄心堂纸如此名贵，就着手仿制，世称宋仿澄心堂纸。潘谷送了三百幅亲自制作的仿纸给梅尧臣，梅尧臣拿了这个山寨版的与欧阳修送的正版作比较："而今制作已轻薄，比于古纸诚堪嗤。古纸精光肉理厚，迩岁好事亦稍推。"真是高下立判啊。后来，清朝的乾隆也仿制过，那就更不值一提了。

为什么后世的仿制都赶不上原创的澄心堂纸呢？我想，非关技艺，在于道也。

南唐的澄心堂纸是李煜用生命打造出来的，它有着艺术的融铸、情爱的澡雪、灵魂的淬砺和血泪的浸染。诗词是李煜的帝国，澄心堂纸恰似李煜的山河。"国破山河在"，澄心堂纸价值连城，道理就在这里。所谓"而今制作已轻薄"，是生命投入的轻薄，是文化含量的轻薄，是历史价值的轻薄。

四

纸在唐朝，拥有了最美的姿态，因为一个女子的才气与爱情附丽于斯。如果说李清照是宋代第一女词人，那她的前辈薛涛便是当之无愧的唐代第一女诗人，她们的余绪直到明末清初的柳如是，才堪堪接上，随即弦断音绝。

在唐朝那样的诗歌盛世，一介女子要在诗坛出人头地极不容易，然而薛涛正是那位"管领春风总不如"的扫眉才子。薛涛，长安人。父亲薛郧为宫廷乐官，安史之乱流寓成都，不料身死异乡。薛涛年幼无依，沦为乐伎。

"朝朝暮暮阳台下，为云为雨楚国亡。惆怅庙前无限柳，春来空斗画眉长。"十五岁时，薛涛以这首技惊四座的《谒巫山庙》博得剑南西节度使韦皋的青睐与赏识。韦皋一度欲奏请朝廷让薛涛担任校书郎，做些案牍文秘工作，因其乐伎身份过于敏感而作罢，据说韦夫人也从中作梗发难。韦皋为脱清干系，反将薛涛发配到偏远的松州。薛涛在路上一连写了十首别离诗送给韦皋，终于让他心软，得以被重新召回。经此折腾，薛涛豁然放下世事，脱乐入道，逍遥度日。不过，"入道"只是她的一道护身符，她并没有真的成为道士，其主要工作还是出入官府及各种应酬场所，以皎然秀拔之姿，混迹于滚滚红尘。

元和四年，一位三十一岁的年轻诗人以监察御史的身份，来到成都。元稹，他是薛涛命里注定的神明，也是注定的劫数。元稹早慕薛涛美名，他快马加鞭，只恨身无彩凤双飞翼；比元稹大七岁的薛涛本已心如止水，但才华横溢的诗人让她意乱情迷。不用说，他们鱼水相欢地同居了。一年后，元稹公务结束离开四川，答应想办法再来成都团聚，接她出蜀，却一去无回。

薛涛久历官场与欢场，阅人无数，对元稹这个人并不抱多大希望；然而，这是她一生中唯一付出的一次爱情，全部的、毫无保留的给予。人走，茶未凉。她不想让那杯茶凉下来，她想通过诗歌留住爱情，留下那次爱情的余温。

从那刻开始，她谢绝一切应酬，躲进成都郊区浣花溪旁的小别墅里，在她自制的粉红色笺纸上，写她的相思："诗篇调态人皆有，细腻风光我独知。月下咏花怜暗淡，雨朝题柳为欹垂。长教碧玉藏深处，总向红笺写自随。老大不能收拾得，与君开似好男儿。"

那笺，人称薛涛笺。

纸上的红，仿佛是薛涛漫洇的血；纸上的诗，分明是薛涛跳动的心。纸与诗、诗与人如此融为一体，孤傲而绝望地高唱低吟着自己的爱情，这在世界爱情史和世界诗歌史上，恐怕都是绝唱。

薛涛终身未嫁，晚景说凄凉也许过之，但落寞是毫无疑义的。她在院子里遍植菖蒲、枇杷花、木芙蓉。浣花溪的水清透莹彻，悬浮物少，含铁量低。薛涛就用这样的好水，将木芙蓉煮烂，加入芙蓉花汁，制成长短相宜、十张一沓的彩色笺纸。有一天，她在笺上向心中的友人倾诉："水国蒹葭夜有霜，月寒山色共苍苍。谁言千里自今夕，离梦杳如关塞长。"

对于薛涛来说，人生或许就是一个长长的离梦吧。

五

中国是慢的，世界是快的。一八四〇年之后的一百年，快世界用坚船利炮向慢中国开火。国家虽然保住了，但慢中国不得不从此纳入快世界的轨道，甚至跑得比世界更快。

纸是慢的，表达是快的。所以中国古代四大发明中，造纸术最早走出国门。就像把中国由慢变快一样，战争，再次充当了转变与传播的使者。

在造纸术之前，和中国商代用甲骨、西周用青铜、春秋战国用简牍缣帛一样，埃及人用纸莎草、印度人用贝树叶、巴比伦人用泥砖、罗马人用蜡版、欧洲人用山羊皮等，作为记事材料。公元一〇五年后，蔡侯纸在中国被广泛使用。东汉末年，由于黄巾之乱，导致三国局面形成，偌大中国已无安宁之土。造纸术随着大批避乱百姓涌入朝鲜半岛，而扎根异域。经朝鲜半岛，造纸术东传日本；南下越南、柬埔寨等地。公元九世纪至十世纪，通过丝绸之路西传，古印度的佛教经卷与中国造纸术一拍即合。或许可以这样说，我们先送去了造纸的经验，然后取回了佛教的经典。

在造纸术上具有重要意义的一年是公元七五一年。唐朝大将高仙芝率军与阿拉伯帝国将军沙利在怛逻斯发生激战，由于西域军队叛乱，唐军战败。沙利得知他们的俘虏中有不少造纸匠，喜出望外，连忙将他们带到中亚重镇撒马尔罕。从此，撒马尔罕成为阿拉伯人的造纸中心。源自中国的造纸术随着阿拉伯大军迅速传到叙利亚、埃及、摩洛哥、西班牙和意大利等地。天使的翅膀不再隐形，而是具象为一个个敏捷、快乐的精灵，她开始以自己阔大的胸怀与独到的理解力，让不同的文明联成一张互相沟通与交流的巨网，让人类成为一个焕发光芒的整体。

意大利博物馆至今保存着西西里国王罗杰一世写于一一〇九年的一幅诏书，诏书用纸就是阿拉伯人生产的。在当时的欧洲，使用纸张和披金戴银一样，是只有宫廷和贵族才能享用的奢侈行为。由于造价昂贵，一二二一年，罗马皇帝腓特烈二世下达了一项在现在看来不可思议的禁令：不准用纸书写官方文件。

一二七六年，蒙地法诺地区建起意大利第一家造纸场，使抄写一本《圣经》要用三百多张羊皮的历史成为过去。但直至十七世纪，欧洲的造纸技术还只相当于中国宋代的水平。乾隆年间，来自法国的耶稣会教士蒋友仁，利用自己清廷画师的身份，将中国造纸的核心技术绘成图偷偷寄回巴黎，欧洲顿时迎头赶上。一七九七年，又是一名法国人，尼古拉斯·路易斯·罗伯特发明了机器造纸法，标志着从蔡伦时代起中国人持续领先近两千年的造纸术被欧洲超越。

到二十世纪，科技主宰世界进程。电脑和手机改变了人们的书写和阅读方式，也改变了人类的生活方式。机器，从战场和工业领域迅速闯入日常生活，粗暴地干预我们的情绪、意念和思想。

纸的命运又将如何呢？它对自己的今生，还有着怎样的期待？这大自然的露台会不会遭遇"强拆"，这人造的玫瑰会不会被永远"屏蔽"，这纸上烟云会不会成为一处文化遗迹，成为一个比关塞还长的离梦……

设想，如果有一天世界上只剩下三种纸：餐巾纸、卫生纸、纸币。甚至可能连这三种纸都行将消失。也许那时，天上的繁星全是各种游荡的卫星，地上的群山全是高大威猛的建筑，河里长满强悍无比的水坝，人也没有自己的大脑了，而是顶着一部电脑……难道，这只是我做的一个迷梦？

送，史铁生老师

二〇一一年元旦的喜庆掩盖了一件伤心的事。十二月三十一日，我正在岳麓山顶开会，接到戴海老师短信："史铁生今晨因脑溢血去世。"我赶紧走出烟雾缭绕的热闹会场，外面的冬阳顷刻黯淡下去，一阵冷风裹身，我回了两字：

"心痛。"

和很多读者一样，我最先也是通过名篇《我与地坛》认识史铁生的，认识他的坎坷命运和豁达情怀，认识他对亲情的依恋与对生命的理解。元旦三天，长沙漫天雪飞，大地穿上了素服。我在家静静地读着《我与地坛》：

> 它等待我出生，然后又等待我活到最狂妄的年龄上忽地残废了双腿。四百多年里，它一面剥蚀了古殿檐头浮夸的琉璃，淡褪了门壁上炫耀的朱红，坍圮了一段段高墙又散落了玉砌雕栏，祭坛四周的老柏树愈见苍幽，到处的野草荒藤也都茂盛得自在坦荡。这时候想必我是该来了。十五年前的一个下午，我摇着轮椅进入园中，它为一个失魂落魄的人把一

切都准备好了。那时,太阳循着亘古不变的路途正越来越大,也越红。在满园弥漫的沉静光芒中,一个人更容易看到时间,并看见自己的身影。

曾有过好多回,我在这园子里待得太久了,母亲就来找我。她来找我又不想让我发觉,只要见我还好好地在这园子里,她就悄悄转身回去,我看见过几次她的背影。我也看见过几回她四处张望的情景,她视力不好,端着眼镜像在寻找海上的一条船,她没看见我时我已经看见她了,待我看见她也看见我了我就不去看她,过一会我再抬头看她就又看见她缓缓离去的背影。我单是无法知道有多少回她没有找到我。有一回我坐在矮树丛中,树丛很密,我看见她没有找到我;她一个人在园子里走,走过我的身旁,走过我经常待的一些地方,步履茫然又急迫。我不知道她已经找了多久还要找多久,我不知道为什么我决意不喊她——但这绝不是小时候的捉迷藏,这也许是出于长大了的男孩子的倔强或羞涩。但这倔强只留给我痛悔,丝毫也没有骄傲。我真想告诫所有长大了的男孩子,千万不要跟母亲来这套倔强,羞涩就更不必,我已经懂了可我已经来不及了。

不怕死和想去死是两回事,有时候不怕死的人是有的,一生下来就不怕死的人是没有的。我有时候倒是怕活。可是怕活不等于不想活呀!可我为什么还想活呢?因为你还想得到点什么，你觉得你还是可以得到点什么的，比如说爱情，比如说，价值感之类，人真正的名字叫欲望。这不对吗？我不该得到点什么吗？没说不该。可我为什么活得恐慌，就像个人质？后来你明白了，你明白你错了，活着不是为了写作，而写作是为了活着。

窗外的雪下得更大了，天地一笼统。活着的和去世的，发达的和没落的，快乐的和悲哀的，全在这一笼统里面。地坛消失了，消失成一个背影，一个梦。我想起一件往事。

二〇〇二年春天，我踌躇满志地筹办《大学时代》杂志。我们向上级部门报上去的刊名是《大学》，我想办一本兼容思想与文化的精英杂志，后来在新闻出版管理部门报批时被改成《大学时代》。为了出一期有分量的创刊号，我向韩少功老师求援，宽厚仁爱的韩老师不仅赐给我们大作《文明之旅》，还约请史铁生和张承志两位老师帮我们写稿。很快，我就收到史铁生老师夫人陈希米的邮件，史铁生专门给我们写了一篇《想念地坛》。我当时高兴得几乎抓狂。《大学时代》停刊后，很多杂志流失无存，我独独留下了几本创刊号。再次翻开，纸张微微发黄，散发出一股沉积已久的特有的气味。

史铁生的大幅照片在右上角，他戴着一顶白底花纹格帽子，帽檐挡不住他眼睛的光芒，一点也不锐利，和善得像邻家大哥。这种目光和他脸上的笑容是多么匹配啊。绝妙的是，那笑里吐出又齐又白的牙齿，分明表现着对命运的自足与感恩。接下来，是宛如神谕的一句：

"想念地坛，主要是想念它的安静。"

那时，史铁生因为健康关系，已很难去一回地坛了。他这列充满生命力却又身体残疾的火车，渐渐地，已开始驶往生命的起点，开始寻找灵魂最初的眺望，"不断地回望零度，放弃强力，当然还有阿谀"。强力挽不回生命，阿谀强健不了精神，都要放弃。弱如蒲质者，如何面对命运？史铁生的回答是，甘于柔弱。"重新铺开一张纸吧。写，真是个办法，油然地通向着安静"。

于是，"我已不在地坛。地坛在我"。

是的，地坛终有一天会要消失，会在大雪中消失，会在时间中消失，会在永恒中消失，它唯一的可能是存在于史铁生不朽的文字中。

去世终归是走了，一去不复返。我想说一句套话，史铁生的去世，是中国当代文学的重大损失。由于读者口味、商业炒作与时尚的关系，中国作家中擅长写形而下的生活故事的大有人在，但探寻形而上的生命之谜的作家实在太少了。史铁生走了，生活突然失去了困境，精神突然失去了张弛，大家都生活在一个甜美的世界里，互相客气地祝福；而苦难和灾难，却隐藏在时空的每一个角落，随时会取下自己的面具。

史铁生曾说："死是一件无须乎着急去做的事，是一件无论怎样耽搁也不会错过了的事，一个必然会降临的节日。"而今，这个节日来了，它是史铁生一个人的节日，是他肉体生出火热、灵魂放出光芒的节日。

二〇一〇年十二月三十一日,这个日子或许是你自己选择的,上帝只是点头同意。这一天,上帝是最大的赢家,他收容了一个强健的灵魂。

"这下好了,您不再恐慌了不再是个人质了,您自由了。"

诗歌赤子彭燕郊

捧读易彬教授整理、彭燕郊口述的《我不能不探索——彭燕郊晚年谈话录》（后简称《谈话录》），才知道我和易彬是同时、在同一个场合第一次见到彭老师的：一九九七年的一个秋夜，在湖南师范大学中文系二楼某教室，黑蚂蚁诗社成立会上。所不同的是，易彬当时还是一名大学生；而我毕业经年，因一直没有中断诗歌创作，便以资深校园诗人的身份忝列嘉宾之席，与另三位嘉宾彭燕郊、龚旭东、陈新文一同坐在讲台上。和旭东、新文是老朋友了，但此前，我从未见过彭老师。我主动上去躬身和彭老师握手，他说他知道我。其面容慈蔼，语气平和，与秋夜的清宁、朗彻是那般协调，简直毫无二致。

我在师大图书馆读过彭老师的《和亮亮谈诗》，读过他主持的"诗苑译林"丛书中的好几本，读过他的一些前期诗作。我早就知道在长沙有这样一位了不起的前辈，只是一直无缘相见。彭老师尽管是一口福建普通话，听来并无障碍。他在会上做了一个简短的发言，希望大学生们多读诗、写诗，他说诗歌应当成为一个人一生的朋友。随后，他朗诵了艾青的名篇《我爱这土地》，声调不高，想高也高不上去，但能充分感受到他内心的激越。会场静极了，直到最后一个字落音，掌声响起来。他则像个孩子样地低下了头，满脸羞涩，竟和窗外薄薄的月色有些押韵。

因为顺路，我和彭老师会后坐学校委派的同一台车回家。理所当然先送彭老师到湖南省博物馆门口，我也下了车，彭老师又握着我的手，短短地说了两个字：来玩。那天我十分激动，看着他的背影走进博物馆大门，仿佛一棵树走进秋天的深处，一个字走进了诗行中。

那个背影消失了，这一消失，就达数年之久。一贯不喜串门的我，没有将"来玩"当作实在的邀请，加上自己写诗断断续续，后又下海经商，自绝于风雅，不仅一直没去见过彭老师，更很少参加诗歌活动，也无从与他邂逅于某个月夜或良宵。二〇〇五年，也就是青年学者易彬开始与彭老师"谈话"的那一年，我因自己创办的市场刊无法满足投资方所需求的回报，而被降职、罚款，重新圈回体制内，因此有较多的时间读书、创作，再度投入诗歌的怀抱，独自舔着……那时，我突然发现，用五笔打字，"伤口"与"作品"竟是同一字根！后来，随着对彭老师有更多的了解，我愈益深刻地领会到，"作品"就是从"伤口"里面流出来的，就是自己舔伤口舔出来的。那一年，我与诗人欧阳白共同经营诗屋论坛，编辑《诗屋》杂志及年选，酝酿"好诗主义"。

欧阳白是彭燕郊老师和张兰馨师母最喜欢的青年诗人之一。二〇〇五年初夏的一天，欧阳白对我说，彭老师读过你的诗，觉得很不错，我们一起去见见他？此刻，我耳边萦绕着八年前那个晚上彭老师对我说的那两个字"来玩",便欣然与之同往。多年相忘于江湖,须臾见面,却一点也不生疏。我依然躬身向老师伸出手去,他微笑着,轻轻握了握,柔若无骨,却传递过来丝丝暖意。那天,老师兴致很高,他搬来一摞最近收到的、从各地寄来的诗歌报刊,逐一进行评点。他安静的时候,略显笨拙与痴呆;说得兴起时,手势便多了起来,直至大开大合。他属于那种长相俊雅的人,但眼睛不大,他望着你的时候极为专注;你望着他,则仿佛看到一汪明净的深潭,有瀑布飞流直下,轰然作响,却是那般幽谧与安详。那次见面,是在彭老师家小小的客厅里,也就是易彬和彭老师对谈的地方。那个客厅本身并不算小,但因为环壁皆书,地上到处堆得有报刊,所以,会客处只有他瞳仁大的那么一点地方。

那次彭老师主要谈了两个内容:

一是现在写得好的年轻诗人不少,诗歌在渐渐复兴,但无论诗人个体还是中国诗歌的整体,他们努力得还很不够。这一点在《谈话录》中也有体现,彭老师在《"必须了解整个世界诗歌潮流的大方向"》一节中说:"'五四'新诗走过几十年,总的一句话,中国诗基本上跟不上外国诗。"他认为,中国新诗的现代主义历程仍然任重而道远。

二是他厌恶那些擅长炒作、作秀的诗人,他说那是与诗歌格格不入的东西。孤独而非喧嚣,才是诗人真正的朋友,诗人一定要比同时代人看得远、看得深、看得透,他的作品才具有引领性,才富有精神营养,但诗人必得付出孤独的代价。他还很反感那些口口声声称他为"大师"的年轻诗人,说这是"他们自己的大师情结在作怪"。《谈话录》中至少有三处提到这一观点,最后一处是在《新四军作家》一节,他斩钉截铁地说:"现在我对那些把诗拿来开玩笑,把诗拿来沽名钓誉,把诗拿来作秀,非常反感。"

从彭老师家里出来,我觉得他是孤独的。他并不视孤独为一种享受,他视其为一种担当。这种担当,正是我最为敬重彭老师的地方。《谈话录》中的彭老师,低调谦和之中,处处可见其对自己作为一名"诗人"的自豪。诗人,是他的主动选择,是他的身份标识,是他的宿命和夙愿,也是他渡过苦厄的苇草与安身立命的稻粱:

……我这一生的选择没有错,在我的生活经历里头,有好几次,我可以丢掉诗,丢掉文学,去搞别的事情,但是我没有转行,我宁愿被人家看作是一个背时鬼(按:方言,倒霉的人),我宁可背时,我不能丢掉这个。

对于我,其实无所谓突围不突围。我总觉得,谁也没有围过我,外界始终没有影响过我,我挨过这么多次的整,你整你的,我无所谓。我一直是我行我素,泰然处之。

是什么让彭老师历经人生风雨而安如磐石?当然是诗歌。"人们不可能没有诗,这是很根本的问题"。彭老师很早就有作为一名诗人的自觉：任何苦难都是诗歌的垫脚石。他于是坦然接受加诸其身的一切，哪怕是坐牢，也甘之如饴："我觉得坐牢对写诗倒是蛮好的。你一天到晚给关在那里，可以一天到晚想你的诗。"

第二次去彭老师家，大约在半年后。我跟欧阳白说，想去看看彭老师了。我们一起走进那个有点落寞的庭院，几株挺拔的古樟直参云天，让那两栋褪色的红砖平房笼罩在厚如棉被的阴影中，显得更加矮旧。而彭老师的兴致是那浓重阴影中最为明亮的部分，他精神很好，连嗓音都亮堂起来，他带我们去另一栋参观他新买的一套用来装书的房子。我们都为他那些堆积如山的书刊终于有了栖息之地而感到高兴。那次，我们没谈什么诗，话头在书上。彭老师说，写诗不能光靠天分，如果不读书，才气很快就会枯竭。

二〇〇六年五月六日，欧阳白打电话给我，说彭老师想看看长沙新城，问我能不能作陪。我说求之不得啊。那天下午，白兄开车，载着老师和师母，从北到南，慢慢驶过湘江大道，让他们得以欣赏湘江风光带。到杜甫江阁，车停下来，我和欧阳白搀扶着老师和师母，随意溜达。彭老师那时已显龙钟之态，但看得出非常开心。他眺望远山近水，抚拍着温润的白玉栏杆，发出一声悠悠感喟："物换星移。"在火宫殿吃过晚饭，我们送老两口到家后，因担心他们累了，要休息，故匆匆别过，没作停留。

再要见，就是在彭老师的追悼会上了。二〇〇八年三月三十一日，欧阳白电话告知，彭老师仙逝。我为之一惊。欧阳白说，此前彭老师没有去世的预兆，既无沉疴，更无暴疾，只是身体有些小恙。我对白兄说："这也是一件快事，高人自有高境界，非我辈庸常者所能度之。"四月二日，长沙明阳山殡仪馆，我和三百多名诗友、文友以及彭老师的生前亲友一起，给老师送行。现场奏响了彭老师最为喜爱的贝多芬第五交响曲第二乐章，还有湘潭大学的女研究生深情地朗诵老师的诗歌。彭老师躺在玻璃棺里，一副凝神思索的样子。我向他鞠躬告别时，心头并没有涌起太多的悲哀，只是轻轻地喊了声："彭老师。"

我之所以与彭老师接触如此之少，除了性格上比较封闭外，还有一个重要原因，就是当时簇拥在彭老师身边的青年诗人、诗评家并不少，而其中有些诗人正如我第一次去彭老师家拜访时，彭老师所说的，口口声声称他为"大师"；有些诗评家为了盲目拔高他，用上无数大词，给他戴上各种高帽。这让我感到，彭老师似乎有成为工具之嫌。这样一位真诚、单纯而又执着的诗人，很可能被年轻人那世俗的功名心所利用——他们有的渴望成为"大师"的弟子，甚至传承与继任者；有的迫切想制造出一位"大师"，自己则充当大师身边的代言人……从与彭老师有限的几次谈话中，我深知其态度之决绝。但他性情温煦，对诗和青年又有着深挚的热爱，因此，他心知肚明之余，却也不和他们计较。与以前被损害、被侮辱、被漠视时一样，在被"大师"、被吹捧、被抬起来到处当作旗帜的时候，他同样不卑不亢，不愠不火，"一直是我行我素，泰然处之"。

我敬重彭老师，但不想跻身于炮制"大师"的行列。我压根儿没想到，比我小很多的同乡易彬教授，这位长着一张娃娃脸、与我同时第一次见到彭老师的青年才俊，从二〇〇五年八月起，因着眼于"文化抢救"的特殊意义，就默默地开始了与彭燕郊老师的对谈。当很多"弟子"蜂拥在老师周围，做着各自的"大师梦"的时候，笃实力行的易彬却以一己之力，捧出了这本有着深厚学术价值与人文情怀的《谈话录》。

我喜欢这本书，因其文风质朴，几乎是原汁原味，没有修饰，更没有拔高。比如彭老师谈到"文革"后，他有一次去北京开会，碰到著名诗人臧克家。臧克家对他说，我们大家要互相原谅。"我心里想，我有什么东西要你原谅的？"这句话真是把彭老师的纯真、俏皮和孩子气，表露无遗。彭老师在《谈话录》中还提到，有个人写了部长篇小说，请他作序，要求一万字，付费一万块钱，一块钱一个字。"我心里说，你把我看得这么不值钱啊，我一个字也不给你写，你真的好我不要钱也给你写。"他就是这么一个固执而可爱的老头！

我喜欢这本书，因其访谈双方是完全平等的对话方式。易彬说，彭老师一再强调"我不喜欢那种记者问答式的访谈"，他要求进行一种平等的对谈。这其实是对访谈者提出了更高的要求。易彬为此"唯有充分地准备材料"，"主动地发现问题，提出问题"。比如，他们对"潜在写作"问题的探讨，易彬认为，从一般经验层面而言，人总会自觉不自觉地修正自己的过去。彭老师则从他的个体经验出发，声明"我自己不会因为其他东西而改变"；就群体写作而言，彭老师觉得，"小地方的修改是正常的，只要不做根本性的改动"。在这里，彭老师因其单纯的心性，他始终忠实于自己的内心，因此也相信别的作家一般都会像他那样；而易彬以一名评论家与学者的良知，坦陈时下名家写作中的修改与"作假"现象，使得所谓特殊的文学史价值成了一个伪命题。可见，易彬对老师和真理抱以同等的尊重，使得这部书成为研究"彭燕郊现象"的一份最为直观、真切、含义丰赡的重要文本。

我喜欢这本书，因为它是一位年轻诗人与老诗人之间的交流与切磋。易彬是青年学者，同时也是一名优秀的诗人，他与彭老师的对谈，既有顺水推舟，也有暗潮翻涌；既有金石铿鸣，还有机锋相接。是故，彭老师许多珍贵的诗学与美学思想在这部《谈话录》中闪光：

> 我觉得一个诗人要有四点，第一是好奇心，第二是机智，第三是幽默感，第四是神秘感。

> 作为一个人，肯定有悲欢，有个人得失，有小事情，但是，一个真正的思考者，思考的应该显示为一种人文关怀……要不然的话，你也可以成为一个诗人，但绝不是真正的诗人，甚至于你一辈子都只是一个平庸的诗人。

> 歌诀好记，但是文学作品不应该这样，不应该利用语言的惯性，不应该让人好记。它需要内在的东西使人家永

远记得。

一首诗应该完整地站起来。不是瘫在地上，也不是散在地上，如果是那样的话，那就是没有完成。让它成型（形），成为一个独立的个体，有它自己的生命和灵魂。

写作，我觉得要往下看，才能看得到更多、更深、更本质的东西。

彭燕郊老师，无疑属于被损害，至少是被耽误的一代，他们度过了相当长一段时期毫无尊严与自由的日子。幸运的是，彭老师有着独特的内心结构，那里耸立着坚如磐石的美学追求与荡若长河的艺术自觉。这一内心结构不仅让他渡尽劫波，更使他的劫后余生焕发出奇异的诗歌光彩。从二十世纪八十年代起，身心俱获自由的他终于挣脱禁锢，突破自我，开始"衰年变法"。

在那样一个激情燃烧的年代，当我们把目光投向引领思想启蒙与文学解放的那些朦胧诗派的年轻诗人时，不要忘记了，彭燕郊、公刘、郑玲……这些为数不多却是中国诗坛宝贵财富的老诗人，他们在更加艰难地调整状态，激励自我，唤醒那被摧残得几近消亡的诗之灵魂。这其中，彭燕郊是最为突出的一位。可以说，他通过最后二十年的努力，创造了那一代诗人所能达到的最高水准；他以其一颗诗人的赤子之心，老而弥坚，老而愈醇，在别人衰颓之际他却走向巅峰。

《谈话录》中有个典型的例子，同写《小泽征尔》，对彭燕郊影响最大的老诗人艾青是这样写的："把所有的乐器／组织起来，／像千军万马／向统一的目标行进……"彭燕郊则这样写："这些感官、情绪，这些连锁反应／像互相溅水为戏的孩子／夸耀他们悦耳的童声，尽情地叫／不断地把正在闪耀的／抛开，引出更新的闪耀……"一看就知道，这是两种完全不同的语言了。难怪，八十年代初期，彭燕郊去艾青家里拜访，艾青悲凉地对他说："我不写了，我已经写尽了。"其实，不是写尽了，一个真正的诗人怎么会有写尽之时？而是被榨干了，被捣毁了，被浇灭了，被铲除了。

当然，我个人认为，彭老师最终也没能成为大诗人。这不是他的问题，是历史与时代的局限使然。他在《谈话录》中说，"人们往往不知不觉地成为悲剧人物"，也逃不脱自己的"历史规定性"。在彭老师的诗歌中，我最喜欢的是《车站》《无色透明的下午》《芭蕉叶上诗》和《倾斜的原野》，它们呈现出清澈的质地、丰厚的内蕴以及超凡的表现力。像《混沌初开》和《生生：多位一体》这样被评论家们深度关注的作品，窃以为过于注重物理与哲理，虽是长诗，却显得匆忙而迫促，就像一个喝醉了酒的高人，充满智慧，却身形趔趄，步伐凌乱。彭老师在《谈话录》中说："我觉得我还不够现代，我还有一些旧的东西没有抛掉。"这不是自谦之词，而是一种严格的自我鉴定。可见，彭老师是一个真诗人，是诗歌赤子。中国古代诗论，彭老师印象最深的就是那句"诗人者，不失其赤子之心"。

易彬在本书附录《关于"彭燕郊访谈"的几点想法》中说:"由于种种原因,一些诗人往往并不能及时获具与其写作相称的诗名,彭燕郊即是这样的一位。"对此,我深表赞同。但我认为,彭老师被严重低估的,是他作为一名诗歌赤子的意义,而不是其诗歌技艺。因为对于诗歌的信念与热爱,因为在诗歌创作中所展现的无穷的探索精神与创造力,使得他成为一个真正诗人的标本,成为无数后来者的一面镜子——我见过太多有才华的青年诗人,一旦靠诗歌谋取了一官半职或一羹半炙,就毫不犹豫地弃诗而去,成了世务的宠儿、名利的猎物和文山会海的旗手。彭燕郊的意义在于他是一颗种子,几十年殷殷自守,不计荣辱,不求闻达,始终饱满、丰沛、自信,诗与人一体,人与诗相融,他用自己一生的创作经历和诗歌文本告诉广大青年诗人:诗人是这样炼成的。这个意义,比界定他是一位所谓"世界级大诗人"要重要得多。在我看来,彭燕郊是中国诗歌新世纪的一缕曙光,在这缕曙光的催生下,我们期待看到中国诗歌的太阳。

二〇一二年春天,因事去湖南省博物馆。办完事,我又绕到了那里,古樟依旧参天,庭院更加落寞。我看见兰馨师母坐在门口,手里捧着茶杯,茶雾袅袅,如怀人之思。她不认识我,我也没有叮扰老人。黄昏浓郁的阴影恍如一只巨鸟的翅膀,但我只看到阴影,看不到巨鸟,也看不到翅膀。我静静地返回,路过一株古樟时,轻轻地喊了声:"彭老师。"

三见洛夫

二〇一八年三月十九日上午，我刚刚写完博文《岁月是一根死亡链条》，就看到诗人欧阳白九点四十六分在微信朋友圈发布洛夫老师仙逝的消息。老师去世的时间是三点二十一分，这是一个微妙的时间节点，既是深夜，又是凌晨——在漫长的人生岁月和浩瀚的宇宙星空里，一根漂木抵达了彼岸。

我与洛夫老师最早的接触，是一九九一年四月，他在台湾《创世纪》诗刊做了一个"大陆第三代现代诗人作品展"，其中选入拙作《路过秋季》，并在后面他亲自撰写的评论中表扬《路过秋季》"具有完整的艺术性"。这对刚走上诗歌道路不久的我，是一个莫大的鼓励。

我收到了《创世纪》杂志，但其中并无洛夫老师的片言只字。后来，《创世纪》又发过我的组诗，我也收到了杂志，不见老师的手迹。我甚至不记得，我当时给《创世纪》的稿子是投给杂志社还是直接寄给洛夫老师本人的。所以，在我和洛夫老师之间，便没有和《秋水》诗刊涂静怡主编那样，产生密切的通信联系，终至成为诗路上相知相惜的师友。幸运的是，这一份福气，后来为比我更沉潜、更周到、更有才干的兄弟欧阳白所得。

然而，我那时早已被洛夫老师的诗文所吸引和迷醉。《石室之死亡》《边界望乡》《血的再版》《长恨歌》《汽车后视镜里所见》，包括后来的长诗《漂木》，还有他的散文集《一朵午荷》，我都认真研读过，很多都读过不止一遍。二十世纪八十年代末九十年代初，洛夫以一支魔笔，向大陆无数青年诗人展示出现代诗歌的无穷魅力：

> 望远镜中扩大数十倍的乡愁
> 乱如风中的散发
> 当距离调整到令人心跳的程度
> 一座远山迎面飞来
> 把我撞成了
> 严重的内伤

这样的诗句，同样像"一座远山迎面飞来"，将我撞成了"严重的内伤"。就像郑板桥曾自刻一印，谓"青藤门下走狗"一样，内伤有什么可怕，我甚至愿意"死"在这样的句下。

大约是一九九一年春节，听说洛夫从台北回了湖南，在长沙落脚。我很想见到他，但由于诗名尚浅，不得其门而入。等终于探听到一点他的消息，却是他已经走了。我惆怅良久，一边读李元洛老师记载洛夫夫妇"湖南行"的长篇散文，一边心潮澎湃，觉得要为这次渴慕留下一点纪念，便仿照他的《湖南大雪——赠长沙李元洛》写了一首《致洛夫》：

隔海读你
如隔唐宋元明清
读那白发三千丈的斗酒诗仙

其实是什么海
不过一衣带水
就把拥抱了几千年的民族
劈成两边

这边是秦时明月汉时关
那边是浮云见日不见长安
这边皇天后天被唐诗宋词染绿的江南岸
那边是珍珠宝岛盛满离愁别恨的日月潭
这边是鬌鬌稚龄是雁子回时的衡阳
那边是白发苍苍是儿孙满堂的台湾

你被迫写诗
因为乡愁如岩，盘踞在深黑的夜里
你一生都在漂泊
成为一则背井离乡的典故
让后人去读

可后人能分担你浩茫的忧郁么

无法不读你
中国历史绵绵亘亘如长城万里
恰好你的双脚
跨着了那唯一的沟壑
海峡汹涌而蔚蓝的液体
全被你灌进了墨水胆
泼一行又一行的咸涩与伤感

无法不读你
那年你冒了大雪回湖南
寻找童年的足迹,才知道
你的童年早已变成了宾馆后花园里
那只啾啾不已的蟋蟀
深夜,你与李元洛把盏长谈
我却在岳麓山下一栋低矮的茅屋里
捧读你痴吟的诗卷

无法不读你
别人说你是诗魔
唉,五十年为回家风餐露宿
焉能不成魔

而那枚残缺的月

即将被你的长歌唱圆

那时，我踏月而来

仍可见你

把酒问青天？

诗很幼稚，情感却是饱满的。这首诗收入我和许奔流主编、长江文艺出版社出版的《青春风·90－93中国校园诗歌选集》。一贯随缘、守拙的我，没有将它寄到海峡那边去，洛夫老师自然也没有读到过这首诗。

现在是时候了，洛夫老师，请借助天风和海涛，听一位二十出头的青年诗人朗诵他为你写作的诗篇吧。

二〇〇四年二月，我接受《秋水》诗刊社邀请，赴台湾参加第二十三届世界诗人大会暨"两岸诗学研讨会"。在台湾，有将近十天的环岛游，我想起洛夫老师，但听说他已经住到加拿大温哥华去了。那次，见到了席慕蓉、林焕彰、文晓村、向明等心仪已久的台湾诗人。

与洛夫老师相见、结缘，要感谢我的诗歌兄弟欧阳白。二〇〇七年十月五日上午十点，欧阳白开车带着我前往湖南会展中心，拜见洛夫老师和师母。一路上，心情颇激动，无心和欧阳白谈笑，但见到老师和师母时，反而平静了下来。

我和老师谈起旧事，说他发过我的诗，说起我的本名"吴新宇"，他都有印象。老师身材魁伟，南人北相，满头银发，神采奕奕；师母灵心绣口，体贴入微，笑着说为老师当了几十年"义工"。他们接下来要去衡阳、郴州、凤凰、海南、太原、深圳等地，年近八旬的老人还能游刃有余地应付如此密集的行程，让我深为佩服。

那天，老师送给我两本《文学界》。一本是二〇〇七年第四期，上面刊载有他的新作《血的再版》；一本是第九期，上面有他的《背向大海》。我请他在刊发他诗歌那页的天头分别帮我留一行字。他在《血的再版》上写道："我们不但要拥有诗，更要使诗拥有我们。"在《背向大海》上留言："写诗成魔，爱诗成痴。"

洛夫老师盛情邀请我参加四天后在郴州举办的他的诗歌朗诵会。我说一定要去。为了这次朗诵会，我特意写了一首十五行诗《魔——再致洛夫》：

  道高一尺，魔高竟可一丈
  当我们沿着诗歌的台阶，拾级而上
  发现石室被魔成墓穴，午荷
  被魔成孤寂，边界被魔成一场
  相思的事故，岁月被魔成
  浓得化不开的乡愁。而你满头银发
  一丝不苟地排列成衡阳雁阵
  在激扬的飞翔中蓦然低回

> 重感冒的天空剧烈咳嗽，一瓣瓣
> 落英般掉落的云朵，铺着回家的路
> 无论铺得多长，那家乡总是回不去了
> 那童年总是回不去了。簇拥你的盛名
> 和鲜花，依旧散发客居的诡异气息
> 但在你如痴如醉的诗篇里
> 它们——安居乐业，欣欣向荣

终于可以把自己写的诗亲手送给老师了。老师笑呵呵地接过，客套地表扬了我几句，并送给我他签名的新诗集《雨想说的》。九号那天，我赶到郴州已是中午，错过了老师上午在湘南学院的讲学。晚上八点，在郴州市工商局礼堂，欧阳白主持的"洛夫诗歌朗诵会"正式开始。我上台读了自己写的这首十五行诗，还朗诵了洛夫老师的抒情诗《因为风的缘故》。

《魔——再致洛夫》一诗后来刊发于冯传友主持的《包商时报》副刊"包商文苑"二〇一一年五月二十五日的"诗歌专号"上。

再回到二〇一〇年十月十六日吧，这一天是重阳节。下午三点，我的母校湖南师范大学迎来了洛夫老师、师母一行。"洛夫与现代诗"座谈会在里仁楼二楼会议室举行。师大校友会孔春辉师妹邀请戴海老师与会，戴老师以自己"不是诗人"为由，将我推到前台。春辉师妹打电话给我，一听洛夫老师来了，我欣然赴会，而且当仁不让地做了一个发言：

今天的天气真是有意思。早晨起来，浓雾重重，连近在咫尺的浏阳河都看不到了。我忽然想起，这多么像洛夫老师早期代表作《石室之死亡》的风格啊，艰涩、隐晦，却笼罩万物，语句有如层峦叠嶂，幽深莫测；诗意却像海市蜃楼，捉摸不定。但它是那般迷人，就像读里尔克的《杜伊诺哀歌》，常读常新。

我是上午十点出门的，先去了单位。这时云雾渐开，阳光透过薄雾，显示出它特有的明净与舒放。这酷似洛夫老师中期诗歌的风格，由晦涩变为明朗，由欧美回到中国，由物性上升到人性。《边界望乡》《长恨歌》等一系列代表作，表明诗人从对物性秩序的探索，发展为对人性炎凉的体味。

下午两点，我从河东出发，过湘江到河西。此刻晴空万里，秋高气爽，蓝天如洗，澄江似练。这不正好体现了洛夫先生晚期创作长诗《漂木》的神韵吗？《漂木》厚重、大气，洋洋三千余行，从物到人再到神，从审视到体味再到拷问，《漂木》搭的是一架直抵神性的天梯！二〇〇一年，洛夫先生正是以这首中国百年新诗史上杰出的长诗佳作获得诺贝尔文学奖提名。

可见，在长沙连续一周的阴雨之后，在二〇一〇年的重阳节，在千年学府岳麓书院旁边，在美丽的湘江之滨，当

"诗魔"洛夫来到这里，连天老爷都用自己神奇的天象来应和这一场诗歌的盛宴。

接下来就到了二〇一二年十月二十八日。发现没有，我三次见到洛夫老师，都是在金秋十月。这一天，欧阳白因在外出差，交给我一个重要任务：委托我去机场接洛夫老师和师母，陪他们吃中饭，再送他们到火车南站，他们要坐高铁回洛老的老家衡阳。那天真不巧，我患了重感冒，头昏、鼻塞、喉咙痛，虽然加量吃药，效果仍不佳。

十点半我和诗人邓如如到机场，我们先在附近找到一家看上去还不错的餐馆，订好餐。这一年洛夫老师满八十四岁。听师母说，他们在大陆辗转两个余月了，到处是诗歌朗诵会、研讨会、座谈会，都要应付。他们在衡阳将有五天，然后去中山、深圳，再飞台北。如此高密度、高强度的日程安排，就是一个年轻人也会吃不消呀，但老师和师母一一化解于无形。在南站握别，我跟老师和师母说，明年洛夫文学馆开馆仪式，我一定争取去。

但第二年预计的洛夫文学馆并没有开馆，也就失去了再次见到老师的机会。好在洛夫老师是"诗屋"的顾问，每次编《诗屋》年选，我都能读到老师的新作，慨叹老师年事如此之高，却依然能保持旺盛的创作力和创新力。

二〇一七年十一月，欧阳白在QQ中跟我说，洛夫老师病重，他得去一趟台湾。白兄在台北陪了老师十多天，他们敲定了"洛夫国际诗歌奖"诸项事宜；白兄还受谭五昌、胡建文委托，请老师为"湘西诗院"题名。其时老师病已重,手略抖(欧阳白语),"湘西诗院"四字却写得潇洒而稳重,极富书卷气,完全看不出出自一个年近九旬的危重病人之手。

我要白兄转达对老师和师母的问候,白兄说,老师"谢谢你"。白兄还说,老师得知他为我的长诗《原野》撰写了二十万字的《〈原野〉论》,竟然吃醋了。我当即回复:"老师名满天下,还有童稚之心,尤为难得!"白兄还说:"我告诉洛老,要给他写一百篇文章,老人甚是开心。"最近得知,白兄在短短四个月内写完了全部一百篇洛夫诗歌的赏析文章,拟由湖南文艺出版社出版。以白兄和洛老近二十年的交情以及他们频繁的书信往来,这本书应该是欣赏洛夫诗歌的最佳版本了。另外,白兄还找到了老师的十来首新作,准备在湖南省文联的《创作与评论》杂志做一期洛老的专辑,"其实基本上是绝笔诗了,只是不便明说"。这一句让我怆然,半天说不出话来。

果然,在二〇一八这个很不寻常的年份,洛夫老师选择了离去。我第一时间安慰欧阳白,白兄才告诉我,老师患的是肺癌。

我对白兄说:"洛老请你去见最后一面,对老人,对你,都是最好的礼物。这就是传承,当面加持,传承薪火。"

是啊,那一代杰出的人终会远去,留下我们独自前行。白兄说:"自彭(燕郊)、洛(夫)去后,我已无如此亲近的大师,愿和兄一起自成格调,勇攀高峰。"我回复说:"这是昕孺一生最大的荣幸!通过白兄,与彭老、洛老相交相识,获益良多;再与兄同行,继续诗路探索,已觉花枝春满,天心月圆。"

洛夫老师，你举着一支诗笔，飘然仙去。来年的春花秋月、夏雨冬雪，莫不都是你撒向凡间的诗篇？无法不读你，无论阴阳隔得有多远，诗歌的飞船让我们永远生活在同一个空间。

那你的仙逝，也不过是一场小小的离别。

香雪文丛书目

刘世芬《毛姆VS康德：两杯烈酒》
夏　宇《玫瑰余香录》
汪兆骞《诗说燕京》
方韶毅《一生怀抱几人同——民国学人生平考索》
王　晖《箸代笔》
周　实《有些话语好像云朵》
魏邦良《传奇不远——一代真才一世师》
刘鸿伏《屋檐下的南方》
苏露锋《士人风骨》
高　昌《人间至味淡于诗》
邢小群《回首来时路》
赵宗彪《史记里的中国》
陈　虹《替父亲献上一束鲜花——陈白尘与他的师友们》
吴心海《故纸堆里觅真相》
李华章《册页上的记忆》
吴昕孺《书中自有人如玉》

// 集木工作室

投 稿 邮 箱：jimugongzuoshi@163.com
微信公众号：集木做书